Ramona

DANIELA ARNOLD

Mittsommerblut

Über das Buch:

»Tot«, stöhnte er und sackte blutüberströmt zusammen. »Sie sind alle tot!«

Helsinki:
Ein Wochenende am Bodom-See endet für vier junge Leute in einer Katastrophe: Der achtzehnjährige Noel stirbt qualvoll, sein Kumpel wird schwer verletzt und ihre beiden Freundinnen verschwinden spurlos.
Das Team um Polizeihauptkommissarin Janne Göös steht vor einem Rätsel, denn der Fall erinnert an ein grauenvolles Verbrechen aus den 1960er Jahren, das nie aufgeklärt wurde.
Handelt es sich um einen Nachahmungstäter?
Kurz darauf verschwinden wieder drei Menschen spurlos. Zeitgleich taucht die Leiche eines lange vermissten Mädchens auf, das laut Obduktion erst Jahre nach seinem Verschwinden starb.
Für Janne und ihr Team beginnt ein erbarmungsloser Wettlauf gegen die Zeit.
Können sie diesen Wahnsinnigen stoppen, bevor noch mehr junge Frauen sterben müssen?

Für meine Jungs

www.daniela-arnold.com
autorin@daniela-arnold.com

Covergestaltung: © ZERO Werbeagentur GmbH, München
Covermotiv: © FinePic / shutterstock.com

Lektorat/Korrektur: http://www.sks-heinen.de
Buchsatz: Die eBook-Manufaktur

ISBN 978-1-72227-802-1

Daniela Arnold

MITTSOMMERBLUT

Thriller

Prolog

Als sie erwachte, wurde sie von einer Welle aus Schmerz überrollt. Ein Schmerz, den sie in dieser Art noch niemals zuvor gespürt hatte. Er wütete in ihrem Innern, fand in der Magengegend seinen Anfang, breitete sich schließlich bis zu ihrer Brust aus. Es fühlte sich an, als zerquetschte jemand ihre Eingeweide mit bloßen Händen, riss ihr das Gedärm bei lebendigem Leib heraus. Panisch sah sie an sich hinab, konnte jedoch keine äußerlichen Verletzungen ausmachen. Schließlich kam die Kälte. Sie nahm sie von Kopf bis Fuß in Besitz, verzehrte jede ihrer Zellen, jede Faser ihres Körpers, fast so, als würde sie von Massen an Eis erdrückt, was paradox war, da es in dem winzigen Raum, in dem sie eingesperrt war, gefühlte vierzig Grad heiß schien.

Sie fragte sich – nicht zum ersten Mal übrigens – wie es sein konnte, dass sie in eine derartige Lage geraten war. Alles, woran sie sich noch erinnerte, war, dass sie mit ihren Freunden einen Ausflug an den See unternommen hatte. Es war als Mutprobe geplant und hatte als Tragödie geendet.

Was für eine saublöde Idee, dachte sie bei sich und stieß ein verzweifeltes Kichern aus. Welcher Idiot hatte sich das nur einfallen lassen?

Camping am Bodom-See, an ganz genau jener Stelle, wo vor 55 Jahren ein schreckliches Verbrechen begangen worden war.

Auch damals hatte alles als Wochenendausflug begonnen. Vier junge Leute waren zum Zelten gefahren, doch nur einer von ihnen war zurückgekehrt.

Die anderen drei – ein Junge und zwei Mädchen – waren buchstäblich abgeschlachtet worden. Den Mörder hatte man bis heute nicht gefasst.

Natürlich hatte es Mutmaßungen gegeben. Leben waren wegen falscher und haltloser Anschuldigungen zerstört worden, doch am Ende lief alles auf dasselbe hinaus: Drei junge Menschen hatten in jener Nacht ihr Leben verloren.

Sie schnappte nach Luft, als ein Erinnerungsfetzen durch ihr Gehirn schoss, sich vor ihrem inneren Auge manifestierte.

Bleiche, kalte Haut.

Augen, die ins Nichts starrten.

Angstvoll.

Panisch.

In Erwartung dessen, was unausweichlich schien.

Sie vernahm ein fiependes Geräusch, das von Sekunde zu Sekunde schneller wurde, fragte sich, ob sie kurz davor stand, vor Entsetzen verrückt zu werden. Erst als ihr schummerig wurde, begriff sie, dass es ihre Atemzüge waren, welche dieses seltsame Fiepen verursachten. Ihre Bronchien verengten sich durch ihre vor Panik beschleunigte Atmung. Sie war im Begriff, zu hyperventilieren.

Keuchend brachte sie sich in eine aufrechte Position – sofern ihre gefesselten Arme und Beine dies zuließen – und versuchte, sich in eine Art Kutschersitz hinzuknien, atmete gegen die Beklemmung in ihrer Brust an. Obwohl sie vor Verwirrung, Panik und Hilflosigkeit zu keinem vernünftigen Gedanken imstande war, brachte sie es dennoch fertig, die Lippenbremse beim Ausatmen anzuwenden, um einem Erstickungsanfall entgegenzuwirken.

Als sie endlich wieder normal Luft holen konnte, ließ sie sich kraftlos auf die Seite kippen, ungeachtet der Schmerzen, die in ihrer Schulter explodierten. Erst jetzt, in genau diesem Augenblick, wurde ihr klar, weshalb sie trotz der stickigen Luft in diesem Raum fror, warum ihr Leib schmerzte, obwohl sie keine Verletzung zu haben schien.

Wasser!

Sie war im Begriff, zu verdursten.

Und diese Art des Sterbens – das wurde ihr jetzt bewusst – fühlte sich ein wenig wie verbrennen an, obwohl man eigentlich vor Kälte nur so schlotterte.

Wie auf Befehl fingen die Schleimhäute in ihrem Hals und in der Brust an zu brennen, ihre Zunge klebte am Gaumen fest, ihre Zähne schlugen klappernd aufeinander. Inzwischen war sie absolut sicher: Sie würde alles, wirklich alles tun für einen winzigen, lebensrettenden Schluck Wasser.

Wieder schoss ein Gedankenblitz durch ihren Kopf.

Da war Blut gewesen.

Viel Blut.

Dann ein zuckender Körper, der nach endlosen Sekunden der Qual schließlich erstarb.

So sehr sie auch versuchte, sich an das Gesicht des Sterbenden zu erinnern, oder daran, wer dafür verantwortlich war – es war vergeblich.

Es mussten der Durst, der Hunger und die Schmerzen sein, welche die Erinnerungen und Informationen in ihrem Kopf zu einem verwirrenden Brei vermischten.

Inzwischen hatte sie aufgehört zu zählen. Sie wusste weder, wie viele Tage und Nächte vergangen waren, seit man sie hierhergebracht hatte, noch, wann sie ihren letzten Schluck Wasser getrunken hatte.

Alles, was sie wusste, war, dass sie eines Tages – oder war es nachts gewesen? – zu sich gekommen war, hier in diesem trostlosen Raum, auf einer befleckten ekelig, schmutzigen Decke, neben sich drei Flaschen Wasser, ein paar Tüten Chips, Dosenravioli, Kekse und eine angefangene Packung Cracker.

Sie wusste weder, wer sie hergebracht hatte, noch, warum.

Seither hatte alles, das in ihrem früheren Leben wichtig gewesen war, an Bedeutung verloren.

Alles, was jetzt noch zählte, war, zu ÜBERLEBEN.

Als sie ein Geräusch vernahm, das von irgendwo neben ihr zu kommen schien, erstarrte sie.

Dann prasselte eine weitere Erinnerung auf sie ein.

Wie hatte sie das nur vergessen können?

Einfach so ausblenden, was sie die letzte Zeit davon abgehalten hatte, durchzudrehen?

Sie war nicht alleine hier an diesem trostlosen Ort.

Als hätte ihre Leidensgefährtin ihre Gedanken gehört, durchbrach nur wenige Sekunden später ein kraftloser Schrei die Stille, der schließlich in ein Krächzen überging.

Die Verzweiflung und Wut in der Stimme der anderen ließ sie nach Luft schnappen.

Oder war es vielmehr das Bewusstsein ihrer ausweglosen Lage, die sie näher an den Abgrund trieb?

Am liebsten hätte sie der anderen durch die Wand zugerufen, dass es zwecklos war, um Hilfe zu schreien, denn wo sie auch waren, niemand würde kommen und sie retten, dessen war sie sich mittlerweile absolut sicher.

Doch andererseits war es nicht die Hoffnung, die zuletzt starb?

Machte sie einen Fehler, wenn sie aufgab, ohne je gekämpft zu haben?

Und was machte es überhaupt für einen Sinn, dass man ihr Wasser und Essen hiergelassen hatte, nur um sie dann doch elendig verrecken zu lassen?

Sie stieß sie Luft aus, presste die Augen fest zusammen, versuchte, sich zu konzentrieren.

Ein Schrei gellte durch die Luft.

Klar und hell.

Es dauerte einen Augenblick, bis ihr klar wurde, dass sie selbst es gewesen war, die geschrien hatte. Tief in ihr mussten doch noch einige Kraftreserven verborgen gewesen sein, von deren Existenz sie nichts geahnt hatte.

Dann prasselte die Erinnerung wie tennisballgroße Hagelkörner auf sie ein, hinterließen Abdrücke auf ihrer Seele. Plötzlich sah sie es ganz deutlich.

Das gesamte Grauen.

Spürte die Abscheu, welche zuerst ihren Körper lähmte und dann ihren Geist umnebelte.

Oh Gott!

Nein!

Was hatten sie nur getan?

Kapitel 1

Espoo
Juni 2015

Hauptkommissarin Janne Göös hatte bereits am Morgen, noch vor ihrer ersten Tasse Kaffee, gespürt, dass heute kein guter Tag werden sollte. Sie konnte es nicht genau definieren, es war vielmehr eine Art düstere Vorahnung, welche sich durch ein flaues Gefühl in ihrer Körpermitte bemerkbar machte, sowie durch ein Kribbeln ihrer Kopfhaut, das sie inzwischen in den Wahnsinn trieb. Jedes Mal, wenn die Tür ihres Büros aufging und einer ihrer Kollegen zu ihr hereintrat, hob sie den Kopf und runzelte die Stirn in neugieriger Erwartung dessen, was in ihrem Innern dieses seltsame Chaos veranstaltete.

Doch in dem Moment, als diese Frau ihr Büro betreten hatte, wusste Janne, dass der Augenblick gekommen war, in dem sie endlich erfuhr, was genau sie seit den frühen Morgenstunden unruhig auf ihrem Stuhl hatte herumrutschen lassen.

Die Frau war adrett gekleidet, hatte sorgsam zurückgekämmtes, goldblondes Haar, das in einem Zopf gebunden war, und wirkte auf den ersten Blick wie einem Modekatalog entsprungen. Erst beim zweiten Blick oder beim dritten fiel Janne auf, dass ihr linkes Augenlid permanent zuckte, ihre Hände zitterten und sie sich auch ansonsten wie jemand benahm, der entweder unter Drogen stand oder kurz davor war, einen Nervenzusammenbruch zu erleiden. Janne vermutete, dass Letzteres der Fall war.

Sie legte ihren speziellen Gesichtsausdruck auf, der ihrem

Gegenüber sowohl Zuversicht als auch Mitgefühl suggerieren sollte, und wartete ab.

Überhaupt war es eine von Jannes Stärken, Menschen dazu zu bringen, ihr Innerstes nach außen zu kehren, sich ihr zu offenbaren, zu reden, zu gestehen, Fehler zuzugeben oder einfach nur ihr Herz auszuschütten und sich von der Last ihrer Sorgen zu befreien.

Die Frau seufzte tief, sah Janne aus ihren sorgenvoll dreinblickenden Augen an und brach schließlich in Tränen aus. Janne spürte, wie sich etwas in ihr zusammenzog. Von einer Sekunde auf die andere hatte sich die Atmosphäre im Raum verändert, die Luft war zum Schneiden dick geworden, roch seltsam, obwohl die Frau von einem pudrig orientalischen Parfüm umhüllt war. Es dauerte einige Sekunden, ehe die Frau sich gefasst hatte. In genau dem Augenblick, als sie zu ihr aufblickte, wurde Janne klar, was diese schlechte Luft in ihrem Büro verursachte.

Angst.

Der Körper der Frau vibrierte vor Panik und auch ihre Haut reagierte auf diesen Ausnahmezustand.

Das Parfüm vermischte sich mit dem Gestank von Schweiß, für den nur ein heftiger Adrenalinausstoß verantwortlich sein konnte.

»Was ist passiert?«, fragte Janne und wies die Frau durch eine freundliche Geste an, sich zu setzen.

Nachdem die Frau auf dem Stuhl gegenüber Platz genommen hatte, schniefte sie noch einen kurzen Augenblick leise, dann räusperte sie sich. »Mein Name ist Iida. Iida Battilana. Ich mache mir furchtbare Sorgen um …« Sie brach ab, begann erneut zu schluchzen.

Janne ließ die Frau. Sie wusste, dass es keinen Zweck haben würde, sie jetzt, in diesem Zustand, zu bedrängen. Ob ein paar Sekunden früher oder später – irgendwann würde sie erfahren, was genau dieser Frau derart zu schaffen machte, und weshalb sie, Janne, bereits den ganzen Tag unter enormer Anspannung litt.

Die Frau wischte sich die Tränen aus dem Gesicht und öffnete ihre Handtasche, die sie zwischen ihre Oberschenkel geklemmt hatte. Ein exorbitant teures Modell, wie der außergewöhnliche Stil vermuten ließ. Nicht, dass Janne sich diesbezüglich auskennen würde, ihr überschaubares Polizistengehalt reichte mehr oder weniger geradeso zum Überleben, ließ nicht viel Spielraum für Urlaube oder modischen Firlefanz.

Iida Battilana wühlte ein paar Sekunden in den Tiefen ihrer Tasche, zog schließlich ein Foto hervor, reichte es ihr.

Auf dem Bild war ein hageres junges Mädchen zu sehen, blond, blauäugig, extrem hellhäutig. Das Mädchen auf dem Foto hatte eine frappierende Ähnlichkeit mit Iida, daher vermutete Janne, dass es sich um deren Tochter handelte.

Wieder zog sich ihr Innerstes zusammen, denn so langsam ergab alles einen Sinn. Sie schloss für den Augenblick einer Nanosekunde ihre Augen, betete, dass sie sich irrte.

Umsonst.

Die Frau schluckte hart. Wirkte plötzlich vollkommen zerbrechlich, als würde sie auf der Stelle in tausend Stücke zerspringen.

»Das ist Elisa«, erklärte sie mit leiser Stimme. »Meine Tochter. Sie ist erst sechzehn Jahre alt und … krank. Ich meine …« Sie brach ab, suchte nach Worten. »Sie ist nicht schwer krank, aber dennoch braucht sie regelmäßig ihre Medizin und vor allem Ruhe, ihr vertrautes Umfeld.« Sie schnappte nach Luft, sah sich hektisch im Zimmer um. »Ich will nicht, dass Sie mich falsch verstehen«, fuhr sie fort. »Elisa ist kein Kleinkind mehr, das ist mir sehr wohl bewusst, aber ich bin Ärztin, alleinerziehend, seit mein Mann mich verlassen hat, und Elisa und ich – wir beide sind ein eingeschworenes Team. Wir vertrauen einander, verstehen uns super und meine Tochter, nun, sie ist sehr reif und verantwortungsbewusst für ihr Alter. Ich sage das nur, damit Sie verstehen, weshalb ich mir solche Sorgen mache.« Sie stand auf, ging ans Fenster, starrte einen Augenblick hinaus, sah sich schließlich zu Janne um. »Es ist noch nie zuvor passiert, dass Elisa ihr Wort nicht gehalten hat. Wenn sie sagte, sie käme nach der Schule gleich nach Hause, dann war das bisher so. Immer. Und wenn sie sagte, sie ginge nur kurz einkaufen, dann war auch das immer so. Aber heute …« Die Frau rang nach Luft, strich sich fahrig übers Gesicht. »Sie war heute Morgen in meiner Praxis. Diese befindet sich in einem Nebengebäude auf unserem Grundstück. Sie sagte, wir hätten nicht mehr viel im Kühlschrank und sie wolle daher nur kurz nach Kirkkonummi fahren, um Lebensmittel zu besorgen. Außerdem wollte sie sich in der Bücherei noch etwas Lesestoff für die Ferien mitnehmen.« Iida schüttelte heftig den Kopf. »Am Anfang dachte ich mir noch nichts dabei, ich nahm an, sie habe in der Bibliothek ein klein wenig die Zeit vergessen. Doch als es immer später wurde, ihre Medizin längst überfällig war, fing ich an, mir Sorgen zu machen. Und jetzt …« Sie hob hilflos die Schultern, sah auf ihre edle Armbanduhr. »Es ist fast Abendessenszeit. So spät ist Elisa noch nie vom Einkaufen zurückgekommen. Sie ist ja mit dem Bus unterwegs und die fahren alle halbe Stunde. Es macht also keinen Sinn, dass sie noch nicht zurück ist, es sei denn, etwas ist ihr zugestoßen.«

Janne sah die Frau unschlüssig an. Irgendetwas sagte ihr, dass es sich hierbei nicht einfach nur um die unberechenbare Laune eines Teenagers handelte, der von einem überfallartigen Freiheitsdrang befallen worden war. »Sie sagten, Elisa sei krank und auf Medikamente angewiesen. Unter welcher Art von Krankheit leidet Ihre Tochter?«

Die Frau räusperte sich. »Elisa ist an einer seltenen Form von Epilepsie erkrankt. Sie fällt oft einfach um, kollabiert unkontrolliert. Es ist nicht lebensbedrohlich, doch hin und wieder kommt es durch die Anfälle auch zu Herzrhythmusstörungen, die durchaus gefährlich werden können. Vor allem dann, wenn sie nicht rechtzeitig ihre Medizin bekommt.«

Die Frau schien ihre letzten Kraft- und Nervenreserven zu bündeln, straffte ihren Rücken, sah Janne durchdringend an. »Ich weiß, was Sie denken. Ein Teenager ist verschwunden. Na und? In der heutigen Zeit bei Weitem keine Seltenheit. Außerdem sind es noch keine vierundzwanzig Stunden.« Die Frau stockte, atmete tief durch. »Aber ich sage Ihnen, Elisas Fall ist anders. Ich bin sicher … nein … ich spüre einfach, dass etwas geschehen sein muss. Etwas Furchtbares. Etwa, auf das Elisa selbst keinen Einfluss hatte. Sie ist in Gefahr und wenn Sie bis morgen warten, dann könnte es zu spät sein. Verstehen Sie? Meine Tochter wird sterben, wenn Sie nicht sofort etwas tun, um sie zu finden.«

Kapitel 2

In der Nähe von Helsinki
Juni 2015

»Mama, sind wir bald da?«

Elsa Harmaala sah sich lächelnd zu ihrem siebenjährigen Sohn um.

»Noch eine knappe halbe Stunde, mein Schatz.« Der Kleine freute sich wie wild auf zwei abenteuerliche Tage am See mit einem abendlichen Lagerfeuer, bei dem sie Würstchen und Stockbrot grillen würden. Sie würden in dem für diesen Ausflug angeschafften Zelt schlafen, auf dicken Luftmatratzen, eingekuschelt in ihre neuen, flauschigen Schlafsäcke. Sie und ihr Mann Theo hatten einige Monate dafür sparen müssen, doch für ihren Sonnenschein Rasmus war ihnen beiden keine Anstrengung zu mühsam, kein Weg zu aufopferungsvoll. Sie wollten beide, dass ihr kleiner Engel sorglos und behütet aufwachsen durfte, deswegen hatten sie vor einem Jahr ihre kleine Stadtwohnung in ein Haus auf dem Land eingetauscht, auch wenn das bedeutete, dass fortan Theos Gehalt allein nur für die monatliche Finanzierungsrate draufging. Ihr schmales Einkommen, das sie als Büroangestellte verdiente, reichte im Grunde geradeso für die Lebenshaltungskosten, sodass große Urlaube im Süden oder Anschaffungen wie ein neues Auto schlichtweg nicht drin waren. Selbst die Campingausrüstung wäre eigentlich nicht drin gewesen, hätten sie das meiste davon nicht gebraucht kaufen können. Lediglich die Schlafsäcke waren neu, da hatte Elsa aus hygienischen Gründen keinen Kompromiss eingehen wollen.

Wenn man es genau nahm, dachte Elsa bei sich, waren die vor ihnen liegenden Tage der allererste Familienurlaub seit Ewigkeiten, denn selbst als sie noch in Helsinki gelebt hatten, waren Urlaube nicht drin gewesen, weil sie auf die Anzahlung für die Eigenheimfinanzierung gespart hatten. Sie sah zu Theo, der seinen Blick auf die Straße gerichtet hielt und lächelte. Trotz aller Entbehrungen, die ihr Landleben mit sich brachte, waren sie so glücklich wie noch nie zuvor in ihrem Leben. Elsa hatte alles, wovon sie immer geträumt hatte. Einen Mann, der sie liebte und der ihr gemeinsames Kind vergötterte, ein wunderschönes, kleines Haus mit einem hübschen Garten, in dem Rasmus toben und spielen konnte und sie alle waren gesund, hatten genug zu essen, lebten ihr Leben als perfekte kleine Familie. Sie strich ihrem Mann über den Oberschenkel und spürte, wie ihr Unterleib leicht zu kribbeln begann, als Theo grinste. Er hatte ein Zelt ausgesucht, das zwei Schlafkabinen hatte, sodass sie, wenn auch nur durch eine hauchdünne Stoffwand von Rasmus getrennt, ein klein wenig Privatsphäre hatten.

Sie sah sich zu ihrem Sohn um. »Bist du aufgeregt?«

Er nickte, seine Augen strahlten.

»Auf was freust du dich am meisten?«, begann Elsa das Lieblingsspiel ihres Sohnes. »Auf die Würstchen?«

Kopfschütteln.

»Auf das Schlafen im Zelt?«

Rasmus lachte laut. »Auch falsch, Mama.« Er zog in gespielter Enttäuschung einen Flunsch und rollte mit den Augen. »Am coolsten finde ich, dass Papa mir seine alte Angel geschenkt hat und mir das Fischen beibringen wird. Und ich mag endlich baden gehen.«

Das war das Stichwort. Elsa kurbelte die Seitenscheibe des uralten Wagens hinunter und genoss die frische Brise, die ihr sanft über das Gesicht strich. Sie schloss die Augen, spürte, wie eine bleierne Müdigkeit Besitz von ihr ergriff. Sie war heute bereits im Morgengrauen aufgestanden, hatte Theo und Rasmus noch weiterschlafen lassen, um in aller Ruhe das Picknick für später vorzubereiten und den Rest ihrer Sachen zusammenzupacken.

Nur einen kleinen Augenblick schlafen, dachte sie und sank noch tiefer in ihren Sitz.

Als der Wagen zu schlingern begann, dachte sie zuerst, dass sie es sich im Halbschlaf nur eingebildet hatte, doch plötzlich fing Theo an zu brüllen und Rasmus brach in Tränen aus. Erschrocken richtete sie sich auf, sah zu Theo, der Mühe hatte, den Wagen gerade zu halten, und sich mit aller Kraft in die Bremse stemmte, bis die Reifen nur noch quietschten. Sie versuchte, zu begreifen, was die Ruhe dieses perfekten Moments zerstört hatte. Als sie sich zu Rasmus umdrehte, der noch immer lauthals weinte und vor irgendetwas panische Angst zu haben schien, sah sie ihn.

Einen Jungen, vielleicht achtzehn, neunzehn Jahre alt, der halb nackt hinter ihnen auf Straße stand … oder vielmehr torkelte. Zuerst dachte Elsa, es handele sich bei dem jungen Mann um einen Betrunkenen, der etwas zu tief ins Glas geschaut und darüber hinaus die Kontrolle über sich verloren hatte.

Doch dann sah sie das Blut. Es sickerte aus einer Platzwunde oberhalb seiner Braue, tropfte über sein Auge auf seine Wange und von da aus auf seine Brust. Und dann war da noch diese ausgefranste, längliche Wunde auf der linken Seite seines Bauches, aus der ebenfalls das Blut hervorquoll. Der Junge sah aus, wie einem Gruselkabinett entsprungen.

Als der Wagen endlich zum Stehen gekommen war, sah Elsa mit weit aufgerissenen Augen zu Theo. »Ich hab Angst. Bitte steig nicht aus.«

Theo schluckte. Auch ihm schien diese Situation extrem zuzusetzen, denn er sah blass aus, Schweißperlen standen auf seiner Stirn. »Plötzlich war er da, mitten auf der Straße. Ich hatte gerade zu Rasmus gesehen und als ich wieder nach vorne blickte, stand er auf einmal da. Ich konnte gerade noch ausweichen, hätte ihn fast überfahren.« Er stieß die Luft aus. »Elsa, ich weiß, dass du Angst hast, trotzdem muss ich aussteigen.«

Sie schüttelte heftig den Kopf. »Wir haben unser Kind im Wagen. Was, wenn das ein Trick ist? Wenn da noch mehr von den jungen Leuten sind und sie uns ausrauben wollen?«

Theo stieß ein hysterisches Kichern aus. »Wir sind hier in Finnland, Elsa. Solche Dinge passieren nicht hier bei uns.« Er sah sie beschwörend an. »Du bleibst mit Rasmus im Wagen sitzen, verriegelst hinter mir die Türen. Wenn etwas sein sollte, dann nimmst du dein Handy und rufst du die Polizei.« Er hob seine Augenbrauen, sah sie fragend an. Es dauerte einen Moment, bis sie begriff, dass er eine Reaktion von ihr erwartete. Widerstrebend nickte sie.

Nachdem Theo ausgestiegen war, tat sie, was er gesagt hatte. Sie verriegelte die Türen, zog ihr Handy aus der Tasche zwischen ihren Füßen, hielt es fest in der Hand. Dann drehte sie sich zu Rasmus um, der sich aus seinem Gurt gelöst hatte und die Szene auf der Straße mit weit aufgerissenen Augen und noch immer leise schluchzend verfolgte. Elsa beobachtete mit vor Angst angehaltenem Atem, wie Theo auf den blutenden Jungen zuging. Ihr Mann hatte ihn beinahe erreicht, als der Teenager kraftlos auf dem Asphalt zusammensackte. Elsa stieß erschrocken die Luft aus und wehrte sich gegen ihren ersten Impuls, nämlich auszusteigen und dem Verletzten ebenfalls zu Hilfe zu eilen. Entsetzt registrierte sie, wie sich die Lippen des Jungen bewegten. Dann brach ein lang gezogener Schrei aus der Kehle des Jungen hervor. Ein furchteinflößendes Geräusch, das innerhalb von Sekunden alles veränderte. Ihren bislang perfekten Tag in einen einzigen Albtraum verwandelte.

Elsa verstand die Worte des Jungen sogar durch die verschlossenen Fenster und Türen des Wagens. Beim Klang seiner verzweifelten Schreie bekam sie eine Gänsehaut. »Er ist tot!«, schrie der junge Mann wieder und immer wieder, zuckte und zitterte währenddessen unkontrolliert.

Elsas Finger zitterten, als sie auf ihrem Handy die Nummer des Notrufs wählte. Als die Stimme eines sympathisch klingenden Mannes erklang, hielt sie sich entgegen ihrer Gewohnheit nicht erst mit Höflichkeitsfloskeln auf. »Wir sind auf der Bodomintie, etwa zehn Minuten vom Spangfall entfernt. Bitte, Sie müssen jemanden herschicken, es scheint etwas Furchtbares geschehen zu sein. Und es gibt Verletzte, vielleicht sogar Schlimmeres.«

Nachdem sie das Gespräch beendet hatte, entriegelte sie den Wagen, wies Rasmus an, sitzen zu bleiben, und stieg aus. Langsam ging sie auf ihren besorgt dreinblickenden Mann zu, der sein Shirt ausgezogen hatte und es dem Jungen auf die Wunde am Bauch drückte. »Hast du Hilfe gerufen?«, wollte er wissen.

Sie nickte.

»Was ist passiert?«, fragte sie schließlich, nur um irgendwas zu sagen. Sie musterte den am Boden liegenden jungen Mann. Er schien das Bewusstsein verloren zu haben, war schlaksig, von mittlerer Größe, wirkte auf den ersten Blick wie ein ganz normaler Teenager. Seine Shorts sahen teuer aus, seine Turnschuhe ebenfalls, wahrscheinlich waren seine Eltern betucht und er war es gewohnt, mit Liebe und Aufmerksamkeit überschüttet zu werden. Ein ganz normaler Teenager also. Ein junger Mann, ein Kind, auf den irgendwo eine Mutter und ein Vater warteten. Nur dass normale Teenager nicht einfach so aus dem Nichts auftauchten und aussahen, als wären sie frisch von der Schlachtbank gesprungen. Theo sah sie schulterzuckend an. »Ich weiß genauso viel wie du. Was ich allerdings mit Bestimmtheit sagen kann, ist, dass der Junge schwer verletzt ist. Er muss so schnell es geht ins Krankenhaus.«

Elsa schluckte und ging neben Theo in die Hocke. »Es wird sicher nicht mehr lange dauern, bis der Notarzt hier ist.«

Wie auf Befehl begann der Junge, erneut zu zittern. Dann riss er die Augen auf, versuchte, sich aufzurichten. Sein Blick irrte umher, blieb schließlich klar und fest auf Elsas Gesicht hängen. »Da war plötzlich dieser Irre«, stöhnte er und schnappte nach Luft. »Er hat Noel angegriffen, meinen Kumpel, und dann ist er auf die Mädels und mich losgegangen. Ich weiß es nicht genau, aber ich glaube, er hat sie alle umgebracht!«

Kapitel 3

Espoo
Juni 2015

Janne sah auf ihre Armbanduhr und seufzte. Sie hatte am vergangenen Abend eine kurzfristige Teamsitzung ins Leben gerufen, die bei den meisten ihrer Kollegen nur mit mäßiger Begeisterung aufgenommen wurde. Sie hatte keine Wahl gehabt, wollte die Entscheidung bezüglich einer Suchaktion nach dem vermissten Teenager nicht alleine treffen müssen.

Das Mädchen war jung, im Flegelalter, dennoch hatte die Besorgnis der Mutter auch bei ihr Spuren hinterlassen. Ein vermisstes krankes Kind, egal wie alt, durften sie nicht einfach gleichsetzen mit einem Teenager, der aus einer Laune heraus beschließt, nicht nach Hause zu kommen. In diesem speziellen Fall mussten sie einfach davon ausgehen, dass etwas passiert war. Deswegen hatte Janne noch am Abend mit den hiesigen Lokalzeitungen telefoniert, sie um eine kurze Pressemitteilung in der nächsten Ausgabe gebeten. Außerdem war sie mit einem Kollegen losgezogen, hatte in der Bibliothek nachgefragt, wo Elisa hatte hingehen wollen, und auch in den Supermärkten, die sie regelmäßig besuchte. Das Seltsame an der ganzen Sache war, dass niemand am gestrigen Tag das Mädchen auch nur in der Nähe dieser Geschäfte gesehen hatte. Im Grunde sah es ganz danach aus, als wäre es auf dem Weg in die Stadt spurlos verschwunden. Sie hatten an den Busstationen nachgefragt, Anwohner, die in der Nähe des Busbahnhofs wohnten, doch niemand schien das Mädchen gesehen zu haben.

Janne schluckte. Sie hatte ein ganz schlechtes Gefühl bei dieser Sache, auch wenn ihre Kollegen oder zumindest ein großer Teil von ihnen der Ansicht war, es gäbe einen ganz banalen Grund für Elisas Wegbleiben.

Janne seufzte. Sie selbst hatte keine Kinder und wollte auch keine, doch einen Teil ihrer Kindheit als Waisenkind aufzuwachsen, hatte sie zumindest eines gelehrt: wachsam zu sein. Und genau das war sie gestern gewesen, als sie die halbe Nacht einen Plan erstellt hatte, den sie, sollte Elisa über Nacht nicht nach Hause kommen, heute abarbeiten wollte. Und genau das hatte sie seit sechs Uhr morgens getan. Sie hatte mit der Mutter des Mädchens telefoniert, sich von ihr auf den neuesten Stand bringen lassen. Dieser sah so aus, dass Elisa tatsächlich nicht nach Hause gekommen war. Die Mutter hatte den Kleiderschrank ihrer Tochter überprüft und festgestellt, dass nichts fehlte. Elisa hatte also nur die Kleidung bei sich, die sie am Leibe trug. Außerdem waren all ihre Medikamente an Ort und Stelle, sie hatte nur ihr Portemonnaie dabei und ihr Smartphone. Iida Battilana hatte den gesamten gestrigen Abend versucht, ihre Tochter zu erreichen, doch das Mädchen schien das Handy ausgeschaltet zu haben. Die Frau hatte ihr versichert, dass ihre Tochter noch niemals zuvor nicht erreichbar gewesen war. Außerdem hatte Iida bei den Nachbarn, ihrem Exmann und Vater von Elisa nachgefragt – auch sie hatten das Mädchen weder gesehen noch mit ihr gesprochen. Auch die Anrufe bei einigen von Elisas Klassenkameraden hatte nichts Neues ergeben. Keiner hatte sie gesehen oder wusste, wo sie abgeblieben war. Janne hatte daraufhin beim amtierenden Richter beantragt, dass der Netzbetreiber der Battilanas ihnen die Daten zur Ortung von Elisas Handy herausgeben durfte, doch die Bewilligung war erst vor wenigen Minuten bei ihr eingegangen, sodass die Ortung über den Netzanbieter erst jetzt vonstattenging. Wieder sah Janne auf die Uhr und fragte sich, wie lange sie auf den erlösenden Anruf warten musste. Die Spurensicherung hatte bereits am frühen Morgen Elisas Zimmer auf den Kopf gestellt, ihren Laptop und ein Tablet zur Überprüfung mitgenommen, doch auch diesbezüglich hatte sich noch keine befriedigende Erklärung für das Verschwinden der jungen Frau finden lassen. Elisa Battilana war ein schüchternes und sehr zurückgezogen lebendes Mädchen, das weder einen Facebook- noch einen Instagram-Account hatte – im Gegensatz zu ihrer Mutter übrigens – und das den Großteil seiner Freizeit damit verbrachte, Bücher zu lesen und seiner Mutter zur Hand zu gehen.

Janne fragte sich, wie ein Mädchen wie Elisa in eine Situation geraten konnte, in der ihre Sicherheit infrage stand. Und dass Elisa sich in Gefahr befand, daran bestand für Janne keinerlei Zweifel mehr. Sie hatte sich über die Medikamente des Mädchens informiert und es war tatsächlich genauso, wie die Mutter sagte: Man musste sie regelmäßig einnehmen, um die Gefahr eines epileptischen Anfalls so minimal wie möglich zu halten. Genauso verhielt es sich mit den Betablockern, die Elisa wegen ihrer Rhythmusstörungen bekam, auch diese durften keinesfalls abrupt abgesetzt werden, weil ansonsten schwere Komplikationen drohten.

Janne hatte Iida heute Morgen am Telefon gefragt, ob es einen Streit zwischen ihr und Elisa gegeben habe, doch die Ärztin hatte beteuert, dass das Verhältnis zwischen ihrer Tochter und ihr absolut freundschaftlicher Natur gewesen sei, es niemals zu Streitigkeiten oder Vertrauensbrüchen gekommen war.

Doch irgendetwas in Iidas Stimme hatte Janne misstrauisch werden lassen. War es der schrille Unterton der Frau gewesen? Ihre bestimmende und schroff wirkende Art? Doch dann erinnerte sie sich wieder an gestern, als Iida Battilana hier vor ihr gesessen hatte. Die Frau war fix und fertig gewesen vor Sorge um ihr Kind. Jede weitere Minute der Unsicherheit brachte sie dem Nervenzusammenbruch näher und Janne wusste, dass jeder Mensch anders mit so einer Situation umging.

Ein Klopfen ließ sie zusammenfahren. Nur Sekunden später streckte ihre Kollegin Ellin aus der Telefonzentrale ihren Kopf ins Zimmer. »Die Kollegen aus Helsinki haben gerade angerufen. Sie haben die Vermisstenanzeige von Elisa im internen Newsletter gesehen.«

Janne riss die Augen auf. »Wissen die Kollegen etwas über den Aufenthaltsort des Mädchens?«

Kopfschütteln. Dann seufzte Ellin. »Die Sache mit Elisa wird immer mysteriöser. Heute Vormittag ist in der Nähe vom Bodom-See ein desorientierter und schwer verletzter junger Mann einer Familie beinahe vors Auto gelaufen. Es handelt sich um Joona Arasola, einen neunzehnjährigen Teenager.«

Janne hob die Schultern und sah Ellin fragend an. »Was hat diese Geschichte mit Elisa zu tun?«

Ellin verzog das Gesicht. »Joona Arasola ist gestern am späten Nachmittag mit einem Freund und zwei Mädchen zum Zelten an den Bodom-See gefahren. Als Joona der Familie beinahe vors Auto lief, wies er eine Kopfverletzung und eine Stichwunde am linken Unterbauch auf, brach quasi direkt vor den Füßen der Familie zusammen.«

»Ich verstehe trotzdem nicht, was diese Geschichte mit unserer Arbeit zu tun hat«, unterbrach Janne ihre Kollegin.

Diese stieß ungeduldig die Luft aus. »Joonas Freund wurde vorhin mit zerschmettertem Schädel am Ufer des Sees gefunden und die beiden Mädchen, die beim Zelten dabei waren, sind verschwunden. Drei der Teenager stammten aus der Gegend um Espoo, gingen hier ins staatliche Gymnasium. Eines der beiden Mädchen ist Elisas Klassenkameradin. Und das andere Mädchen ist eine deutsche Austauschschülerin, die am Montag wieder nach Hause fliegen wollte. Verstehst du jetzt, worauf ich hinauswill?«

Janne schnappte nach Luft und sah Ellin wie vom Donner gerührt an. »Wenn ich das richtig verstehe, haben wir nicht nur ein vermisstes Mädchen, sondern drei?«

Nicken.

»Die seit gestern vermisste Elisa, ein weiteres Mädchen aus dieser Gegend und eine Deutsche, die auf Schüleraustausch hier war und jetzt ebenfalls verschwunden ist?«

»Jetzt hast du es endlich kapiert«, schnauzte Ellin.

»Und der Junge mit zertrümmertem Schädel stammte auch von hier? Genau wie dieser schwer verletzte Teenager, der beinahe überfahren worden wäre?«

»Richtig«, seufzte Ellin und schüttelte den Kopf. »Normalerweise müsstest du jetzt ein Déjà-vu haben.«

Janne riss den Kopf hoch, blätterte in ihrem Notizbuch, starrte auf das gestrige Datum. Dann sah sie zu Ellin, die nervös auf ihrer Unterlippe kaute.

»Gestern war der 55. Jahrestag der Bodom-Morde.«

Ellin schluckte. »Und auch 1960 waren es vier Teenager, die zum Zelten gingen, von denen nur einer überlebte.«

Janne hob beschwichtigend die Hände. »Momentan haben wir einen toten Jungen und einen Verletzten. Und ein Mädchen, das bereits gestern Nachmittag verschwand. Gibt es irgendwelche Hinweise auf den Verbleib der anderen beiden Mädchen? Blutspuren am Campingplatz oder am Zelt der jungen Leute, irgendwelche Hinweise?«

Ellin hob die Schultern. »Das klärst du lieber mit den Kollegen vor Ort. Ich weiß nur das, was ich dir eben erzählt habe. Am besten machst du dich gleich auf den Weg, denn Joona wird gerade operiert und wenn wir Glück haben, kann er heute noch befragt werden.«

Als Janne wieder allein im Büro war, schloss sie für einen Moment die Augen. Ellin hatte recht – diese Geschichte war mehr als seltsam. Zuerst verschwand Elisa spurlos, anschließend schien sich ein seit 55 Jahren ungelöstes Verbrechen zu wiederholen. Wobei … damals waren von den vier Teenagern drei ermordet aufgefunden worden. Nur einer hatte schwer verletzt überlebt und konnte sich an nichts erinnern. In diesem Fall gab es einen Toten, einen Verletzten und zwei verschwundene Mädchen. Ob Elisas Verschwinden etwas mit der Tragödie der Teenager zu tun hatte, galt es jetzt zuerst herauszufinden. Sie suchte Iidas Handynummer in ihren Kontakten und wartete, bis sie sich meldete. Die Stimme der Frau klang angespannt und abgehackt, als hätte sie seit Stunden nichts anderes getan, als neben dem Telefon zu sitzen und auf diesen Anruf zu warten. »Sagt Ihnen der Name Joona Arasola etwas?«, kam Janne sofort auf den Punkt.

Einen Augenblick herrschte Schweigen am anderen Ende der Leitung. Dann ein Räuspern. »Ehrlich gesagt nicht. Was hat das mit Elisa zu tun?«

Janne beschloss aus einem Impuls heraus, Iida nicht zu sagen, weshalb sie versuchte, eine Verbindung zwischen Elisa und dem verletzten Teenager herzustellen. »Joona ist ein junger Mann aus dieser Gegend. Ich werde ihn heute noch bezüglich eines anderen Falles befragen und wollte vorab nur wissen, ob Elisa und er sich kannten.«

»Wissen Sie etwas über das Verschwinden meiner Tochter?«, fragte Iida. Ihre Stimme klang plötzlich wachsam, beinahe misstrauisch.

»Mein Team ist rund um die Uhr mit der Suche nach Elisa beschäftigt«, erklärte Janne. »Sobald ich Feedback vom Netzbetreiber bekomme, melde ich mich bei Ihnen. Genauso verfahre ich, falls meine Techniker irgendeine Spur im Internet finden, die zu Elisa führen könnte.«

Iida am anderen Ende der Leitung brach in Tränen aus. »Sie hat ihre Medizin nicht genommen. Gestern Abend nicht und auch heute nicht. Vielleicht liegt sie irgendwo. Hilflos und allein. Oder schlimmstenfalls tot.«

»Bitte«, beschwichtigte Janne die Frau. »Lassen Sie uns nicht den Teufel an die Wand malen. Ich habe mich über ihre Krankheit informiert und auch über diese Medikamente. Es stimmt, dass diese regelmäßig genommen werden müssen, doch so wie ich das sehe, besteht bei Nichteinnahme keine unmittelbare Gefahr für Leib und Leben. Es besteht die Gefahr eines Anfalls oder schwerer Rhythmusstörungen, doch diese müssen nicht zwangsläufig auch eintreten.« Janne atmete tief durch, ließ ihre Worte wirken, fühlte sich dabei wie das allerletzte Arschloch. »Ich möchte keinesfalls das Verschwinden Ihres Kindes beschönigen, doch ich muss Sie bitten, ruhig zu bleiben, weil wir auf Ihre Mitarbeit angewiesen sind. Verstehen Sie, was ich Ihnen damit sagen will?«

Das Schluchzen am anderen Ende der Leitung verstummte.

»In Ordnung«, kam es wenig später leise von Iida. »Bitte entschuldigen Sie meinen Zusammenbruch. Wie kann ich Ihnen helfen?«

»Haben Sie irgendeine Idee, wo Elisa noch sein könnte? Vielleicht hatten Sie beide doch eine Art Streit, eine kleine Auseinandersetzung, die sie beide einfach nur unterschiedlich ernst interpretiert haben? Könnte es nicht sein, dass Elisa bei ihrem Vater untergekommen ist? Ich meine ja nur, nicht, dass wir alle nach ihr suchen und in Wahrheit steckt einfach nur eine … Familienangelegenheit dahinter.«

Janne hörte, wie Iidas Atmung sich beschleunigte, und fürchtete schon, zu weit gegangen zu sein, doch sie musste einfach jeder nur denkbaren Spur nachgehen und diese Frage hatte sie Iida eigentlich gestern schon stellen wollen.

»Elisa und ihr Vater stehen sich nicht sonderlich nahe«, erklärte Iida schließlich mit erstaunlich ruhiger Stimme. »Das liegt daran, dass mein Exmann seine väterliche Verantwortung noch nie besonders ernst genommen hat. Seine Vorstellung von Vaterschaft besteht darin, hin und wieder anzurufen und

Belanglosigkeiten mit Elisa auszutauschen. Ab und an schickt er ihr ein Geschenk zum Geburtstag, welches aus einem Umschlag mit einem Geldschein besteht. Die Antwort auf Ihre Frage ist also: NEIN. Ich kann Ihnen versichern, dass meine Tochter nicht bei ihrem Vater untergekommen ist. Und es gab definitiv auch keine Auseinandersetzung zwischen uns, die ich nicht als solche erkannt habe. Es war, wie ich Ihnen bereits gestern sagte: Elisa wollte etwas einkaufen und anschließend zur Bibliothek. Und von dort ist sie nicht wieder zurückgekommen.«

Die Fahrt von Espoo nach Helsinki ins Präsidium war relativ zügig vonstattengegangen, trotz des erhöhten Verkehrsaufkommens wegen der Ferien. Auf dem Weg in den dritten Stock, wo sie mit einem Kollegen verabredet war, der die Ermittlungen der Tragödie am See leitete, fragte sie sich, ob es möglich war, dass sie etwas übersehen hatte. Das Verschwinden des jungen Mädchens belastete sie mehr, als sie sich selbst eingestehen wollte. Hinzu kam, dass sie nicht umhinkam, zuzugeben, dass etwas an Iida Battilanas Art ihr sauer aufstieß. Nicht, dass sie vermutete, die Mutter könnte etwas mit dem Verschwinden des Mädchens zu tun haben, dem war keineswegs so, trotzdem empfand sie dieser Frau gegenüber eine Abneigung, die sie nicht in Worte fassen, geschweige denn irgendwie begründen konnte. Es war nur ein Gefühl, doch dieses sagte Janne, dass Iida nicht die Frau war, die sie zu sein vorgab. Oben angekommen, zwang Janne sich, ihre Gedanken von Iida loszureißen und auf den jungen, verletzten Mann zu richten, wegen dessen Befragung sie hergekommen war. Sie hatte die Fahrzeit genutzt, sich noch einmal alles durch den Kopf gehen zu lassen und war zu dem Schluss gekommen, dass es mehr als nur Zufall sein musste, dass Elisas Verschwinden auf dieselbe Zeitspanne traf wie die Tragödie am See. Deshalb war es auch so wichtig, dass sie Joona so schnell wie möglich sprechen durfte. Nur er wusste, ob Elisa, ohne es ihrer Mutter zu verraten, mit am See gewesen war.

Ein Gedankenblitz durchzuckte sie. Und wenn es so gewesen war? Was wenn Elisa tatsächlich Geheimnisse vor ihrer Mutter hatte, mit zum See gefahren und gemeinsam mit den beiden anderen Mädchen verschwunden war? Was änderte das an der Gesamtsituation? Sie stieß die Luft aus. Ihr wurde klar, worauf ihr Gedankenspiel hinauslief. Im Moment sah es ganz danach aus, als wäre ein krankes Mädchen auf dem Weg zum Einkaufen verschwunden. Es lag also durchaus im Bereich des Möglichen, dass Elisa sich irgendwo hilflos und allein in einer ausweglosen Situation befand. Wenn sie hingegen mit am See gewesen war, dann wäre sie eines von drei verschwundenen Mädchen und es bestand definitiv Hoffnung, dass man sie wohlbehalten wiederfand.

Als sie bei Carl Apo an die Tür klopfte, legte sie sich in Gedanken schon mal einige Argumente parat, die sie anbringen konnte, um bei den Ermittlungen mitwirken zu dürfen. Die Tragödie am See fiel nicht in ihr Einsatzgebiet, deswegen war es umso wichtiger, ihrem Kollegen klarzumachen, dass ihr Fall mit dem hiesigen zusammenhängen konnte. Dass es von äußerster Wichtigkeit war, dass sie Joona einige Fragen stellte. Als ein dröhnendes »Herein« erklang, schluckte Janne alle Bedenken hinunter und legte ihren entschlossensten Gesichtsausdruck auf. Sie trat ein, sah Carl Apo fest ins Gesicht. »Ich bin Janne Göös aus Espoo, wir haben vorhin telefoniert.«

Der Mann nickte, strich sich seine blonden Haare aus der Stirn, sah Janne schmunzelnd an. Unter seinem stechenden Blick fühlte Janne sich trotz ihrer vierunddreißig Lenze wieder wie ein kleines Mädchen. Anstatt sofort auf den Punkt zu kommen, fragte Janne sich, ob es seine dunkelblauen Augen waren, die sie derart nervös machten, oder dieses belustigte Zucken um seine Mundwinkel, mit dem er ihr zu verstehen zu geben schien, dass er diese Art weiblicher Reaktion auf seine Erscheinung durchaus gewohnt war. Sie straffte die Schultern, atmete tief durch.

»Wollen Sie sich nicht setzen?« Carl sah sie mit emporgezogenen Brauen an, machte eine auffordernde Kopfbewegung.

Sie nickte stumm, tat, wie ihr geheißen.

»Kaffee?«

»Gern.« In Gedanken verfluchte Janne sich für ihre etwas zu schrill klingende Stimme, die sie immer dann an sich bemerkte, wenn sie unter Anspannung stand.

Carl stand auf, ging zu der kleinen Kommode unterhalb des Fensters und drückte auf den Knopf eines teuer aussehenden Kaffeeautomaten.

»Da sieht man mal wieder, wo die Prioritäten der Regierung liegen und wo genau die Steuergelder hinfließen«, rutschte es ihr hinaus, ehe sie sich bremsen konnte. »Wir in Espoo sind auf das Wohlwollen einer steinalten Filtermaschine angewiesen, aus der der Kaffee schmeckt, als hätte jemand seine Füße darin gebadet.«

Carl Apo verzog keine Miene, reichte ihr schweigend eine Tasse voll aromatisch duftendem Kaffee.

Janne trank einen kleinen Schluck und schloss genüsslich die Augen.

Ein Zucken um Carls Mundwinkel verriet ihr, dass er ihr den vorherigen Kommentar nicht übel nahm.

»Diese Maschine wurde übrigens nicht von Steuergeldern bezahlt«, erklärte er schließlich. »Diese Maschine hat mir meine Verflossene zum letzten Geburtstag geschenkt und da ich sie nicht in meiner Wohnung stehen haben wollte und sie mir zum Wegwerfen zu nützlich erschien, dachte ich mir, bringe ich sie mit zur Arbeit. Hier haben alle was davon.«

Wie auf Befehl ertönte ein Klopfen, dann ging die Tür auf und ein junger Mann trat ein. Er nickte zuerst Carl, dann Janne grüßend zu, ließ sich schließlich schweigend eine Tasse Kaffee aus dem Automaten und verschwand wieder.

»Das war Hendrik aus der IT«, erklärte Carl. »Ein hochintelligenter junger Mann, dessen einzige Schwäche es ist, dass er keine großen Worte macht.« Er räusperte sich, setzte ein freundliches Lächeln auf. »Was mich zum eigentlichen Thema bringt: Wie genau kann ich Ihnen behilflich sein?«

»Es geht um den Fall vom Bodom-See. Ich weiß, dass dieser nicht in meinen Aufgabenbereich fällt, dennoch erscheint es mir wichtig, dass ich kurz mit Ihrem Zeugen spreche.«

»Es geht um Joona Arasola?«

Janne nickte. »Er stammt aus der Gegend um Espoo, ging auf das staatliche Gymnasium genau wie Elisa, die seit gestern verschwunden ist. Und eines der anderen vermissten Mädchen ging sogar in dieselbe Klasse wie sie.«

»Dann vermuten Sie einen Zusammenhang zwischen dem Verschwinden von Elisa Battilana und dem Vorfall am See?«

Janne nickte, sah ihn fest an. »Das ist nur logisch. Vier Jugendliche fahren zum Campen, einer stirbt, der andere ist verletzt, zwei Mädchen sind verschwunden. Zufälligerweise verschwindet genau zur selben Zeit ein Mädchen, das ebenfalls aus der Gegend um Espoo stammt, genau wie die vier Jugendlichen vom See.«

Carl hob die Hand, um Janne zu unterbrechen. »Eines der vermissten Mädchen vom See stammt aus Deutschland. Bei ihr handelt es sich um eine Austauschschülerin, die einige Zeit hier in Finnland verbrachte und nach diesem letzten Wochenendausflug zurück nach Hause wollte.«

»Ich weiß«, erklärte Janne. »Trotzdem läuft es auf dasselbe hinaus. Auch dieses Mädchen ging während ihres Aufenthalts hier vor Ort auf das Gymnasium wie die anderen Jugendlichen. Infolgedessen könnte auch sie Elisa gekannt haben.«

»Und das ist der Grund, aus dem Sie Joona befragen wollen?«

Sie nickte.

Carl sah Janne durchdringend an. »Joona wurde vor einigen Stunden operiert. Er hatte eine tiefe Bauchwunde. Es grenzt an ein Wunder, dass dabei sein Darm nicht perforiert wurde. Außerdem leidet er wegen einer schweren Kopfverletzung unter einer Gehirnerschütterung. Ich vermute also, dass Ihr Anliegen noch etwas warten muss.«

Janne schnappte nach Luft. »Wie Sie aus Elisas Vermisstenanzeige vielleicht wissen, handelt es sich bei ihr um ein krankes Mädchen. Während wir also Ihrer Ansicht nach warten sollten, bis Joona sich erholt hat, könnte es für Elisa längst zu spät sein.«

Carl hob beschwichtigend die Hände. »Ich habe mit keiner Silbe verlauten lassen, dass ich es bin, der Sie an der Befragung des Jungen hindert.«

Janne starrte den Mann verwirrt an.

»Was ich damit sagen will, ist, dass es die Ärzte sind, die uns daran hindern werden. Vielleicht sogar die Eltern des Jungen.«

Janne hob die Schultern und stand auf. »Was andere Leute sagen, hat mich noch nie davon abgehalten, meine Arbeit zu tun.« Dann grinste sie Carl auffordernd an. »Wie sieht es aus, begleiten Sie mich?«

Auf dem Weg in die Klinik überlegte Janne, wie sie Carl Informationen zu dem Todesfall am See entlocken konnte, ohne allzu neugierig zu klingen.

»Die Spurensicherung geht im Augenblick von Mord aus, es könnte sich meiner Meinung nach aber auch um einen Unfall handeln«, erklärte er schließlich von sich aus. »Laut den Ärzten handelte es sich um einen Schädelbasisbruch mit schwerer Hirnblutung, an welcher der junge Mann letztlich gestorben ist. Momentan sieht alles danach aus, als wäre ihm diese Verletzung durch einen stumpfen Schlag auf den Kopf zugefügt worden …«

Er brach ab.

»Sie sind anderer Meinung?« Janne sah Carl neugierig an.

»Wir haben den Boden rund um die Zelte der jungen Leute abgesucht, die Umgebung im Umkreis von mehreren Hundert Metern, haben sogar Taucher losgeschickt, am Grund des Sees zu suchen – ohne Erfolg. Diese Verletzung erfordert einen Schlag mit einem Baseballschläger oder Ähnlichem, vielleicht ein großer Stein. Nichts von alldem haben wir gefunden. Allerdings lag der junge Mann in unmittelbarer Nähe eines kleinen Holzstegs am Ufer. Er könnte auch einfach nur auf dem glitschigen Holz ausgerutscht sein, schaffte es anschließend noch, aus letzter Kraft von der Unfallstelle wegzukriechen. Die Frage ist allerdings: Wie passt ein Unfalltod des Jungen mit den Verletzungen von Joona zusammen? Und warum werden seither die beiden Mädchen vermisst, die dabei waren?«

Janne nickte nachdenklich.

»Hat Joona schon irgendetwas sagen können? Zum Beispiel als er gefunden wurde? Ich hab mitbekommen, dass er einer Familie vors Auto gelaufen ist.«

Carl sah Janne an. »Er stand plötzlich mitten auf der Straße. So sagte es uns Theo Harmaala, der Mann, der ihn erstversorgt hat. Und laut Harmaala stammelte Joona etwas über einen Irren, der seinen Kumpel niederschlug und anschließend auf ihn losging. Er hatte sein Campingmesser dabei, wollte sich damit verteidigen, als der Fremde ihn überwältigte. An mehr kann Joona sich angeblich nicht erinnern und es gibt auch nirgends Fingerabdrücke oder Spuren am Ort des Geschehens, geschweige denn an diesem Messer.«

»Angeblich?« Janne grinste. »Allein dieses eine Wort impliziert bereits, wie sehr sie der Aussage von Joona Arasola misstrauen.«

Carl lachte. Dann wurde er auf einen Schlag todernst. »Im Juni 1960 geschah an fast genau derselben Stelle ein ähnliches

Drama. Ich muss Ihnen nichts darüber erzählen, Sie wissen, worauf ich hinauswill.«

Janne zog ihre Augenbrauen empor, sah Carl schweigend an.

»Selbst wenn wir berücksichtigen, dass das damalige Verbrechen noch immer nicht aufgeklärt ist, der wahre Mörder also noch am Leben sein könnte, halte ich es dennoch für sehr weit hergeholt, dass er gerade jetzt erneut zuschlägt oder ein Nachahmer auf den Tag genau 55 Jahre später auf die Idee kommt, dieses Verbrechen zu wiederholen. Ganz davon abgesehen, dass der damalige Täter inzwischen steinalt sein müsste.«

»Eine Wiederholungstat wäre es ja nicht«, gab Janne zu bedenken. »Damals wurden drei Jugendliche getötet. Einer überlebte. Sofern ich mich richtig erinnere, starben alle drei Jugendlichen an Hunderten sehr schweren Stichverletzungen. Der Jugendliche von heute starb durch eine Kopfverletzung, Joona wird seine eine Stichverletzung wohl überleben und was mit den beiden Mädchen passiert ist, müssen wir erst noch herausfinden. Sie könnten noch am Leben sein, umso wichtiger ist es, dass wir nichts dem Zufall überlassen.«

»Zweimal wir?«, fragte Carl und sah Janne stirnrunzelnd an.

»Ja, wir«, erklärte Janne fest und nickte. »Immerhin gibt es da noch Elisa, die ebenfalls vermisst wird und die in meinen Aufgabenbereich fällt. Wegen ihr bin ich hier. Außerdem stammen drei der vier Jugendlichen vom See aus der Gegend um Espoo. Sie glauben doch wohl nicht, dass ich einen mysteriösen Fall wie diesen allein den Kollegen aus Helsinki überlasse.«

Carl lachte. »Wie sollen wir also verfahren?«

Janne räusperte sich. »Wir arbeiten zusammen, das dürfte auch über eine kleine Distanz gut funktionieren. Schließlich gibt es E-Mail und Telefon. Wir kriegen das schon hin.«

Zweieinhalb Jahre später …

Kapitel 4

Helsinki/Espoo
Februar 2018

Janne Göös blickte auf den vor ihr liegenden leblosen Körper und seufzte. Die Augen der Toten sahen milchig trüb aus und starrten ins Nichts. Der Körper, das sah Janne, auch ohne ihn zu berühren, war vollkommen gefroren. Die gesamte Szenerie hatte trotz des Grauens, den der Tod dieses jungen Mädchens hervorrief, etwas Friedliches. Dennoch war da etwas, das Janne sagte, dass die junge Frau in den letzten Sekunden ihres Lebens sehr gelitten haben musste. Es waren die Gesichtszüge des Mädchens, an denen man erkennen konnte, dass es in ihren letzten Augenblicken furchtbare Angst gehabt hatte. Sei es, weil sie große Schmerzen hatte ertragen müssen, oder vielleicht, weil sie zum Zeitpunkt ihres Todes bereits seit langer Zeit von ihrer Familie getrennt war, ihre Mutter und ihren Vater nicht mehr gesehen hatte und wusste, welchen Kummer die Endgültigkeit ihres Todes den beiden wichtigsten Menschen in ihrem Leben bereiten würde. Janne ging in die Hocke, sah sich die Gesichtszüge des Mädchens ganz genau an, dann sah sie zu ihrem Kollegen von der Spurensicherung. »Das ist eines der drei seit 2015 vermissten Mädchen. Ihr Name ist Lilia Koskinen. Sie war 16 Jahre alt, als sie verschwand. Du erinnerst dich?«

Mika Dahl nickte düster. »Vier junge Leute fuhren zum Campen und nur einer von ihnen kehrte zurück. Im Grunde genau wie damals in den Sechzigern. Der einzige Unterschied war, dass es 2015 nur einen Toten gab und zwei vermisste Mädchen.«

Janne räusperte sich. »Eigentlich gab es drei vermisste Mädchen. Elisa, die Tochter der Ärztin aus Espoo, verschwand zur selben Zeit.«

Mika nickte. »Allerdings wissen wir bis heute nicht, ob die beiden Fälle irgendwie zusammenhängen.«

Janne schluckte. Es fiel ihr schwer, über die größte Niederlage ihres Jobs zu sprechen. Über ihr Versagen, zwei Fälle zu lösen, die ganz Finnland vor etwas mehr als zwei Jahren monatelang beschäftigt hatten. Die Presse war über ihr Team hergefallen wie ein Wolfsrudel über ein Stück Aas. Sie hatten sich anhören müssen, dass sie unfähig seien, genau wie die Kollegen in den Sechzigerjahren. Doch das war bei Weitem nicht das Schlimmste für Janne. Was andere über sie sagten, war ihr schon immer scheißegal gewesen. Stattdessen war es ihr eigener innerer Kritiker, welcher ihr noch immer Nacht für Nacht zusetzte, sie wach hielt und quälte, ihr zuflüsterte, was für eine Versagerin sie doch war, weil sie es nicht geschafft hatte, das Geheimnis der drei verschwundenen Mädchen und des toten Jungen zu lüften. Inzwischen waren die Mädchen über zwei Jahre fort, die Chance, dass sie noch am Leben waren – so hatte Janne zumindest angenommen –, standen gleich null.

Bis heute.

Frustriert ließ sie ihren Blick über jeden Millimeter des leblosen Körpers wandern, schob den Pullover nach oben, betrachtete Bauch, Brust und Hals. Dann hob sie die Leiche ein Stück an, drehte sie auf die Seite, um den Rücken sehen zu können. »Es gibt keinerlei sichtbare Verletzungen«, erklärte sie schließlich. »Lilias Gesicht ist ein wenig schmaler als auf den Fotos, die ihre Eltern uns zur Verfügung gestellt haben. Und ihre Statur sieht auch nicht danach aus, als hätte sie Hunger leiden müssen.«

Mika zeigte auf die Blutergüsse am rechten Fußgelenk des Mädchens. »Das hier sieht aus, als wäre sie gegen ihren Willen irgendwo festgehalten worden. Wer auch immer dafür verantwortlich ist, hat sie gefesselt, damit sie nicht weglaufen kann. Und das über zwei Jahre lang.«

Janne stand auf. »Dieser Fall macht mich krank. Bis gestern bin ich mir nur wie der allerletzte Vollpfosten vorgekommen. Jetzt würde ich am liebsten alles hinschmeißen und mich irgendwo eingraben.« Sie seufzte. »Kannst du mir sagen, wie ich den Eltern dieses Mädchens gegenübertreten und ihnen erklären soll, dass ihre Tochter zwar seit mehr als zwei Jahren vermisst wurde, aber erst kürzlich gestorben ist? Und das, während wir herumgesessen und nichts auf die Reihe gebracht haben …«

Mika verzog das Gesicht. »Die Kollegen aus Helsinki und wir hier vor Ort haben alles Menschenmögliche getan, um Licht ins Dunkel dieses Falles zu bringen. Und du weißt das auch!« Er funkelte Janne wütend an. »Wir haben die gesamte Umgebung rund um den See abgesucht, haben Taucher losgeschickt, um sicherzugehen, dass niemand ertrunken ist. Spezialisten haben versucht, zu rekonstruieren, wie der Junge am See zu Tode kam, die Spurensicherung hat tagelang nach etwas gesucht, das als Tatwaffe durchgehen könnte und nichts gefunden. Und trotz allem wissen wir bis heute nicht, ob es nun Mord oder doch ein Unfall war. Wie auch, wenn da keiner ist, der unsere Fragen beantworten kann, es keine Spuren oder sonstige Anhaltspunkte gibt?«

Janne atmete tief durch. »Vielleicht haben wir einfach viel zu früh aufgegeben.« Sie schüttelte den Kopf. »Ich weiß es doch auch nicht …«

Mika riss die Augen auf. »Was meinst du damit? Redest du von Joona? Er war schwer verletzt, musste operiert werden. Der Junge schwört, dass da jemand war – ein Mann –, der seinen Freund niedergeschlagen und auf ihn selbst eingestochen hat. Dieser Mann hat seiner Meinung nach auch die Mädchen entführt. Joona hat sogar dabei geholfen, eine Phantomzeichnung des Täters zu erstellen, doch seine Erinnerungen waren durch den Schock zu bruchstückhaft, um wirklich weiterhelfen zu können. Wir haben ihn trotz seiner Unschuldsbeteuerungen unzählige Male befragt, ihn buchstäblich auseinandergenommen, in der Hoffnung, er würde sich in Widersprüche verstricken – alles vergebens. Er scheint tatsächlich sauber zu sein. Genau wie der Überlebende von 1960. Wie bereits unsere Kollegen von damals haben auch wir nichts gefunden, das uns irgendwie weiterbringt, noch konnten wir dem jungen Mann nachweisen, dass er mit dem Tod seines Freundes und dem Verschwinden der Mädchen zu tun hat.«

»Ich wollte nicht sagen, dass wir in Bezug auf Joona zu früh aufgegeben haben, sondern …« Sie brach ab, suchte nach Worten. »Ich meine einfach allgemein. Wir hätten versuchen sollen, neue Wege zu beschreiten. Innovative Möglichkeiten anzuwenden. In den USA und in Schweden, ich glaube sogar in Deutschland, arbeiten sie in einigen Fällen mit Hypnose, wenn Zeugen sich nicht an Tathergänge erinnern. Ich habe das vorgeschlagen, doch die Chefetage hat abgelehnt, weil wir dazu einen Spezialisten hätten einfliegen lassen müssen.«

Mika stieß ein genervtes Lachen aus. »Du glaubst wirklich, dass wir mit einem solchen Hokuspokus etwas erreicht hätten?«

Janne zuckte die Schultern und fixierte ihre Schuhspitzen. »Was ich glaube, spielt keine Rolle. Wir hätten es wenigstens versuchen können.«

»Janne …«, Mika griff nach ihrem Arm, zwang sie so, ihn anzusehen, »dass unsere Ermittlungen alle ins Leere gelaufen sind, hat nichts mit Unfähigkeit unsererseits zu tun. Wir haben monatelang geackert, wieder und wieder das Umfeld der Jugendlichen befragt. Die Eltern der Mädchen, deren Freunde, sogar die Angehörigen und die Gastfamilie der vermissten deutschen Austauschschülerin haben wir genau unter die Lupe genommen – ebenfalls ohne Erfolg. Auch was Elisa angeht, sind wir jedem Hinweis nachgegangen, haben jede Möglichkeit in Betracht gezogen, was passiert sein könnte, nach Zusammenhängen beider Tragödien gesucht. Joona kannte Elisa zwar vom Sehen, beschwört aber, niemals etwas mit ihr zu tun gehabt zu haben. Er sagt, sie war an jenem Tag am See nicht dabei – und seine Aussage ist nun mal das, womit wir arbeiten mussten, weil wir anderweitig einfach nicht weitergekommen sind. Wir haben das Handy der jungen Frau geortet, deren letzten Aufenthaltsort überprüft, die Anwohner befragt – niemand hat etwas gesehen oder gehört.« Mika hatte sich in Rage geredet. »Was hätten wir deiner Meinung nach denn noch tun sollen? Wir haben Suchtrupps mit Spürhunden losgeschickt, Joona beschattet, die Bevölkerung um Mithilfe gebeten, die Vermisstenaufrufe der jungen Leute in Radio und Fernsehen rauf und runter senden lassen, wir haben mit allen Dienststellen des Landes zusammengearbeitet und sogar das europäische Ausland involviert – nichts von alledem hat Erkenntnisse gebracht.« Er hob die Hände, ließ sie dann resigniert fallen. »Ich begreife einfach nicht, weshalb du dich so fertig machst und jetzt sogar mit einem solchen Blödsinn wie Hypnose anfängst. Was passiert ist, ist nicht unsere Schuld! Und erst recht nicht deine, verdammt! Und dass du heute so am Arsch bist, dafür sind diese beschissenen Pressefuzzis verantwortlich. Die haben dir deine Schuldgefühle auf dem Silbertablett serviert und sie dir anschließend in den Kopf gepflanzt. Zuerst ging es in diesen Wurstblättern andauernd um Joona und inwiefern er mit allem zu tun hat – logisch, dass Elisas Mutter und auch die Eltern der anderen Teenager die Nerven verloren haben und auf ihn losgingen. Als er dann offiziell von unserer Seite aus als Unschuldiger deklariert wurde und nur noch ein Zeuge war, gingen die Hyänen auf uns los. Und du löffelst diese bittere Suppe sogar heute noch aus.«

Janne biss sich auf die Unterlippe und hob die Schultern. »Du hast ja recht, mit allem, was du sagst. Trotzdem bin ich es, die nach der Obduktion zu den Koskinens fahren muss, um ihnen zu sagen, dass es jetzt amtlich ist. Ihre einzige Tochter ist tot. Ganz davon zu schweigen, was das für die Eltern der anderen beiden Mädchen bedeutet. Alle drei verschwanden zur selben Zeit. Elisa zwar nicht in Bodom, aber das macht mittlerweile keinen Unterschied mehr. Lilias Tod bringt also nicht nur den Koskinens großen Kummer, sondern zerstört außerdem die Hoffnung zweier weiterer Familien.«

Mika sah Janne erstaunt an. »Kann es sein, dass du über Nacht zur Pessimistin geworden bist? Ich frage nur, weil wir ja noch gar nicht wissen, ob Anneliese und Elisa ebenfalls tot sind.«

»Es handelt sich bei der Leiche definitiv um die vermisste Lilia Koskinen und sie starb bereits vor über einem Monat an Multiorganversagen, ausgelöst durch eine Sepsis«, erklärte der Pathologe. »Hätte sie richtige ärztliche Behandlung bekommen, wäre sie wieder gesund geworden.«

»Was meinen Sie, mit ›richtige ärztliche Behandlung‹?«

Dr. Ramon Eho sah Janne düster an. »Wir haben ihren Darm untersucht und Hinweise auf eine schwere Entzündung sowie starken Pilzbefall gefunden. Wer auch immer diese Frau festgehalten hat, wollte nicht, dass sie stirbt. Vielmehr hat derjenige alles versucht, um sie am Leben zu halten und dabei leider den Fehler gemacht, sie nicht zu einem Arzt zu bringen, sondern selbst herumzupfuschen. Sie wurde mit allen möglichen Antibiotika vollgestopft, nur hat das eben nicht geholfen. Lilia hätte operiert werden müssen.«

»Außer des Organversagens haben Sie nichts gefunden?«

Der Mann schüttelte den Kopf. »Lilia Koskinens Körper war durch die Kälte tiefgefroren, was den Verwesungsprozess quasi gestoppt hat. Deswegen war ihre Leiche so gut erhalten. Nur so war es uns möglich, festzustellen, woran genau sie gestorben ist, und dass sie weder dehydriert noch unterernährt war. Wir konnten sogar Rückstände ihres Stuhls untersuchen und ich kann nur sagen, dass es ihr zumindest in Bezug auf Nährstoffe innerhalb der letzten Wochen vor ihrem Tod an nichts gefehlt hat. Auch was ihre Körperpflege angeht, kann ich nur bestätigen, dass da jemand am Werk war, der wollte, dass es dem Mädchen einigermaßen gut geht. Ihre Nägel waren gepflegt, ihre Zähne sauber und auch sonst habe ich keinen Hinweis auf Verwahrlosung gefunden. Entweder ist sie doch freiwillig untergetaucht und die Verletzung am Knöchel hat andere Ursachen oder sie muss ihrem Entführer etwas bedeutet haben, anders ist die ganze Sache nicht zu erklären.«

Zurück in ihrem Wagen atmete Janne tief durch. Seit dem gestrigen Leichenfund stand das Präsidium in Espoo Kopf. Zwar hatten sie den Forstarbeitern, welche die Leiche am gestrigen Morgen unter einem Berg Geäst und Schnee gefunden hatten, absolutes Stillschweigen abverlangt, trotzdem war der Leichenfund inzwischen in aller Munde. Bereits gestern Abend hatte das Telefon nicht aufgehört zu klingeln, die Presse rannte ihnen die Türen ein und die Eltern der vermissten Mädchen gaben sich die Klinke zu Jannes Büro in die Hand. Normalerweise hätte sie erst die Obduktion abwarten müssen, doch nachdem bereits gestern schon klar war, dass es sich bei der Toten tatsächlich um eines der Mädchen handelt, hatte Janne beschlossen, diesmal eine Ausnahme zu machen. Sie hatte Iida Battilana beruhigt und ihr erklärt, dass es sich bei der Toten definitiv nicht um ihre Tochter handele, und zu den Koskinens hatte sie gesagt, dass sie sich auf das Allerschlimmste vorbereiten sollten.

Alexander Koskinen war an Ort und Stelle zusammengebrochen, während seine Frau wie angewurzelt vor Jannes Schreibtisch stehen geblieben war, sich minutenlang keinen Millimeter bewegt und keinen Ton gesagt hatte. Am Ende war Janne nichts anderes übrig geblieben, als den Polizeipsychologen zurate zu ziehen, der für eine Einweisung ins Krankenhaus gesorgt hatte, da beide Elternteile von Lilia unter Schock standen und professionelle Hilfe benötigten. Und vorhin, kurz bevor Janne sich auf den Weg in die Pathologie gemacht hatte, waren auch noch Anneliese Müllers Eltern aus Deutschland angereist. Auf deren Frage, was der Tod des Mädchens nun für ihr Kind bedeutete, hatte Janne keine Antwort gewusst und nur gestammelt, dass sie auch weiterhin alles Erdenkliche tun würden, um sie zu finden und den mysteriösen Fall endlich aufzuklären.

Janne war klar, dass diese neueste Entwicklung dazu führen würde, dass Finnlands Bevölkerung sich wieder in zwei Hälften spalten würde. Die einen, die glaubten, Joona Arasola wäre für alles verantwortlich, und die anderen, die davon überzeugt waren, dass der Mörder von damals erneut zugeschlagen habe und die Unfähigkeit der Polizei ein weiteres Mal zu seinen Gunsten ausnutze. Dass der damalige Täter inzwischen steinalt sein musste, blendeten die Menschen aus. Der Großteil der Bevölkerung war nun mal sensationslüstern. Und ein Ungeheuer, das zum zweiten Mal mordete und wieder davonkam, gab eben mehr her als die Tatsache, dass es sich um zwei verschiedene Verbrechen handeln könnte.

Janne selbst kam nicht umhin, zuzugeben, dass sie noch immer nicht wusste, wo dieser Fall sie am Ende hinführen würde. Ihr ging einfach nicht in den Kopf, wie es sein konnte, dass sich drei junge Leute quasi über Nacht in Luft auflösten.

Und Mika hatte definitiv die Wahrheit gesagt. Sie hatten alles versucht, um Licht ins Dunkel zu bringen. Sie hatten sogar die Klassenkameraden aller vermissten Jugendlichen befragt, manche mehrfach, doch keiner von ihnen hatte sich in irgendeiner Weise verquatscht oder auf andere Weise verdächtig gemacht.

Was Joona selbst anging … Janne musste zugeben, dass sie diesem introvertierten, schlaksigen jungen Mann schlicht und ergreifend nicht zutraute, ein Verbrechen egal welcher Art zu begehen. Es war nur so ein Bauchgefühl, doch etwas sagte Janne, dass Joona im Grunde seines Herzens ein guter Kerl war. Er stammte aus einer wohlhabenden und angesehenen Familie, sein Vater hatte damals Himmel und Hölle in Bewegung gesetzt, um seinen Jungen von allen Anschuldigungen freizuschaufeln und das Ansehen der Familie aufrechtzuerhalten. Er hatte etliche Anwälte engagiert, die verhinderten, dass man den Jungen nach seinem Krankenhausaufenthalt in Untersuchungshaft sperrte. Und er hatte es geschafft, dass man es bereits nach wenigen Tagen mangels an Beweisen unterließ, ihn zu beschatten. Heute war Joona nur einer von vier Jugendlichen, die einem Überfall zum Opfer gefallen waren und der das Glück hatte, das Ganze einigermaßen unbeschadet überstanden zu haben. Janne hatte gehört, dass diese Tragödie am Ende dazu geführt hatte, dass man Joona in der Schule gemobbt und er deswegen vorzeitig abgebrochen hatte und weggezogen war. Heute lebte er nicht mehr in der Nähe von Espoo, sondern irgendwo in der Anonymität der Großstadt Helsinkis. Er hatte seine Träume vom Physikstudium auf Eis gelegt und sich dank des Geldes seines Vaters ein eigenes Geschäft aufgebaut. Heute verdiente er seinen Lebensunterhalt durch geführte Angeltouren mit Touristen, verkaufte zudem das benötigte Zubehör. Sein Laden lief nicht besonders, warf aber in Kombination mit den Touren zumindest so viel Profit ab, dass Joona sich über Wasser halten konnte. Und das musste er auch, denn seit ein Teil der Bevölkerung ihn zum Sündenbock auserkoren hatte, wollte sein Vater nichts mehr von ihm wissen. Janne wusste über zig Ecken, dass Joonas Eltern sich nach der Tragödie getrennt hatten, der Vater inzwischen neu liiert war und seinen Sohn kaum noch zu Gesicht bekam. Zwar hatte Joona ein gutes Verhältnis zu seiner Mutter, nur konnte diese ihm keinerlei Unterstützung zukommen lassen, weil sie seit eines Schlaganfalls zum Pflegefall geworden war und im Heim lebte.

Und das mit gerade achtundvierzig Jahren.

»Manchmal ist das Leben wirklich ungerecht«, murmelte Janne und sah auf die Uhr. Dann stieß sie einen tiefen Seufzer aus. Der Höhepunkt dieses furchtbaren Tages lag noch vor ihr und bestand nun darin, zu den Koskinens zu fahren und ihnen Gewissheit zu bringen. Gewissheit darüber, dass sie das Wertvollste im Leben verloren hatten, denn anders als Joonas Vater – das war Janne klar – liebten die Koskinens ihre Tochter abgöttisch und hatten bis zuletzt gehofft, sie irgendwann wieder in ihre Arme schließen zu dürfen. Und nun war sie es – eine lächerliche und unfähige Polizistin –, die ihnen sagen musste, dass all ihr jahrelanges Hoffen und Bangen vergebens gewesen war und sie Lilia für immer verloren hatten.

Kapitel 5

Augsburg
Mai 2018

»Leni, kommst du bitte runter, wir essen in zehn Minuten!«

Die Stimme ihrer Mutter klang müde und kraftlos, als hätte sie sich wieder die Nacht um die Ohren geschlagen. Auf dem Weg nach unten nahm sie den Geruch von gebratenem Speck und Toast wahr. Augenblicklich krampfte sich Lenis Magen zusammen. Ihre Mutter wusste eigentlich, dass sie – Leni – die Vegetarierin in der Familie war, und Lisa, ihre Zwillingsschwester, die Allesesserin. Sie seufzte. Inzwischen war es fast drei Jahre her, dass Lisa verschwunden war. Und seitdem ging es sowohl mit der Familie als auch mit ihrer Mutter stetig bergab. Der Tag im Juni vor drei Jahren – Leni erinnerte sich noch, als wäre es erst gestern gewesen – war für sie alle der Auftakt einer Tragödie, wie sie sonst nur in Filmen passierte.

Lisa, ihre Schwester, war damals bereits seit zwei Monaten wegen eines Schüleraustauschprogramms in Finnland. Am Wochenende vor ihrer Heimreise wollte sie ein letztes Mal Zeit mit ihren finnischen Freunden verbringen. Joona, der Junge, in den Lisa heimlich verschossen war, obwohl er eine Freundin hatte, schlug vor, zum Campen an den Bodom See zu fahren. Leni wusste das alles so genau, weil Lisa sie am Donnerstag vor dem Ausflug noch einmal angerufen und ihr alles haarklein erzählt hatte. So wusste Leni von dem Verbrechen, das an jenem See vor über 50 Jahren begangen worden war. Und sie wusste, dass Lisa – eigentlich kein Angsthase – sich deswegen Sorgen machte. Ihre Schwester hatte ihr auch von Joona vorgeschwärmt, einem hübschen, aber sehr schüchternen Typen, der mit Lilia zusammen war und trotzdem etwas für sie übrig zu haben schien. »*Ich glaube, er mag mich auch*«, hatte ihr Lisa an jenem Abend anvertraut und sie um Rat gefragt. Bei der Reaktion ihrer Schwester auf ihre Antwort, verzog sich Lenis Gesicht zu einem Schmunzeln. »*Lass die Finger von dem*«, hatte sie zu Lisa gesagt. »*Er ist nun mal mit einer anderen zusammen und nette Mädchen spannen keiner Freundin den Kerl aus.*«

Lisas einziger Kommentar war ein Schnauben. Dann kam ein kleinlautes »*Du hast ja recht*« vom anderen Ende der Leitung. Anschließend hatten sie noch über die Party gesprochen, die Lenis Eltern anlässlich der Rückkehr ihrer Tochter planten, und dann war es auch schon vorbei.

Im wahrsten Sinne des Wortes.

Jenes Telefonat im Juni 2015 war das letzte Lebenszeichen, das sie von Lisa hatte. Jetzt, drei Jahre später war sie noch immer verschwunden und weder sie noch ihre Eltern oder Freunde hatten bislang begriffen, geschweige denn verarbeitet, was genau geschehen war. Natürlich war ihnen allen klar, dass Lisa fort war und das mit jedem Tag, der verstrich, die Chancen sanken, dass sie je wieder auftauchte. Von der Polizei wussten sie, dass es einen Toten und einen Verletzten gegeben hatte, die beiden Mädchen seither vermisst wurden, doch weder die Behörden noch sie, die Hinterbliebenen, konnten sich einen Reim auf das alles machen. Da es anfangs keine weiteren Leichen gab, ging die Polizei zunächst von Entführungen aus, doch kam es nie zu einer Lösegeldforderung. Es hatten mehrere groß angelegte Suchaktionen in der Gegend rund um den See stattgefunden, die Ermittlungen zogen sich endlos in die Länge, doch am Ende mussten sie alle akzeptieren, dass es zwecklos war. Die Mädchen blieben verschwunden und sie alle konnten sich nur wieder und wieder in Spekulationen verstricken, die sie nur noch mehr verzweifeln ließen. Lisa hatte eine riesige Lücke innerhalb ihrer Familie und in ihrer aller Herzen hinterlassen, die am Ende dazu führte, dass alles in sich zusammenbrach und nur ein großer Scherbenhaufen übrig blieb. Anfangs schweißte die Suche nach Lisa, die Hoffnung sie zu finden, ihre Eltern noch zusammen, doch als es nach einigen Monaten immer noch kein Lebenszeichen von ihr gab, bekam ihre Ehe erste Risse. Auf einen Streit folgte der nächste, gefolgt von gegenseitigen Schuldzuweisungen. Schließlich war es ihr Vater, der aufgab, seine Sachen packte und verschwand, weil er das alles nicht mehr ertragen konnte. In den ersten Wochen nach der Trennung rief er jeden Tag bei Leni an, erkundigte sich nach ihrer Mutter und ihr, doch je mehr Zeit verging, umso seltener wurden seine Anrufe, bis sie schlussendlich ganz ausblieben. Seither war es an Leni, sich um ihre psychisch labile Mutter zu kümmern, die bisher weder das Verschwinden ihrer Tochter noch das Scheitern ihrer Ehe verarbeitet hatte.

Die Frau lebte seit jenem Tag im Juni 2015 in einer Art Paralleluniversum, in dem sie zwar wusste, dass ihr Kind vermisst wurde, diese grauenvolle Tatsache aber, so gut es ging, verdrängte, indem sie jeden verdammten Morgen so tat, als wäre alles nur ein böser Traum gewesen. Das war auch der Grund, weshalb sie nach wie vor den Frühstückstisch für vier deckte und knusprigen Speck anbriet, den früher nur Lisa und ihr Vater vertilgt hatten.

Wenn sie irgendwann von der Realität eingeholt wurde – das geschah manchmal noch am Morgen, oft aber auch erst wenn Leni nicht zu Hause war, kam es schließlich zum totalen Zusammenbruch. Das alles war noch schlimmer geworden, seit man im Februar dieses Jahres eines der vermissten Mädchen tot aufgefunden hatte. Seither wurde die Schutzhülle ihrer Traumwelt von einem bedrohlichen Nebel umhüllt, den sie mit aller Kraft zu vertreiben versuchte, indem sie sich nur umso intensiver einredete, dass Lisa noch Teil ihres Lebens und nicht tot war. Und genau da lag der Unterschied zwischen ihrer Mutter und ihr. Sie selbst musste sich nichts einreden und die Realität verdrängen. Nein – sie war absolut und ohne jeden Zweifel sicher, dass Lisa noch irgendwo da draußen war und ihre Hilfe brauchte. Sie musste sich nicht in Tagträume flüchten, um Lisa bei sich zu haben, ihre Gegenwart zu spüren. Sie musste auch nicht jeden Abend alte Fotoalben durchblättern, um verzweifelt jede noch so kleine Erinnerung aufzusaugen und mit in ihre Traumwelt nehmen zu können, damit sie dort wieder lebendig wurde.

Leni atmete tief durch, als sie den liebevoll gedeckten Tisch sah. Dann schüttelte sie den Kopf. Sie brauchte das alles nicht. Was sie brauchte, war die Sicherheit, dass ihre Mutter ein paar Wochen ohne sie zurechtkam, damit sie tun konnte, was sie tun musste.

Leni setzte sich auf ihren Stuhl, schob den Teller mit Speck beiseite, nahm sich stattdessen einen Toast und butterte ihn. Nachdem sie einen Bissen genommen hatte, schielte sie zu ihrer Mutter, die am Herd stand und in Gedanken versunken das Fett wegputzte. Innerhalb der letzten Wochen war sie noch magerer geworden, ihre Haut sah ungesund grau und fahl aus, ihre Augen lagen in tiefen Höhlen. Natürlich verstand Leni, dass es für eine Mutter kaum zu ertragen sein musste, keine Gewissheit über das Schicksal des eigenen Kindes zu haben, doch manchmal fragte sie sich, wie sie bei aller Sorge um ihre Mutter Raum für ihren eigenen Schmerz und ihre Trauer über den Scherbenhaufen, der ihre Familie nur noch war, finden sollte.

Und dann war da noch Lisa. Sie fehlte ihr so sehr, dass es beinahe an körperlichen Schmerz grenzte. Sie lechzte danach, wieder mit ihr lachen und tratschen zu können, sehnte sich nach ihrer Nähe, nach der Ruhe, die ihre Schwester immer ausgestrahlt hatte, ganz im Gegensatz zu ihr selbst, die schon seit jeher das Nervenbündel in ihrem Zweierteam war.

Das, was Lisa und sie hatten, war viel mehr als eine Schwesterbeziehung. Sie waren Seelenverwandte, beste Freundinnen, hatten immer über alles miteinander reden können. Und es stimmte, was über Zwillinge gemunkelt wurde. Dass man spürte, wenn es dem jeweils anderen nicht gut ging. Zumindest war es bei Lisa und ihr so und das, obwohl sie gar keine eineiigen Zwillinge waren. Seit sie denken konnte, gab es da dieses unsichtbare Band zwischen ihnen beiden, eine ganz besondere Verbindung, welche dazu führte, dass die eine wusste, wann die andere sie brauchte.

Leni stand auf, schnappte sich ihren leeren Teller, stellte ihn in die Spüle. Dann nahm sie ihre Mutter, die immer noch stocksteif dastand und an der Arbeitsplatte herumwischte, in die Arme, drückte sie fest. »Ich weiß, wie du dich fühlst, Mama. Sie fehlt mir auch so sehr.« Leni spürte, wie ihre Mutter sich innerlich verkrampfte und panisch versuchte, an ihrer Traumwelt festzuhalten, in der Lisa noch hier bei ihnen war. Doch es half alles nichts. Sie musste zu ihrer Mutter durchdringen, musste es hinbekommen, ein normales Gespräch mit ihr zu führen. Sie darauf vorbereiten, was bald auf sie zukäme. Sie atmete tief durch, ließ sie wieder los. »Wir müssen reden, Mama.«

Der Blick der Frau klärte sich auf, dann fixierte er Lenis Gesicht, hielt ihn fest wie eine liebevolle Umarmung. »Was gibt es denn, mein Schatz?«

Leni spürte, wie ihr Herzschlag sich beschleunigte, dann gab sie sich einen Ruck. »Ich hab dir doch neulich von dieser Frau erzählt. Diese Ärztin, deren Tochter zur selben Zeit wie Lisa und Lilia verschwunden ist.«

Das Gesicht ihrer Mutter verdüsterte sich. »Lass uns später darüber reden, meine Süße, ich muss jetzt … ich muss …« Sie brach ab. Dann fing sie an zu zittern. Leni schluckte. Es war ein Fehler gewesen, ihre Mutter damit zu belasten. Nur wem konnte sie sonst von ihren Plänen erzählen? Zu ihrem Vater hatte sie so gut wie keinen Kontakt mehr. Erst recht nicht, seit er ihre Mutter im Februar, nachdem sie wegen des Leichenfundes des anderen Mädchens nach Finnland geflogen waren, einfach mit ihrer Verzweiflung allein gelassen und ihre Bitte nach einem Gespräch zurückgewiesen hatte. Leni stieß die Luft aus. Mit diesem Arschloch wollte sie nie wieder etwas zu tun haben. Doch wen konnte sie sich sonst ins Boot holen, damit er nach ihrer Mutter sah, während sie weg war? Sie hatten keine Familie mütterlicherseits mehr, die Einzige, die sie anrufen konnte, war Tante Sonja, die Schwester ihres Vaters, doch die lebte in Amerika.

Es half alles nichts. Sie musste ihrer Mutter zuerst das Herz brechen, um ihr dann helfen zu können. »Ich habe mich für eine Stelle als Kindermädchen beworben. Wenn ich Glück habe, könnte es im Juni bereits losgehen.«

Ihre Mutter blinzelte. »Ich dachte, du wolltest dich in München an der Universität einschreiben?«

Leni hob die Schultern. »Das läuft mir nicht weg.«

»Und warum als Kindermädchen? Was versprichst du dir davon?«

»Ich hab dir noch nicht alles gesagt, Mama, aber du musst mir versprechen, dass du nicht böse wirst.«

Das Gesicht ihrer Mutter verkrampfte sich, als ahnte sie bereits, worauf dieses Gespräch am Ende hinauslaufen würde.

»Geht es um diese Frau, von der du vorhin gesprochen hast?«

Leni nickte. »Sie heißt Iida Battilana. Ihre Tochter Elisa verschwand zur selben Zeit, wie …«

»Ich verstehe das nicht«, unterbrach ihre Mutter sie. Ihre Atmung beschleunigte sich. »Worauf willst du hinaus, Leni? Heißt das etwa, dass du nach Finnland gehen willst, um als Kindermädchen zu arbeiten?« Heidi Müller brach ab, schlug die Hände vors Gesicht. Dann ließ sie sie wieder sinken und schüttelte entschlossen den Kopf. »Ich verbiete es! Du bist zwar zwanzig Jahre alt und somit volljährig, trotzdem will ich nicht, dass du gehst. Ich möchte nicht noch ein Kind …« Ihre Mutter brach in Tränen aus. Am liebsten hätte Leni sie in ihre Arme gerissen und ihr versichert, dass alles nur ein großes Missverständnis war.

Sie schluckte.

Es ging nicht.

Nicht diesmal.

Heute mussten ihre Mutter und sie da durch.

»Iida hat genau wie du unter dem Verschwinden ihrer Tochter gelitten, sich jeden Tag gewünscht, Elisa würde wieder auftauchen. Ich habe im Internet alles mitverfolgt, Artikel über sie gelesen, ihre Facebook-Seite Tag für Tag studiert und beobachtet, ihr sogar ein paar Nachrichten geschickt, wie leid mir alles tut. Das war wie ein innerer Zwang, ein Gefühl, dem ich nachgeben musste. Und es hat mir die Kraft gegeben, das alles durchzustehen. Im Gegensatz zu dir hatte Iida das Glück, einen guten Freund zu haben, der ihr nach allem, was passiert ist, zur Seite stand. Nicht so wie Papa, der uns einfach im Stich ließ. Jedenfalls entwickelte sich aus dieser Freundschaft etwas Ernstes und schließlich ist Iida im letzten November noch mal Mutter eines kleinen Jungen geworden.«

Ihre Mutter starrte sie verständnislos an. »Ich verstehe trotzdem nicht, auf was du hinauswillst. Warum verfolgst du das Leben dieser Fremden übers Internet? Du weißt doch nicht einmal, ob das Verschwinden ihrer Tochter etwas mit unserer Lisa zu tun hat.«

Leni schluckte. »Ich weiß nicht, warum, doch ich spüre einfach, dass Elisas und Annelieses Verschwinden zusammenhängt, dass sie sich kannten. Das ist auch der Grund, weshalb ich mich ausgerechnet bei Iida beworben habe. Wenn ich herausfinde, was mit Elisa passiert ist, dann finde ich auch meine Schwester.«

Kapitel 6

Espoo
Mai 2018

Trübsinnig starrte Janne aus dem Fenster ihres Büros. Draußen herrschten für Mai ungewöhnlich warme Temperaturen, die Sonne schien von einem nahezu wolkenlosen Himmel auf sie herab – eigentlich ein Grund, das wunderbare Wetter auszunutzen und die Erinnerung an den langen kalten Winter, der hinter ihnen lag, weit wegzuschieben, sich von der Lebensfreude der Menschen da draußen anstecken zu lassen. Die meisten von Jannes Kollegen genossen ihre Mittagspause auf der Dachterrasse des gegenüberliegenden Restaurants, tranken den leckeren Eiskaffee oder aßen eines der schmackhaften Sandwichs mit Avocado-Mayonnaise und geräuchertem Lachs, ließen es sich einfach gut gehen, genossen den wundervollen Tag.

Janne seufzte. So sehr sie es sich auch wünschte, es gelang ihr einfach nicht, abzuschalten und den Moment zu genießen. Nicht, solange es da noch diesen ungelösten Fall um den Tod zweier junger Leute gab, sowie die zwei vermissten Mädchen, deren Verschwinden ebenfalls nach wie vor nicht aufgeklärt war.

Die Erinnerung an das Gespräch mit Lilias Eltern ließ ihre Eingeweide rebellieren. Sie hatte vor dem Ehepaar gesessen und zum ersten Mal in ihrer beruflichen Laufbahn nicht gewusst, was sie hatte sagen sollen. Am Ende war es Lilias Mutter gewesen, die den Anfang gemacht und es laut ausgesprochen hatte.

»Sie ist es, nicht wahr? Diese Leiche, die Sie gefunden haben … Es ist Lilia, mein kleines Mädchen und sie ist tot …«

Janne hatte nur stumm nicken können und sich mit jeder Faser ihres Körpers gewünscht, der Erdboden möge sich auftun und sie mit Haut und Haaren verschlingen.

Das Aufeinandertreffen mit der Familie aus Deutschland war ähnlich verlaufen. Janne hatte zwar versucht, optimistisch zu wirken, denn solange es keine Leiche gab, musste davon ausgegangen werden, dass Anneliese noch lebte, doch insgeheim wusste sie, dass die Eltern des Mädchens dasselbe dachten wie sie. Dass es aussichtslos war und dass jederzeit ein weiterer Anruf reinkommen konnte, weil jemand eine weitere tote junge Frau gefunden hatte. Seither waren drei Monate vergangen, doch geschehen war nichts. Kein Leichenfund, kein Anruf, keine Spur zum Verbleib von Anneliese und Elisa, geschweige denn Antworten auf offene Fragen hinsichtlich der beiden Toten.

Natürlich hatte es nach jedem öffentlichen Senden der Vermisstenanzeigen zahlreiche Anrufe mit Hinweisen aus der Bevölkerung gegeben, die sich jedoch allesamt als nichtig herausgestellt hatten.

Genau wie die weiteren unzähligen Gespräche mit den Angehörigen der fünf Jugendlichen und Joona. Inzwischen konnte Janne nicht mehr zählen, wie oft in der Vergangenheit sie den inzwischen zweiundzwanzigjährigen jungen Mann ausgequetscht und versucht hatte, in die Enge zu treiben, doch wie auch bei den Befragungen zuvor war er bei seiner Aussage geblieben, hatte nachvollziehbar und emotional auf Lilias Tod reagiert.

Die Kollegen aus Helsinki hatten sogar ein Team von zwei Leuten auf ihn angesetzt, doch auch diese Aktion war ergebnislos geblieben. Während der mehrtägigen Beschattung war lediglich ans Licht gekommen, was für ein bescheidenes und sehr zurückgezogenes Leben Joona führte, dass sein Alltag im Prinzip nur aus der Arbeit in seinem Laden und regelmäßigen Besuchen bei seiner kranken Mutter bestand, er keine Freunde hatte und seine wenige Freizeit mit seinen beiden Hunden verbrachte, die aus dem Tierheim stammten und um die er sich liebevoll kümmerte. Konnte ein Mensch, der sich so rührend um zwei hilflose Lebewesen kümmerte, tatsächlich für den Tod zweier Menschen verantwortlich sein?

Janne kannte die Ermittlungsakten inzwischen auswendig, hatte jeden noch so winzigen Punkt der Befragungsprotokolle im Kopf, kannte die Kontaktdaten jedes einzelnen Zeugen auswendig.

Doch nicht nur ihr Team hatte bei der Ermittlungsarbeit rund um die Tragödie der fünf Jugendlichen kläglich versagt, auch das Hauptdezernat in Helsinki war nach wie vor keinen Schritt weitergekommen.

Der einzige Unterschied zwischen Carl, dem Leiter der Ermittlungen in der Hauptstadt, und ihr bestand darin, dass er diesen Fall bei Weitem nicht so nahe an sich heranließ, wie sie es tat.

Nachdem sie sich vor über zwei Jahren zum ersten Mal begegnet waren, hatte Carl immer wieder versucht, Janne zu überreden, mit ihm auszugehen, doch sie hatte jedes Mal abgeblockt. Sie wusste selbst nicht warum, denn rein optisch entsprach der Mann absolut ihrem Beuteschema und auch charakterlich gab es nichts an ihm auszusetzen. Carl war ein offener und sehr herzlicher Mensch, ein fantastischer Ermittler und laut seines Teams ein wundervoller Vorgesetzter. Und er schien sie, Janne, trotz all ihrer Macken wirklich zu mögen, was angesichts ihres momentanen Gemütszustandes sicherlich nicht einfach war.

Sie konnte sich selbst nicht erklären, warum er gerade an ihr interessiert war, und statt sich darüber zu freuen oder sich zumindest ein klein wenig geehrt zu fühlen, empfand sie seine ständigen Annäherungsversuche eher als störend und blockte sie alle rigoros ab.

Allein die Vorstellung, es zu genießen, sich von einem tollen Mann umwerben zu lassen, eine Beziehung mit ihm einzugehen, während da draußen Familien waren, deren Leben in Scherben lag, weil ihre Kinder entweder tot waren oder vermisst wurden, fühlte sich falsch für Janne an.

Es war, als verböte ein Teil von ihr sich selbst jedes noch so winzige Fünkchen Glück, jeden Lichtblick und jede Freude, solange sie nicht imstande war, das Unrecht, das den Opfern und deren Angehörigen widerfahren war, wiedergutzumachen, indem sie den Verursacher allen Leidens seiner gerechten Strafe zuführte.

Und genau hier lag der Hund begraben, genau das machte Janne an einem schönen Tag wie dem heutigen so sehr zu schaffen. Sie wusste einfach nicht, wo sie ansetzen sollte, was sie noch tun konnte, weil sie fest davon überzeugt war, bereits alles getan zu haben, auch wenn das noch lange nicht genug zu sein schien.

Sie seufzte und stand auf, ging zum Fenster, beobachtete das fröhliche Treiben der ahnungslosen Menschen unten auf der Straße, wünschte sich für einen Augenblick, einer von ihnen zu sein. Unwissend um das Grauen, das auf der Welt existierte, das Elend, das jederzeit über jeden Einzelnen von ihnen hereinbrechen konnte.

Wobei … Janne blinzelte und richtete ihre Aufmerksamkeit auf eines der verliebt vorbeischlendernden Pärchen. Brauchte nicht jeder von ihnen einen Menschen an seiner Seite, an den er sich anlehnen konnte? Der ihm Halt bot, wenn die Unsicherheiten des Lebens ihm den Boden unter den Füßen wegrissen? Plötzlich hatte sie Iida Battilana vor Augen. Das Leben der Ärztin war nach dem Verschwinden ihrer Tochter Stück für Stück in Scherben zerbrochen. Zuerst hatte sie ihre Praxis aufgegeben, hatte ihren Alltag damit zu füllen versucht, ihr Kind auf eigene Faust zu finden. Sie hatte private Suchtrupps organisiert, hatte einen Privatdetektiv angeheuert und, soweit Janne richtig informiert war, sogar die Hilfe teurer obskurer Scharlatane angenommen, die behaupteten, Vermisste auf spiritueller Ebene aufzuspüren. Alles vergebens. Sie hatte nicht nur all ihr Geld verloren, sondern am Ende auch ihre Praxis aufgegeben, weil das ständige Auf und Ab ihrer Hoffnungen aus ihr ein nervliches Wrack gemacht hatten. Ein Wrack, das sich nicht mehr in der Lage fühlte, sich um Menschen zu kümmern, die wegen gesundheitlicher Probleme zu ihr kamen. Iida hatte sich in ihrem Haus verschanzt, niemanden an sich herangelassen, bis ein Mann kam, ein Freund, den sie schon seit Jahren kannte und der ihr aus dem tiefen Loch ihrer Verzweiflung half, ihr neuen Lebensmut schenkte.

Inzwischen war Iida mit ihm verheiratet und seit einem halben Jahr Mutter eines kleinen Sohnes. Janne fragte sich, was das für sie selbst bedeutete. Wenn sich die Welt sogar für Iida weiterdrehte, sollte sie sich dann nicht auch für sie weiterdrehen?

Ein Gesicht tauchte vor ihrem inneren Auge auf.

Lilia Koskinen.

So jung.

So schön.

So tot.

Plötzlich wurde Janne von unbändigem Zorn erfasst. Nach dem Fund des toten Mädchens im Februar hatte sie vorgeschlagen, den gesamten Waldboden im Umkreis von mehreren Hundert Metern umzuackern, nur um sicherzugehen, dass dort keine weitere Leiche begraben lag.

Nicht, dass sie erpicht war, einem zweiten oder gar dritten Elternpaar die Herzen aus der Brust zu reißen. Es war vielmehr das Bedürfnis nach Gewissheit, das sie antrieb. Leider hatte die Chefetage ihr Gesuch abgelehnt. Der Boden sei wegen des Frostes viel zu hart, was die Kosten für ein solches Unterfangen in die Höhe treiben würde. Außerdem sei es ja gar nicht sicher, dass eine Aktion dieses Ausmaßes tatsächlich die Leiche von

Anneliese aus Deutschland zutage fördern würde. Dasselbe Argument hatte sie auch im März und im April an den Kopf geknallt bekommen, doch bislang hatte sich noch keiner auf ihren Antrag Anfang Mai geäußert.

Janne atmete tief durch, dann riss sie ihr Jackett von der Stuhllehne und machte sich auf den Weg nach unten. Sie fragte sich, ob es okay war, dass sie Carl auf der einen Seite immer abwimmelte, wenn es darum ging, dass er ihr näherkam, ihn auf der anderen Seite aber für ihre Zwecke missbrauchte, indem sie ihn bat, seine Beziehungen spielen zu lassen. Kurz erwog sie, umzukehren, ihren Plan ad acta zu legen, doch dann straffte sie entschlossen die Schultern. Es musste sein, wenn sie zumindest ein Stückchen weiterkommen wollte. Denn ihr Plan war so simpel wie einfach: Wenn sie dort sowohl Annelieses als auch Elisas Leiche fanden, bestand erstens eine reale Chance, dass es diesmal Spuren gab, die der Auflösung des Falles dienen würden. Und zweitens wäre endlich die wichtigste Frage überhaupt beantwortet, nämlich ob Elisas Verschwinden mit dem der anderen Mädchen in Verbindung stand, wovon zumindest sie – Janne – inzwischen felsenfest überzeugt war.

Es war ihre innere Stimme, eine Art Bauchgefühl, das ihr bereits seit einiger Zeit zuflüsterte, dass Elisa an jenem Tag nicht nur mit am See gewesen sein, sondern vielleicht sogar im Mittelpunkt dieser furchtbaren Tragödie stehen könnte.

Kapitel 7

Augsburg/Espoo
Juni 2018

Das Dröhnen der Turbinen hatte eine einschläfernde Wirkung auf Leni. Dabei hatte sie anstatt wegzudämmern, ihre Finnischkenntnisse auffrischen wollen, falls sie mit ihren Englischkenntnissen einmal nicht weiterkäme. Müde blätterte sie in dem Wörterbuch auf ihrem Schoß, doch als die Buchstaben vor ihren Augen zu verschwimmen begannen, klappte sie es zu. Sie schloss die Augen, kuschelte sich tiefer in ihren Sitz. Plötzlich hatte sie das sanfte Gesicht ihrer Mutter vor Augen. Leni dachte an die zurückliegenden Tage und Wochen, an denen ein Streit den nächsten abgelöst hatte und unendlich viele Tränen geflossen waren. Die ersten, als sie ihrer Mutter von ihren Plänen bezüglich ihres Finnland-Aufenthaltes erzählt hatte. Weitere, als tatsächlich eine Zusage auf ihr Stellengesuch kam. Und dann der Tag, an dem feststand, dass Leni ihre Pläne wirklich in die Tat umsetzen würde. Wenn sie ehrlich war, musste sie zugeben, dass sie bis zuletzt nicht daran geglaubt hatte, die Stelle als Kindermädchen zu bekommen.

Leni fragte sich, wie Iida reagiert hätte, wenn sie wüsste, wer genau sich hinter dem Mädchen aus Deutschland verbarg, das sich die kommenden Monate um ihren kleinen Sohn kümmern würde. Leni hatte sich bewusst dazu entschieden, Iida zu verschweigen, dass es etwas in ihrer beider Vergangenheit gab, das sie verband. Sie konnte nicht einmal genau sagen, weshalb sie ihrer künftigen Arbeitgeberin etwas derart Wichtiges verschwieg. Es war nur so … dass es sich für sie irgendwie richtig anfühlte.

Im Gegensatz zu dem, was ihre Familie und ihre Freundin Susanne empfanden. Nachdem klar war, dass ihre Mutter bei ihr nicht weiterkam, hatte sie Lenis Vater angerufen, ihn gebeten, seiner Verpflichtung nachzukommen und seiner Tochter diese Dummheit auszureden.

Natürlich hatte er es nicht geschafft, weil Leni und er einander noch fremder geworden waren, seit er eine neue Frau an seiner Seite hatte. Auch Susanne hatte anfangs versucht, Leni ihr Vorhaben auszureden, doch schließlich hatte auch sie eingesehen, dass es zwecklos war. Wenn Leni sich etwas in den Kopf gesetzt hatte – das war schon immer so gewesen –, dann gab es nichts und niemanden, der sie von ihrem Ziel abbringen konnte. Am Ende hatte Susanne als Einzige akzeptiert, dass es sogar richtig war, was Leni sich vorgenommen hatte. *»Um mit der Vergangenheit abschließen zu können, musst du dich ihr zuerst stellen«,* hatte ihre beste Freundin gesagt und Leni in die Arme genommen, ihr das Versprechen abgerungen, in täglichem Kontakt zu bleiben und auf sich aufzupassen, kein unnötiges Risiko einzugehen. Doch Susanne hatte auch etwas gesagt, das Leni zutiefst verstört, ihr sogar Angst gemacht hatte. *»Du bist stark, ausdauernd und schlau und ich habe keinen Zweifel daran, dass du das Richtige tust. Doch du solltest dich emotional gesehen für sämtliche Optionen wappnen«,* hatte sie erklärt. *»Schlimmstenfalls findest du heraus, dass Anneliese seit Langem tot ist und du dich jahrelang nur einer schönen Vorstellung … einer Hoffnung hingegeben hast.«*

Zuerst hatte Leni wütend auf diese Worte reagiert, doch dann hatte sie erkannt, dass die Freundin ihr nur helfen wollte. Es stimmte, was sie sagte. Und zwar jedes verdammte Wort. Es wäre möglich, dass sie sich täuschte, dass ihr Gefühl … ihre Intuition sie betrog und ihre Schwester nicht mehr am Leben war. Doch selbst wenn, wäre eine furchtbare Gewissheit nicht immer noch besser als weiterhin jahrelange Ungewissheit?

Doch da war noch etwas, das an Leni nagte, seit sie die Zusage bekommen und angefangen hatte, sich auf ihre Reise vorzubereiten. Sie fragte sich, was zum Henker sie überhaupt dazu veranlasst hatte, zu glauben, gerade sie könnte mehr über den Verbleib ihrer Schwester herausfinden als die ortsansässige Polizei? Aus früheren Gesprächen ihrer Eltern und Telefonaten ihrer Mutter mit der leitenden Ermittlerin, die sie belauscht hatte, wusste sie, dass die Polizei jedem noch so kleinen Hinweis nachgegangen war, sie nach wie vor nichts unversucht ließen, die beiden noch immer vermissten Mädchen zu finden und aufzulösen, wodurch Lilia und Noel zu Tode gekommen waren. Woher also die Annahme, dass sie mehr Erfolg haben würde? Die Antwort auf diese Frage war simpel: weil alles, was Leni in ihrem bisherigen Leben angepackt hatte, letztendlich funktionierte. Sie überließ nichts dem Zufall, ging, um ihr Ziel zu erreichen, weit über ihre Grenzen und über ihre Angst hinaus. Sie war stur und zielstrebig, was in der Vergangenheit schon oft zu Disputen mit ihrem Umfeld geführt hatte. Doch vor allem war es das unsichtbare Band zwischen Lisa und ihr, das sie seit frühester Kindheit zusammenhielt und das für ihre enge Beziehung stand. Diese Verbindung, so hoffte Leni, würde ihr unterbewusst dabei helfen, die richtigen Entscheidungen zu treffen und den Weg einzuschlagen, der sie zu ihrer Schwester führte. Und genau das war es, was sie der Polizei voraus hatte.

»Fliegen Sie das erste Mal nach Finnland?« Ihre Sitznachbarin, eine ältere Dame in einem schicken Businessanzug sah sie neugierig an.

Leni nickte.

»Dann müssen Sie sich unbedingt Turku ansehen und einen Ausflug zu den Schäreninseln unternehmen«, erklärte die Frau.

»Turku ist ein zauberhaftes Küstenstädtchen mit den besten Lokalen des Landes.«

»Ich werd es mir merken«, sagte Leni und lächelte. Dann sah sie aus dem Fenster und spürte, wie ihr Herzschlag sich beschleunigte, als sie unter sich Helsinki erkannte. Das Anschnallzeichen leuchtete auf und kurz darauf ertönte auch schon die Stimme des Kapitäns, dass sie sich bereits im Landeanflug befanden.

Als das Flugzeug zwanzig Minuten später mit einem Ruck auf dem Boden aufsetzte, hatte Leni plötzlich das Bedürfnis, ihre Koffer zu schnappen und gleich den nächsten Flieger zurück nach Hause zu nehmen. Sie konnte nicht sagen, warum, doch auf einmal fühlte sich ihr Vorhaben gar nicht mehr richtig an und sie hätte am liebsten alles hingeschmissen. Die letzten Stunden im Flieger, jeder zurückgelegte Kilometer, der auf dem Display des Bildschirms vor ihr angezeigt wurde, hatten ihr klargemacht, dass sie von nun an auf sich allein gestellt war. So wie Anneliese, als sie vor drei Jahren hierhergekommen war. Ob ihre Schwester sich damals auch so gefühlt hatte? Alleingelassen, unsicher und hilflos?

Als sie sich von der Menge nach draußen treiben ließ, schnürte sich ihr Hals zu und sie hatte plötzlich das Gefühl, nicht mehr atmen zu können.

Sie wusste, dass dieser Zustand sich normalisieren würde, sobald sie sich wieder unter Kontrolle hatte, deswegen versuchte sie es mit dem besten aller Beruhigungsmittel – den Atemübungen, die ihre Therapeutin ihr beigebracht hatte. Die letzte Panikattacke hatte sie am Tag des Anrufes der Polizistin aus Espoo überrascht, nachdem Lilia tot aufgefunden worden war.

Am Kofferband angekommen, ging es Leni wieder besser. Das Kribbeln in den Händen hatte nachgelassen, der Druck auf ihrer Brust war verschwunden und ihr Herzschlag ging regelmäßig. Als sie ihre beiden Taschen vom Band gewuchtet hatte und auf den Ausgang in Richtung Empfangshalle zuging, spürte sie, wie die Anspannung von ihr abfiel und ein warmes Gefühl überkam sie. Was sie in genau diesem Augenblick erlebte und sah, hatte ihre Schwester vor über drei Jahren ebenfalls gesehen und erlebt. Hatte Lisa sich genauso gefühlt wie Leni jetzt? War es ein gutes Zeichen, dass sie sich in diesem Moment vorstellen konnte, in zwei Monaten mit ihrer Schwester hier entlangzugehen und in eine Maschine Richtung Heimat zu steigen? Was würde ihre Mutter sagen, wenn es ihr tatsächlich gelänge, Lisa heimzuholen? Und was bedeutete das für die Ehe ihrer Eltern? Zwar war sie selbst enttäuscht von ihrem Vater und sie war absolut sicher, dass Lisa genauso empfinden würde, wüsste sie davon, doch da war eben auch noch ihrer beider Mutter, die nach wie vor an ihrem Exmann hing. Leni wusste nicht, ob das, was ihre Mutter in ihrem Vater noch sah, echte Liebe oder nur das Abbild einer glücklichen Erinnerung war.

Als sie durch die Tür in die Halle trat, erkannte sie Iida Battilana auf Anhieb. Die Frau musste rein rechnerisch auf die vierzig zugehen, sah aber mit ihrer mädchenhaften Figur, den golden schimmernden langen Haaren und den stahlblauen Augen keinen Tag älter als Ende zwanzig aus.

Iida trug ihr Baby auf dem Arm, neben ihr stand ein muskulöser kahlköpfiger Mann, der locker als Doppelgänger von Jason Statham durchgehen konnte. Leni atmete tief durch, dann stellte sie eine der Taschen auf dem Boden ab und winkte ihnen zu.

»Jason« ganz Gentleman kam zu ihr geeilt und begrüßte sie freundlich. »Freut mich, dich kennenzulernen, Leni, ich bin Olli und da hinten sind Iida und Tommy.«

Er griff nach ihren Taschen und brachte sie zu seiner Familie.

Aus der Nähe wirkte Iida gar nicht mehr so jung. Erst jetzt fielen Leni die dunklen Schatten und Fältchen rund um ihre

Augen auf, die tiefen Grübchen neben den Mundwinkeln sowie die blasse, beinahe graue Gesichtsfarbe, die davon zeugte, dass diese Frau Schreckliches durchlebt hatte.

Sie reichte Iida die Hand, stellte sich vor. Die Stimme der Frau klang im Gegensatz zu ihrem zerbrechlich wirkenden Aussehen kraftvoll und fest.

Und da war noch etwas an Iida, das Leni zutiefst verunsicherte. Sie konnte es nicht genau definieren, doch die Sympathie, die sie für die Frau empfunden hatte, als sie deren Fotos auf Facebook durchgesehen hatte, war verschwunden. Zurück blieb eine Mischung aus Verunsicherung und Misstrauen, für die Leni keine Erklärung fand. Was war passiert? Wie konnte ein Mensch gleichermaßen zerbrechlich und furchteinflößend wirken?

»Hattest du einen angenehmen Flug?«, drängte sich Iidas Stimme in ihr Bewusstsein und verscheuchte alle anderen Gedanken aus Lenis Kopf. »Ach, ich hoffe, es ist in Ordnung für dich, wenn wir einander mit Vornamen ansprechen? Das Förmliche liegt mir nicht so.«

Leni nickte erleichtert. Ihr war ein lockerer Umgang tausendmal lieber als ein steifer Umgang miteinander.

»Bis auf eine kleine Turbulenz bei der Landung war alles okay«, sagte sie dann.

»Hast du Hunger?«, fragte Olli.

Leni nickte, obwohl ihr im Moment allein der Gedanke an Essen Übelkeit verursachte.

Als sie gemeinsam aus dem Flughafengebäude traten, fiel ihr sofort der Geruch auf. Die Luft roch erdig und schwer wie bei einem Waldspaziergang im Morgengrauen. Sie liefen zum Wagen der Familie, einem Van, und während Olli ihre Taschen in den Kofferraum verfrachtete, überlegte Leni, wie sie es die nächsten Monate in Gegenwart einer Frau aushalten sollte, die ihr derart unheimlich war.

Nachdem Iida den kleinen Tommy in seinem Sitz festgeschnallt hatte, krabbelte auch Leni ins Wageninnere, machte es sich auf der Rückbank bequem.

Die Fahrt nach Kauklahti, einem kleinen Örtchen nahe Espoo, wollte Leni nutzen, um sich mit der Gegend vertraut zu machen, doch dann fing der kleine Tommy in seinem Sitz neben ihr an zu wimmern. Leni spürte, dass Iida und Olli von ihr erwarteten, dass sie die Initiative ergriff. Sie nahm ein Spielzeug, das neben ihr auf dem Rücksitz lag, zur Hand und versuchte damit, die Aufmerksamkeit des Jungen auf sich zu ziehen.

Leider missglückte ihr Vorhaben, denn Tommy brach in ein ohrenbetäubendes Gebrüll aus. »Er hat wohl Hunger«, erklärte Olli schmunzelnd und musterte Leni durch den Rückspiegel. »Sobald wir zu Hause sind, zünde ich den Grill an, während Iida und du euch um Tommy kümmert. Ich hoffe, du bist keine Vegetarierin, wir sind nämlich echte Fleischfresser«, flachste er.

Augenblicklich spürte Leni, wie ihre Handflächen zu kribbeln begannen und sich ihr Gesicht rot verfärbte.

»Er macht nur Spaß«, kam Iida ihr schließlich zu Hilfe. »Ich weiß, dass du schon seit Jahren kein Fleisch mehr isst und natürlich respektieren wir deine Einstellung. Der Kühlschrank und die Gefriertruhe quellen über von Käse und Fisch.«

Leni fiel ein Stein vom Herzen. Es wäre ihr äußerst unangenehm gewesen, gleich am ersten Abend herumnörgeln zu müssen und sei es auch nur wegen des Essens.

Sie blickte aus dem Fenster, registrierte, dass sie die Lichter der Großstadt längst hinter sich gelassen hatten und nun kleine Ortschaften passierten, in denen es kaum etwas anderes zu sehen gab als Felder und Wiesen, die schließlich in einen dichten Wald mündeten.

Als sie eine dreiviertel Stunde später in die Einfahrt zu einem hübschen Häuschen bogen, verschlug es Leni kurzzeitig die Sprache. Das Grundstück der Familie war riesig. Es bestand aus einem Haupthaus und zwei Nebengebäuden, von denen eines die Praxis von Iida sein musste. Der Garten war sehr gepflegt und dessen Mittelpunkt bildete ein hübscher Pavillon, unter dem ein Whirlpool zum Entspannen einlud.

Olli, der Lenis Blick bemerkt hatte, lachte freundlich. »Den darfst du gerne nutzen. Und die Sauna im Keller auch.«

Sie gingen auf das Haus zu, das in einem warmen Braunton gestrichen war und so gar nicht zu Iidas kühler Art passte.

Als Leni über die Schwelle trat, fiel auch das letzte bisschen Unbehagen von ihr ab. Es roch angenehm nach Zitronengras, der Gang war hell und freundlich, versprach eine Atmosphäre zum Wohlfühlen. Während Iida sich um Tommy kümmerte, führte Olli sie im Haus herum. Küche und Wohnzimmer waren ein großer Raum, an den ein Wintergarten aus Holz angrenzte, in dem ein riesiger Esstisch stand, an dem die Familie ihre Mahlzeiten zu sich nahm.

Lenis Zimmer war in einem hübschen hellen Grünton gestrichen, der mit den weißen Möbeln wunderbar harmonierte.

»Gefällt es dir?«, fragte Olli und musterte sie.

Leni nickte.

»Du darfst jedes Zimmer in diesem Haus betreten, bis auf den Raum am Ende des Gangs neben dem Badezimmer. Ist das in Ordnung für dich?«

»Klar, ich richte mich da absolut nach euch«, Leni räusperte sich. »Es ist nur … ich hab irgendwie das Gefühl, als wollte Iida mich gar nicht hier haben.«

Olli wurde auf einen Schlag todernst. »Das wollte sie auch nicht«, gab er nach kurzem Zögern schließlich zu. »Diese Anzeige bei Facebook, auf die du dich beworben hast, stammte von mir. Ich hab sie quasi überrumpelt, weil ich nach allem, was passiert ist, wollte, dass Normalität in ihr Leben einkehren kann.« Ollis Gesicht hatte sich bei seinen letzten Worten verdüstert. »Du weißt, was Iida hinter sich hat?«

Lenis Gedanken überschlugen sich. Kurz erwog sie, ihn anzulügen, doch dann entschied sie sich, wenigstens ansatzweise ehrlich zu sein. »Ich habe übers Internet mitbekommen, was passiert ist. Vor allem, nachdem an jenem Tag auch ein Mädchen aus Deutschland verschwand, das genauso alt ist wie ich und auch aus Augsburg stammt.«

»Du meinst diese Anneliese?«

Leni nickte und versuchte krampfhaft, beim Namen ihrer Schwester nicht zusammenzuzucken.

»Kanntest du sie?«

Leni schüttelte den Kopf.

»Trotzdem tut mir leid, was passiert ist, dass ihre Eltern in Deutschland schon so lange mit dieser Ungewissheit leben müssen. Genau wie Iida.«

Olli nickte düster. »Sie leidet sehr darunter, nicht zu wissen, wo ihre Tochter ist und ob sie noch lebt. Deswegen dachte ich mir, es täte ihr gut, wenn sie wieder zu arbeiten anfängt. Ihr Job hat ihr immer viel bedeutet und vielleicht schafft sie es so, wieder in die Normalität zu finden.«

»Und wie hat sie auf meine Bewerbung reagiert?«

Olli grinste. »Gar nicht. Ich habe alle gelesen und mich am Ende für dich entschieden, weil du nicht aus der Gegend stammst und somit nicht die Gefahr besteht, dass du nur aus Neugier diese Stelle antrittst. Ich wollte jemand Außenstehendes, der aber trotzdem vertrauenswürdig ist. Was Iida nämlich gar nicht gebrauchen kann, ist jemand um sich herum, der sie pausenlos bemitleidet und alte Kamellen aufwärmt.«

Leni spürte das Bohren in ihrer Körpermitte und schluckte gegen das schlechte Gewissen an. »Und das bin ich?«, brachte sie schließlich mühsam hervor?

Olli zwinkerte ihr zu. »Das hoffe ich doch.« Er ging zur Tür, drehte sich noch mal zu Leni um. »Mach dich in Ruhe frisch, wir essen in ungefähr einer Stunde.« Er wollte gerade die Tür hinter sich schließen, als er innehielt und verlegen hüstelte. »Noch was …«, brachte er schließlich hervor und seufzte leise. »Du musst ihr Zeit geben, sich an dich zu gewöhnen, okay?«

Leni sah Olli verwirrt an, nickte aber.

»Ich meine nur, manchmal kann sie echt anstrengend sein und es wäre jammerschade, wenn du dann sofort das Handtuch wirfst … denn ehrlich gesagt bin ich überzeugt davon, dass du genau das bist, was Iida im Augenblick am meisten braucht … was wir brauchen.«

»Und das wäre?« Leni sah Olli gespannt an.

»Das Leben mit einem Baby ist anstrengend«, erklärte er. »Vor allem in Hinsicht auf Iidas Vergangenheit. Sie braucht es, regelmäßig rauszukommen, ihre Arbeit wieder aufzunehmen, um aus ihrem alten Trott zu finden. Ich denke, dass dann auch ihre Depressionen weniger werden. Und das kommt auch mir zugute, weil ich nichts mehr will als eine glückliche Frau.«

»Denkst du, dass Iida jemals wieder richtig glücklich sein kann, nach allem, was passiert ist? Dass sie die Ungewissheit einfach ausblenden kann?« Die Worte waren unbedacht aus Lenis Mund gesprudelt und beim Anblick von Ollis Gesichtsausdruck wünschte sie, einfach still gewesen zu sein.

Glücklicherweise nahm er ihr ihre Offenheit nicht übel.

»Es würde mir schon reichen, sie endlich mal wieder ausgelassen lachen zu sehen. Das wäre zumindest ein guter Anfang.«

Eine Stunde später saß Leni mit Olli und Iida am Tisch und ließ sich frisch gegrillten Lachs mit Knoblauchkartoffeln und Wirsing schmecken.

»Ich hab mir gedacht, dass du übermorgen anfangen könntest«, sagte Iida zum Erstaunen ihres Mannes und lächelte Leni an. »Den morgigen Tag könnten wir beide dazu nutzen, einander kennenzulernen, ich könnte dir die Gegend zeigen, meine

Praxis und erzähle dir alles über Tommy, was du wissen musst.«

Leni nickte erfreut. Ein gemeinsamer Tag mit Iida war eine super Idee, um einander näherzukommen und um ihre gegenseitigen Negativgefühle füreinander ein für alle Mal aus der Welt zu schaffen.

»Du arbeitest Montag bis Freitag von neun Uhr morgens bis zum Mittagessen und dann wieder von um drei bis abends um sechs.«

»Ist das die Zeit, in der deine Praxis geöffnet hat?«

Iida nickte. »Vor und nach meiner Arbeitszeit sowie in den Pausen kümmere ich mich um Tommy.«

Leni nickte. Es sollte ihr recht sein, denn sie war nicht hier, um Geld zu verdienen, sondern um ihre Schwester zu finden, und ausreichend Freizeit kam ihr da mehr als gelegen.

»Vielleicht könnte Leni den Kleinen auch mal außerhalb deiner Arbeitszeiten nehmen, damit wir etwas Zeit füreinander finden.« Ollis Anmerkung zeugte von Fürsorge und Liebe seiner Frau gegenüber, doch Iida schien seine Worte in den falschen Hals bekommen zu haben. Sie sprang so heftig auf, dass ihr Stuhl laut scheppernd umkippte. Sekunden später fing Tommy in seinem Zimmer an zu wimmern. »Da siehst du, was du angerichtet hast«, spie sie ihrem Ehemann entgegen und funkelte nicht nur ihn, sondern auch Leni wütend an. »Ich brauche niemanden, der mir meinen Sohn nach der Arbeit abnimmt. Ich brauche eigentlich gar niemanden für Tommy. Du wolltest, dass ich die Praxis wieder aufmache. Das alles war deine Idee!« Sie schluchzte auf, sank auf die Knie, wirkte plötzlich wieder so verletzlich wie auf den Bildern, die Leni in der Online-Ausgabe des Sanumat gesehen hatte.

Olli war ebenfalls aufgesprungen, zog seine Frau in seine Arme, warf Leni einen bedeutungsvollen Blick zu.

Sie nickte.

Olli hatte recht. Iida würde Zeit brauchen, sich an die neue Situation zu gewöhnen. Und solange musste sie – Leni – die Füße stillhalten und Iidas Regeln respektieren. Sie musste der Frau die Sicherheit bieten, die sie brauchte, um Vertrauen zu ihr zu fassen.

Sie stand auf, räumte schweigend den Tisch ab, trug das Geschirr in die Küche, ungeachtet dessen, dass Tommy in seinem Zimmer herzzerreißend weinte und sie eigentlich hergekommen war, um sich um das Kind zu kümmern.

Ihr Bauchgefühl erwies sich als richtig.

Nachdem Iida sich wieder im Griff hatte, kam sie zu Leni, sah sie zerknirscht an. »Bitte entschuldige mein Verhalten, das war heute wohl alles etwas zu viel für mich. Wenn du nichts dagegen hast, kümmere ich mich jetzt um den Kleinen und gehe dann ins Bett.«

Kapitel 8

Espoo/Helsinki
Juni 2018

Seit vier Tagen waren die Grabungsarbeiten mittlerweile im Gange und Janne wurde von Tag zu Tag unleidiger. Seit sie Carl im Mai um den Gefallen gebeten hatte, seine Kontakte zu nutzen, damit sie Gelder für diese Aktion genehmigt bekam, stand sie im Grunde in seiner Schuld. Sie erinnerte sich an das Grinsen auf seinem Gesicht, als sie in sein Büro getreten war, an seinen enttäuschten Gesichtsausdruck, als ihm klar wurde, dass sie aus den für ihn falschen Gründen gekommen war. Dennoch hatte er versucht, sich nichts anmerken zu lassen, und sich die Zeit genommen, mit ihr über ihren Vorschlag zu diskutieren. Am Ende waren sie übereingekommen, dass es keine schlechte Idee war, an der Stelle, wo man Lilias Leiche gefunden hatte, weiterzusuchen. Als sie nach dem Gespräch zurück nach Espoo gefahren war, hatte sie sich so mies gefühlt wie lange nicht. Einerseits nagte es an ihr, gerade Carl als Prellbock für diese Sache benutzt zu haben, andererseits spürte sie bereits die Unsicherheit, die diese Aktion mit sich brachte. Die Zeitungen, Radio und Fernsehsender berichteten rund um die Uhr von den Grabungen im Wald, woraufhin täglich unzählige Beschwerden und Nachfragen im Präsidium eingingen. Seither befand Janne sich in einem Gefühlszustand, der nur schwer zu beschreiben war. Einerseits brauchte sie, um sich vor Carl und der Leitung rückwirkend nicht lächerlich zu machen, ein Erfolgserlebnis hinsichtlich der Suchmaßnahme, andererseits wünschte sie sehnlichst, dass die Grabungen erfolglos blieben, um nicht noch mehr Menschen das Herz brechen zu müssen. Ein zaghaftes Klopfen riss sie aus ihren Gedanken.

»Einfach reinkommen«, rief sie und klappte den vor ihr liegenden Notizblock zu.

Die Tür ging auf und Ellin, die am Empfang arbeitete, trat mit einer jungen Frau im Schlepptau ein. »Das ist Leni Müller«, sagte sie, als erkläre das bereits alles.

Janne sah ihre Kollegin fragend an.

»Leni ist aus Deutschland hergekommen, um mit dir über Lisa, ihre vermisste Schwester, zu sprechen.« Ellin lächelte der jungen Frau aufmunternd zu und verschwand wieder.

»Bitten setzen Sie sich«, sagte Janne und hoffte, dass ihr Gegenüber über gute Englischkenntnisse verfügte, damit sie drumherum kam, ihre wenigen und eher ungenügenden Brocken Schuldeutsch hervorzukramen.

Ihre Sorge war unbegründet, die junge Frau plapperte wie wild drauflos, sodass Janne beschwichtigend die Hand heben und um ein wenig Geduld bitten musste. »Ganz langsam und noch mal von vorne. Wer ist Lisa?«

Die Gesichtszüge der jungen Frau veränderten sich. Plötzlich sah sie nicht mehr schüchtern und traurig aus, sondern zutiefst beunruhigt. Sie funkelte Janne aus ihren dunklen Augen gereizt an. »Sie wissen nicht, wer Lisa ist?«, fragte sie verwirrt. »Ich dachte, Sie suchen seit drei Jahren nach ihr?«

Plötzlich fiel es Janne wie Schuppen von den Augen. »Sie meinen Anneliese? Anneliese Müller aus Augsburg. Sie war mit einer Freundin und zwei Jungen am Bodom-See zum Campen und verschwand spurlos.«

Die junge Frau entspannte sich etwas. »Tut mir leid, ja, ich rede von Anneliese. Ich nenne sie Lisa, deswegen das Missverständnis.«

Janne nickte verständnisvoll und beobachtete, wie sich die Augen der Frau mit Tränen füllten.

»Anneliese und ich sind Zwillingsschwestern«, erklärte sie und lächelte zaghaft, als sie Jannes Erstaunen bemerkte. »Wir sehen uns nicht ähnlich, weil wir zweieiige Zwillinge sind. Aber charakterlich sind Lisa und ich wie ein Mensch. Wir ergänzen uns, sind wie zwei Hälften eines Ganzen und ...« Sie brach ab, fixierte ihre Schuhspitzen.

»Irgendwie sind Sie beide das ja auch, nicht wahr?« Janne sah Leni aufmunternd an. »Warum genau sind Sie hier?«

Leni räusperte sich. »Ich muss es wissen«, stieß sie schließlich aus. »Was genau damals passiert ist. Ich muss es wissen, um zu verstehen, wie Lisa ... wie sie ...« Sie brach in Tränen aus und Janne zerriss es beinahe das Herz.

»Haben Ihre Eltern denn nicht mit Ihnen gesprochen?«, wollte Janne wissen. »Ich meine, wie kommt es, dass Sie den weiten Weg auf sich genommen haben und hergekommen sind?«

Leni atmete tief durch. »Als meine Schwester nicht mehr vom See zurückkehrte, war ich siebzehn Jahre alt. Meine Eltern erzählten mir damals nur das Notwendigste, den Rest musste ich mir aus Gesprächsfetzen selbst zusammenreimen und aus dem Internet zusammensuchen. Inzwischen sind drei Jahre vergangen und alles hat sich verändert, seit Lisa fort ist. Meine Eltern haben sich scheiden lassen, meine Mutter kommt einfach nicht mit dem Verlust klar und ich spüre jeden Tag, dass Lisa noch irgendwo da draußen ist. Sie lebt, davon bin ich überzeugt, und sie braucht Menschen, die an sie glauben, damit sie gerettet werden kann.«

Janne starrte Leni fassungslos an. »Sie sind hergekommen, weil Sie glauben, Lisa könnte noch am Leben sein?«

Die junge Frau nickte und erwiderte Jannes Blick. »Ich weiß, dass im Februar die Leiche des Mädchens gefunden wurde, das zusammen mit meiner Schwester verschwunden ist. Doch das bedeutet noch lange nicht, dass Lisa ebenfalls ...« Sie schnappte nach Luft. »Dass meine Schwester auch tot ist.«

Janne legte sich in Gedanken eine Antwort zurecht, verwarf sie dann wieder. Stattdessen schwieg sie, weil sie das Gefühl hatte, Leni sei noch nicht fertig mit dem, was sie zu sagen hatte.

»Am Tag, an dem Lisa verschwunden ist, verschwand auch ein weiteres Mädchen, Elisa Battilana. Und ich weiß nicht, wieso, doch irgendwas sagt mir, dass ihr Verschwinden mit dem von Lisa zu tun hat. Deswegen wollte ich Sie bitten, mir alles über Elisa zu sagen, was Sie wissen.«

Janne, für den Bruchteil einer Sekunde zu perplex, um zu antworten, schüttelte den Kopf. »Ich kann nicht mit Ihnen über diese Ermittlung sprechen. Nicht, solange es sich um einen offenen Fall handelt. Es könnte unsere Arbeit gefährden.«

Leni stieß die Luft aus. »Sie haben doch gar nichts, was soll das also? Ich will doch nur wissen, was Elisa für ein Mensch war, was sie ausgemacht hat, damit ich einen Anhaltspunkt habe, wo ich ansetzen kann.«

»Sie könnten mit Iida Battilana sprechen. Das ist Elisas Mutter.«

»Ich weiß, wer Iida ist. Ich wohne bei ihr und ihrem Mann Oliver«, sagte Leni und sog die Luft scharf ein, was Janne den Eindruck vermittelte, dass sie ihr das hatte gar nicht sagen wollen.

»Sie wohnen bei den Battilanas?«

Nicken.

»Wollen Sie das mal genauer erklären?«

Leni sah Janne trotzig an. »Ich habe mich bei ihnen als Kindermädchen beworben und fange morgen früh an. Ich dachte mir, so bekomme ich vielleicht am ehesten etwas über Elisa heraus, aber …« Sie brach ab und seufzte.

»Aber?« Janne sah Leni durchdringend an.

»Iida ist momentan nervlich am Ende, was wohl mit dem Fund von Lilias Leiche zu tun hat. Deswegen kann ich sie momentan nicht auf Elisa ansprechen und dachte mir, dass ich von Ihnen ein paar Infos bekäme. Unter anderem auch über Joona, der ja als Hauptverdächtiger galt.«

Janne zog die Augenbrauen empor. »Dann wissen die Battilanas gar nicht, wer Sie sind?«

Leni verneinte. »Na ja, Müller ist ein sehr häufiger, deutscher Nachname. Das ist aber auch der einzige Vorteil, den mein blöder Name mir Zeit meines Lebens beschert. Dass niemand mich mit Anneliese in Verbindung bringt. Und das muss auch so bleiben«, setzte sie nach. »Wenigstens, bis ich weiß, in welche Richtung meine Suche gehen soll.«

Janne stieß einen lang gezogenen Seufzer aus. »Sie glauben, dass Sie mehr erreichen als wir, die Polizei hier vor Ort?«

»Ich glaube es nicht nur, ich weiß es«, erklärte Leni. »Oder zumindest hoffe ich es mit jeder Faser meines Körpers. Und deswegen muss ich es zumindest versuchen, verstehen Sie? Schließlich hab ich etwas, das Ihnen und Ihren Kollegen gänzlich fehlt.«

Janne schüttelte den Kopf.

»Und das wäre?«

»Lisa.«

Janne starrte Leni verständnislos an. »Was meinen Sie damit?«

Leni tippte sich mit dem Zeigefinger gegen die linke Schläfe. »Sie ist hier drin, bei mir. Das war schon so, als wir noch ganz klein waren. Wir haben eine sehr enge Verbindung und spüren einander, egal, wie weit wir voneinander getrennt sind. Und jetzt, gerade in diesem Moment, ist es wieder da, dieses Gefühl, das mir sagt, dass es richtig war, hierher zu Ihnen gekommen zu sein.«

Janne ließ die Worte der jungen Frau einen Moment auf sich wirken, dann atmete sie tief ein und wieder aus. »Manchmal lässt uns die Verzweiflung Dinge sehen oder spüren, die nicht real sind«, begann sie schließlich vorsichtig.

»Die Verbindung zu meiner Schwester ist real«, feuerte Leni zurück. »Glauben Sie, ich habe nicht über die Möglichkeit nachgedacht, dass meine Schwester tot sein könnte? Natürlich hab ich das, aber sie wurde nun mal noch nicht gefunden und solange sie nicht …«

»Wir haben vor einigen Tagen eine Grabung in dem Wald veranlasst, in dem Lilia gefunden wurde«, unterbrach Janne die junge Frau. »Und obwohl bislang kein Sucherfolg verzeichnet werden konnte, müssen wir dennoch damit rechnen, dass jeden Augenblick ein Anruf reinkommt, der all Ihre Hoffnung und die der Battilanas zerstört.« Janne stand auf, ging um den Schreibtisch herum und blieb dicht vor Leni stehen. In Gedanken bewunderte sie die junge Frau für ihren unerschütterlichen Optimismus und verfluchte sich für ihre Holzhammermethode. »Begreifen Sie, was ich gerade versuche, Ihnen mitzuteilen?«, fragte sie dennoch.

Leni nickte und stand ebenfalls auf. »Sie wollen mir sagen, dass ich mich nicht in eine falsche Hoffnung verrennen soll, die am Ende in tausend Scherben zerbrechen könnte.«

Janne schwieg, sah die Frau einfach nur an.

»Aber wissen Sie was? Wenn ich Ihren Rat beherzigen würde, dann hätte ich erst gar nicht herkommen dürfen, und da nun mal hier bin …« Sie ließ ihren Satz unvollendet, hob die Schultern, blickte zu Boden. Als sie wieder aufsah, erkannte Janne ein wildes Flackern in den Augen der jungen Frau, eine Entschlossenheit, die sie innerlich wärmte und die sie nur zu gut von einer jüngeren Ausgabe von sich selbst kannte.

»Wenn Sie mir nicht helfen wollen, dauert es eben länger. Sie bewirken keinesfalls, dass ich aufgebe und wieder heimfliege. Die Hoffnung stirbt schließlich zuletzt!«

Janne nickte ergeben, setzte sich wieder. »Selbst wenn ich wollte, dürfte ich Ihnen keine Auskunft zum Stand der Ermittlungen geben. Ganz davon abgesehen, dass Sie recht hatten, als Sie sagten, dass wir kaum etwas haben, das uns weiterbringt. Und dazu gehört auch Joona Arasola. Wir haben ihn unseren

Polizeipsychologen vorgestellt, ihn mehrfach befragt, ohne dass er sich jemals widersprochen hätte. Er ist sauber und gilt nicht mehr als verdächtig, gilt offiziell nur noch als Zeuge und behauptet nach wie vor, dass er sich nicht mehr genau an das Gesicht des Mannes erinnert, der ihn niedergestochen hat – aber das wissen Sie sicher bereits? Auch, dass wir das Phantombild, das wir anhand von Joonas Erinnerungen anfertigten, europaweit an Kollegen geschickt haben – ohne Erfolg. Solange wir nicht ganz genau wissen, wie der Mann aussah, solange bleibt das alles nur ein großes Geheimnis.«

Leni nickte. »Ich weiß auch, dass Joona beschattet wurde und ihr deswegen großen Stress mit seinen Anwälten hattet. Und dass er inzwischen in Helsinki lebt und versucht, die Vergangenheit hinter sich zu lassen.«

»Sie haben gut recherchiert«, sagte Janne und versuchte sich an einem freundlichen Blick, obwohl ihre Geduld beinahe am Ende war. »Vielleicht sollten Sie ihn besuchen und selbst danach fragen, was damals passiert ist. Wäre ja möglich, dass er Ihnen mehr erzählt als uns.«

»Und wenn nicht?«

Janne verzog das Gesicht und grinste innerlich, weil Leni ihren Sarkasmus vollkommen falsch interpretiert hatte. »Deswegen habe ich ja kürzlich diese Grabung im Wald angeleiert – weil das momentan unsere einzige Hoffnung auf eine neue Spur sein könnte.«

»Und wenn Sie da auch nichts finden, was dann?« Lenis Gesicht sah auf einmal todtraurig aus, obwohl ihre Augen nach wie vor herausfordernd funkelten. »Hören Sie dann auf, nach meiner Schwester zu suchen? Oder sollte ich besser fragen, wann Sie endlich richtig anfangen?«

Kapitel 9

Espoo/Helsinki
Juni 2018

Leni saß erschöpft am Frühstückstisch und gähnte. Olli hatte Pfannkuchen mit Lachs und Frischkäse zubereitet und für seine Frau, die zum Frühstück nur etwas Süßes mochte, ein paar Muffins mit Blaubeerfüllung aufgetaut. Wenn man es genau nahm, führte sie hier ein Leben wie Gott in Frankreich, wenn nur das nächtliche Gezeter des kleinen Tommy nicht wäre. Inzwischen war Leni eine Woche hier und hatte sich soweit gut eingelebt. Nach ihrer ersten Nacht in Finnland hatte sie ihren freien Tag für einen Besuch im Präsidium Espoo genutzt und sich sowohl Espoo selbst als auch das Örtchen angesehen, in dem die Battilanas lebten. So hatte sie den netten kleinen Baggersee am Ortsausgang entdeckt, an dem sie in ihrer Freizeit baden gehen konnte. Und sie hatte eine Eisdiele gefunden und einen kleinen Tante-Emma-Laden, in dem sie sich mit persönlichen Dingen eindecken konnte.

Im Grunde war die Gegend um Espoo wunderschön. So weit man blickte, gab es nur Wälder, Wiesen, Felder – für Naturliebhaber wie sie ein wahrhaftes Eldorado. Und doch wurde ihr mit jedem Tag, der verstrich, bewusster, dass sie nicht hergekommen war, um sich mit neuen Eindrücken einzudecken oder ihr Leben zu genießen. Nein, sie war hier, um nach ihrer verschwundenen Schwester zu suchen, und die einzige Anstrengung diesbezüglich, die sie unternommen hatte, war ein ergebnisloser Besuch bei Janne Göös gewesen, der Polizistin, die die

Ermittlungen in Espoo leitete. Ansonsten hatte sie bisher nur im Präsidium Helsinki angerufen und nachgefragt, ob es Neuigkeiten in Bezug auf Lisa gab, doch auch dort hatte man sie nur mit Floskeln vertröstet. Man tue, was man könne, doch für weitere Auskünfte seien sie aufgrund des Ermittlungsstandes nicht befugt.

Leni seufzte leise. Auch was Elisa betraf, war sie noch nicht viel weitergekommen, was einzig und allein an der Tatsache lag, dass sich innerhalb ihrer ersten Woche hier vor Ort einfach nicht der richtige Zeitpunkt für ein Gespräch mit Iida ergeben hatte. Die Frau war rund um die Uhr beschäftigt. Am Morgen bestand sie darauf, sich selbst um Tommy zu kümmern, anschließend ging sie bis mittags in ihre Praxis. Und anstatt sich in ihrer Mittagspause auszuruhen, nahm sie Leni Tommy auch während dieser zwei Stunden ab, ging dann ab Nachmittag wieder zur Arbeit. Selbst an den Abenden und am Wochenende gönnte sich Iida keinen Augenblick Ruhe. Sobald sie ihren Arztkittel abgestreift hatte, wollte sie Tommy haben, sodass Leni sich tatsächlich nur während der Sprechzeiten um das Kind kümmern musste.

Doch trotz ihrer großzügigen Freizeit fühlte Leni sich jeden Morgen wie erschlagen. Sie fragte sich, wie Iida es durchstand, jeden Tag aufs Neue zu funktionieren. Wie konnte jemand überhaupt mit so wenig Schlaf auskommen und trotzdem einem anspruchsvollen Job nachgehen, ohne Fehler zu machen?

Als Ärztin musste Iida jeden Tag wichtige Entscheidungen treffen, welche das Leben und die Gesundheit von Menschen betrafen, ganz davon abgesehen, dass die Patienten ihr die Tür einrannten, eine Sprechstunde die nächste jagte.

Selbst Olli hatte neulich nachts ein wenig genervt gewirkt, weil Tommy stundenlang durchgeweint hatte und sich durch nichts beruhigen ließ.

Iida behauptete, es läge daran, dass der Kleine Zähne bekäme, doch irgendwie glaubte Leni nicht, dass Tommy nur deswegen ständig schrie.

Es war auch nicht nur das Weinen des Kindes, das sie alle – bis auf Iida – an die Grenze ihrer nervlichen Belastbarkeit brachte. Tommy spuckte mehrmals täglich, schien auf jede Mahlzeit und sogar auf seinen Bäuchleintee allergisch zu reagieren. Es war wie ein sich immer wiederholender Teufelskreis. Tommy wurde gefüttert, dann war alles für ein paar Minuten gut, dann fing er an zu spucken und schrie anschließend stundenlang, bis es wieder etwas zu essen gab und alles von vorne losging. Olli hatte neulich vorgeschlagen, einen Kinderarzt zurate zu ziehen, woraufhin Iida und er sich furchtbar in die Haare bekommen hatten. Später hatte Olli zu Leni gesagt, dass es Iida schwerfalle, die Kontrolle in Bezug auf Tommy abzugeben, weil ihr die Tragödie um Elisa noch schwer zu schaffen machte.

Die Frage war nur, ob Olli als Vater des Jungen immer nur auf seine Frau Rücksicht nehmen sollte? Was passiert war, war furchtbar, da stimmte Leni ihm zu, doch nun gab es Tommy, der seine Eltern brauchte und die Gewissheit, dass sie beide stets in seinem Interesse handelten und nicht aufgrund eines Traumas, an dem seine Mutter litt, an alten Gewohnheiten festhielten. Ganz davon abgesehen, dass Iida Allgemeinmedizinerin war und keine Kinderärztin. Was konnte es also schaden, Tommy einem Facharzt vorzustellen, damit sie sicher ausschließen konnte, dass ihm nicht doch etwas Ernstes fehlte?

»Schmeckt es dir nicht?« Olli sah sie besorgt an.

Leni steckte sich schnell eine Gabel voll mit Pfannkuchen in den Mund und nickte kauend. »Schmeckt lecker«, bekräftigte sie, nachdem sie runtergeschluckt hatte. »Ich bin nur total müde.«

Er verzog das Gesicht. »Ja, ich strotze auch nicht gerade vor Energie. Tommy hat die ganze Nacht geweint, sodass Iida und ich uns abwechselnd um ihn kümmern mussten.«

Leni sah Olli ernst an. »Ich kann nur wieder anbieten, dass ich …«

Er schüttelte hektisch den Kopf, sah Leni beschwörend an. »Schlag das bloß nicht zu Iida, dann dreht sie durch. Ich glaube, sie braucht momentan einfach das Gefühl, dass sie alles im Griff hat und alleine klarkommt. Es hilft ihr, mit der Ungewissheit bezüglich Elisa umzugehen. Sie steht extrem unter Anspannung, seit Lilia gefunden wurde. Ich glaube sogar, dass sie tief im Innern schon damit rechnet, dass eines Tages der Anruf kommt, dass Elisas Leiche ebenfalls gefunden wurde.«

Leni nickte. »Sie hat einfach Angst, Tommy auch zu verlieren, deswegen schafft sie es nicht, anderen Menschen, Außenstehenden, zu vertrauen. Und dazu gehören nun mal ein fremder Arzt und auch ich selbst.«

Olli sah Leni lächelnd an. »Sagen wir mal so, du solltest eigentlich froh sein, dass du so wenig in die Arbeit eingebunden wirst. So kannst du deine Zeit hier genießen und tust trotzdem etwas Gutes für uns.« Er räusperte sich. »Im Ernst, ich bin sehr froh, dass du hier bist, denn seitdem Iida wieder arbeitet, geht es ihr jeden Tag ein wenig besser. Ich denke, wenn wir ihr Zeit geben, kommt der Rest von ganz allein.«

Zurück in ihrem Zimmer zog Leni sich ihren Jogginganzug an, damit sie nicht erneut Gefahr lief, dass Tommy sich nach einem Gläschen auf ihre beste Jeans übergab. Sie sah auf die Uhr. Bis Iida Tommy zu ihr bringen würde, waren noch ein paar Minuten Zeit. Vielleicht konnte sie diese nutzen, um ihre Mutter anzurufen. Seit sie hier war, hatten sie erst zweimal telefoniert, weil es an Psychoterror grenzte, die Vorhaltungen ihrer Mutter öfters hören zu müssen.

Dabei verstand sie deren Sorgen, konnte ihre Ängste gut nachvollziehen. Ihre Mutter machte genau dasselbe durch wie

Iida und noch Schlimmeres, seit ihre zweite Tochter ebenfalls nach Finnland gereist war. Leni hatte ihr zwar hoch und heilig versprochen, auf sich aufzupassen, spät abends nicht allein vor die Tür zu gehen und keinesfalls irgendwelche kopflosen Handlungen in Erwägung zu ziehen, doch mal ehrlich, wenn sie beabsichtigte, sich an dieses Versprechen zu halten, wäre sie besser zu Hause geblieben. Sie musste nach draußen und endlich anfangen, den richtigen Leuten die richtigen Fragen zu stellen. Iida hinten angestellt, standen für den Moment Lisas damalige Gasteltern an erster Stelle, Joona und Lilias Familie. Wobei … Leni verzog das Gesicht. Sollte sie wirklich die Menschen in ihr Dilemma hineinziehen, deren Welt erst vor Kurzem in Scherben zerbrochen war? Sie schluckte. Besser ließ sie die Koskinens außen vor, kümmerte sich um den Rest und später um Iida, wenn die Zeit dafür gekommen war. Vielleicht hatte Olli ja recht, dass Iida langsam anfing, sich auf das Jetzt zu konzentrieren, auf Tommy, auf ihre Praxis und auf ihr neues Leben, ihre zweite Chance. Doch was, wenn sich Janne Göös' Vermutung bewahrheitete? Sie hatte ihr bei ihrem Besuch von den Grabungsmaßnahmen erzählt und obwohl bisher nichts gefunden worden war, bestand natürlich die Möglichkeit, einen weiteren grauenhaften Fund zutage zu fördern.

Leni hatte am Abend des Gesprächs mit Janne in sich hineingehorcht und sich gefragt, was wäre, sollte tatsächlich Lisas Leiche gefunden werden. Doch dann war da wieder dieses Gefühl in ihr gewesen, ein helles, warmes Kribbeln, das ihr die Sicherheit gab, dass dies nicht geschehen würde. Lisa, ihre geliebte Schwester war noch am Leben. Sie war irgendwo da draußen und wartete darauf, dass man sie endlich fand und sie rettete.

Doch was, wenn Elisas Leiche gefunden würde? Was dies für Iida bedeutete, darüber mochte Leni gar nicht nachdenken. Doch was käme im Fall der Fälle auf sie selbst zu? Was, wenn Iida daran komplett zerbrach? Ihre Praxis erneut aufgab? Was gäbe es für sie dann für einen Grund, hierzubleiben? Sicher würde sie es sich leisten können, einige Tage in einem Hotel unterzukommen, doch was dann?

Ein Ziehen in ihrem Magen zwang sie, diese trüben Gedanken beiseitezuschieben und sich auf das zu konzentrieren, was greifbar war.

Tommy.

Sie hörte ihn wimmern und seufzte. Ein herzerfrischender Vormittag und Nachmittag lagen vor ihr. Einzig der Gedanke an ihre Planung der nächsten Tage hielt sie bei Laune.

Als es klopfte, setzte sie einen freundlichen und entspannten Gesichtsausdruck auf und ging zur Tür, um Iida Tommy abzunehmen.

»Heute ist es etwas besser als gestern«, erklärte Iida ihr. »Er hat sich nicht übergeben müssen, ist nur etwas quengelig, weil ich ihm heute zum Frühstück nur Bananenbrei gegeben habe. Tu mir einen Gefallen und füttere ihm in zwei Stunden ein wenig von dem Zwiebackbrei in der Küche.«

Leni nickte und nahm das kleine Bündel Mensch in ihre Arme. Der Junge roch nach Milch und Babypuder und schien wirklich ein klein wenig besser drauf zu sein als gestern und vergangene Nacht. »Ist es okay, wenn ich heute Abend noch mal kurz in die Stadt fahre?«

Iida sah Leni verwirrt an. »Du bist erwachsen, kannst in deiner Freizeit tun und lassen, was du möchtest. Und selbst wenn du mal was vorhast, während ich noch arbeite, solange Olli da ist, hab ich kein Problem.« Sie lächelte Leni an und drückte ihrem Sohn ein Küsschen auf die Wange. »Bis später mein Liebling«, sagte sie liebevoll, dann drehte sie sich um und eilte davon.

Zwei Stunden später war Leni mit ihren Nerven am Ende. Iida war noch keine halbe Stunde weg gewesen, als Tommy in sein altes Muster verfiel und Zeter und Mordio schrie. Auch den Zweibackbrei, den Leni ihm in ihrer Verzweiflung angeboten hatte, verweigerte der kleine Junge. Stattdessen hatte er wie ein Reiher gekotzt, ungünstigerweise auf den guten Lammfellteppich im Wohnzimmer der Familie, sodass Leni jetzt gezwungen war, mit Putzmittel und Ablenkungsspielzeug gleichzeitig zu hantieren.

Doch trotz aller Bemühungen brachte sie weder das Erbrochene aus dem Teppich noch das Kind dazu, sich zu beruhigen. Stattdessen wurde es von Minute zu Minute schlimmer. Vom Schreien war Tommy bereits heiser, sein Bauch fühlte sich ganz hart an und er krümmte sich, als hätte er starke Schmerzen.

Leni beschloss, mit Tommy zu Iidas Praxis rüberzugehen. Sicher war sicher. Iida würde ihr schon nicht den Kopf runterreißen, denn schließlich ging es ja um ihr Kind, das schrecklich zu leiden schien.

Das Wartezimmer war gesteckt voll, trotzdem winkte die Ärztin Leni sofort zu sich ins Sprechzimmer, nachdem die junge Frau an der Anmeldung ihrer Chefin gesagt hatte, was los war.

Iida sah Tommy mit einer Mischung aus Besorgnis und beruflichem Interesse an, tastete seinen Bauch ab. »Scheint, als hätte er Koliken. Das kann schon mal vorkommen, wenn die Kleinen sich aufregen oder Zähnchen bekommen.« Sie lächelte das Kind an, strich ihm sanft über die weiche Wange, doch hatte diese Geste seltsamerweise gar nichts Mütterliches an sich. Vielmehr war es, als wäre in diesem Fall Leni die Mutter, deren Besorgnis sie in Iidas Praxis geführt hatte.

Iida zog eine Spritze auf und injizierte Tommy eine klare Flüssigkeit oberhalb seiner rechten Pobacke, woraufhin das Kind nur noch lauter und noch zorniger kreischte.

»Sobald ich Pause habe, nehme ich ihn dir ab«, sagte sie zu Leni und sah sie durchdringend an. »Du kommst doch klar, oder? Die Spritze sollte gleich wirken und ihn ruhiger werden lassen. Vielleicht schläft er sogar ein Weilchen.«

Leni schluckte. Dann nickte sie. »Ich weiß nicht, vielleicht solltest du …«

»Nein!«, unterbrach Iida Leni mit scharfer Stimme. »Ich werde Tommy weder zum Kinderarzt bringen noch ins Krankenhaus. Ich BIN Ärztin und kann sehr wohl selbst beurteilen, ob Tommy schwer krank ist oder nur an Koliken leidet.« Plötzlich wirkte Iida so erschöpft wie lange nicht, sah aus, als bräche sie jeden Moment zusammen. »Versprich mir einfach, dass du genau das machst, was ich dir sage!«

Leni räusperte sich. »Okay, aber ich wollte doch nur …«

»Versprich es!«

Lenis Innereien krampften sich zusammen. »Okay«, sagte sie schließlich ergeben und drückte Tommy, dessen Augen zugefallen waren, an sich. »Ich lege ihn gleich in sein Bettchen und warte, bis du da bist.«

Iida nickte zufrieden und begleitete Leni nach draußen.

Auf dem Weg zurück ins Haus fragte Leni sich, wie es sein konnte, dass sie als Kindermädchen sich mehr Sorgen um ihren Schützling zu machen schien als dessen Mutter. Kurz erwog sie, Olli anzurufen und ihn um Rat zu fragen, doch dann verwarf sie den Gedanken wieder. Er würde sowieso wieder zu seiner Frau halten und Leni nur beruhigen, in dem er sagte, dass Iida als Ärztin schon wisse, was sie tue, und sie eben Zeit brauche.

Als Tommy endlich in seinem Bettchen lag und Leni Zeit hatte, durchzuatmen, beschloss sie, es vorerst dabei zu belassen. Sie war hier, um Lisa zu suchen, und Tommy war, so leid es ihr tat, das zuzugeben, eben nur ein Job. Und wenn die Mutter des Kleinen entschied, dass es keinen Arzt brauchte, dann war das eben so.

Die Frage war nur, weshalb sie sich auch jetzt, als es dem Jungen endlich besser zu gehen schien, keinen Deut entspannter fühlte …

Als Iida in ihrer Pause ins Haus kam, schlief Tommy noch immer friedlich, was Leni nutzte, um seiner Mutter ein wenig auf den Zahn zu fühlen. Sie wusste natürlich, dass es falsch war und dass Olli am Abend ein ernstes Wörtchen mit ihr reden würde, doch sie konnte sich einfach nicht länger zurückhalten. »Darf ich dich was fragen?«

Iida, die es sich am Küchentisch mit einem vom Frühstück übrig gebliebenen Muffin bequem gemacht hatte, sah sie an. »Klar, worum geht es?«

»Tommy hat heute auf den Teppich im Wohnzimmer gespuckt und als ich die Sauerei beseitigt habe, fiel mir das Foto von Elisa im Anbauschrank auf. Sie wäre jetzt genauso alt wie ich, deswegen wollte ich …« Sie brach ab, suchte nach Worten. »Ich wollte einfach wissen, was für ein Mensch deine Tochter war.«

Als Leni sah, wie sich innerhalb von Sekunden Iidas Gesichtsausdruck veränderte, bereute sie ihr forsches Verhalten. »Es tut mir leid, ich hätte nicht …«

»Ich werde mal nach Tommy sehen«, erklärte die Frau mit monotoner Stimme und sprang auf. Ihren Muffin hatte sie fast gar nicht angerührt, trotzdem warf sie ihn in den Müll, sah auf dem Weg in Richtung Tür durch Leni hindurch.

»Ich wollte dir nicht zu nahe treten«, versuchte Leni es wieder und griff nach Iidas Arm, um sie zurückzuhalten, doch die schüttelte ihre Hand einfach ab und stürmte weiter. »Was passiert ist, berührt mich sehr, deswegen dachte ich, wäre es schön, zu wissen, wer Elisa war, bevor sie verschwunden ist.«

Iida wirbelte herum, sah Leni mit einer Mischung aus Misstrauen und Wut an. »Ich spreche nicht über Elisa. Und auch nicht darüber, was vielleicht geschehen sein könnte. Weder mit dir noch mit sonst jemandem.« Sie legte sich eine Hand auf die linke Brust und sah plötzlich aus, als bräche sie jeden Augenblick zusammen. »Sie ist hier bei mir, jeden Tag, jede Minute, jede Sekunde. Das ist es, was es mir erträglich macht, mit ihrem Verlust umzugehen. Und über sie zu reden, als gäbe es sie nicht mehr, noch dazu mit jemandem, der sie gar nicht kannte, erscheint mir wie ein Verrat an ihr.« Iidas Augen füllten sich mit Tränen. »Verstehst du, was ich sage?«

Leni schluckte, dann nickte sie. »Es tut mir leid.«

Als Leni am Abend in die Küche kam, war Olli gerade dabei, das Abendessen zuzubereiten. Es roch lecker nach Bratkartoffeln und Tunfischsteaks, doch sie hatte andere Pläne. Iida war gerade dabei, Tommy zu baden, deswegen wollte sie die Gelegenheit nutzen, Olli zu gestehen, dass sie mit Iida zusammengerauscht war. Nachdem sie die Ereignisse des Tages geschildert hatte, die Auseinandersetzungen mit Iida wegen Tommy und Elisa, erwartete sie, dass Olli ihr die Meinung geigen würde, doch nichts geschah. Stattdessen legte er den Pfannenwender beiseite und sah Leni dankbar an. »Ich weiß zu schätzen, dass du dir Sorgen um Iida und Tommy machst, beiden helfen willst. Doch am ehesten hilfst du meiner Frau, wenn du sie nicht bedrängst. Wenn sie so weit ist, wird sie dir von ganz allein von Elisa erzählen und was Tommy angeht – weiß eine Mutter instinktiv sowieso am besten, wie sie mit ihrem Kind umgehen muss. Du brauchst dir also keine Sorgen machen, okay?«

Kurz überlegte Leni, ihm den wahren Grund ihres Finnland-Aufenthaltes anzuvertrauen, ließ es dann aber. »Weißt du etwas über Elisa?«, fragte sie daher nur und biss sich nervös auf die Unterlippe, hoffend, dass er nicht auch so aus der Haut fuhr wie Iida.

Doch Olli lächelte nur. »Elisa war wie ihre Mutter. Zielstrebig und ehrgeizig. Sie hat sich für Wissenschaft interessiert, viel gelesen. Sie war Iidas ganzer Stolz und das alles weiß ich nur, weil Iida damals immer von ihrer Tochter schwärmte. Und zwar bei jeder sich bietenden Gelegenheit.« Er hob die Schultern. »Persönlich kannte ich sie kaum, weil sie sehr introvertiert war und zurückgezogen lebte. Wann immer ich ihr begegnete, hatte sie ihre Nase in irgendwelchen dicken Wälzern versteckt. Das muss auch der Grund sein, weshalb sie keine Freunde hatte. Mehr weiß ich auch nicht, weil Iida und ich damals noch keinen so engen Kontakt zueinander hatten.«

Leni schüttelte den Kopf. »Ich verstehe nur nicht, warum sie nicht das Bedürfnis hat, über Elisa zu reden. So etwas ist doch Teil der Bewältigung solch schlimmer Erlebnisse.«

Olli sah Leni durchdringend an, als hätte er sie durchschaut. »Jeder Mensch trauert anders«, sagte er dann nur und ging zurück zu seinen Kochtöpfen.

Leni begriff, dass sie am heutigen Abend nichts mehr würde ausrichten können, und räusperte sich. »Ich muss noch mal kurz weg, ist das okay?«

Olli sah sie über die Schulter hinweg an. »Soll ich dir dein Essen in den Kühlschrank stellen?«

Leni wollte gerade ablehnen, überlegte es sich dann aber anders. »Gerne. Ich lass mir deine Kochkunst dann später schmecken.«

Sie durfte Olli auf keinen Fall verärgern, denn er war der Einzige hier, von dem sie hin und wieder etwas erfuhr und der es ihr nicht übel nahm und sogar Verständnis aufbrachte, wenn sie sich in ihrer Unsicherheit Iida gegenüber mal wieder einen Fauxpas leistete.

Auf dem Weg zu dem Ehepaar, bei dem ihre Schwester damals untergekommen war, ließ sie sich noch mal alles durch den Kopf gehen. Olli hatte recht, sie musste es mit Iida langsam angehen, ihr Zeit geben, sich an sie zu gewöhnen, auch wenn das ihre Recherchemöglichkeiten extrem eingrenzte. Auch was Tommy anging, musste sie lernen, dass sie nur ihre Arbeit zu erledigen hatte und Iida nicht reinreden durfte, was das Kind anging. Schließlich war sie selbst weder Ärztin noch hatte sie eigenen Nachwuchs, was also gab ihr das Recht, einer Frau mit doppelt so viel Lebenserfahrung reinreden zu wollen?

Sie atmete tief durch und trat heftiger in die Pedalen ihres Leihrades, keuchte, als sie eine halbe Stunde später endlich am Ziel ihres abendlichen Ausfluges angekommen war. Die Järvinens lebten am Ortsrand von Espoo in einer ruhigen Wohnanlage mit schätzungsweise gut zwei Dutzend Reihenhäuschen, die in allen möglichen Blau- und Grüntönen gestrichen waren.

Als sie auf die Haustür der Järvinens zuging, betete sie, dass sie diesmal etwas mehr Glück hätte. Leider vergebens, denn es schien niemand zu Hause zu sein. Enttäuscht trat Leni den Rückweg an und wollte gerade auf das Rad steigen, als eine alte Dame von Gegenüber auf sie zukam. Sie plapperte auf Finnisch auf sie ein und hielt erst inne, als Leni verschämt zu kichern begann. »Ich verstehe fast kein Wort«, erklärte sie der alten Frau auf Englisch und hoffte, sie würde sie verstehen.

»Ich habe gefragt, ob ich Ihnen helfen kann?«, sagte die Frau in tadellosem Deutsch und brachte Leni dazu, sie mit weit aufgerissenem Mund anzustarren.

»Sie stammen aus Deutschland?«

Nicken. »Ich lebe aber schon seit mehr als sechzig Jahren hier, doch das ist eine andere Geschichte.«

Leni überlegte, was sie sagen sollte, entschied sich dann für die Wahrheit. »Sie wissen doch sicher, was vor drei Jahren am Bodom-See passiert ist, nicht wahr?«

Die Frau nickte und durchbohrte Leni mit ihrem Blick. »Natürlich weiß ich das. Nur, was hat das mit Ihnen zu tun, junge Frau?«

Leni sah zu Boden und holte tief Luft. Als sie wieder aufsah, sah die Frau sie mitleidig an, als ahnte sie bereits, was Leni ihr nun anvertrauen würde.

»Eines der vermissten Mädchen ist meine Schwester.«

Die Frau trat näher, strich Leni über den Arm. »Das tut mir leid, doch was hat das mit den Leuten zu tun, die hier wohnen?« Sie deutete mit dem Kopf auf das Haus der Järvinens.

»Das ist die Familie, bei der Anneliese damals während ihres Aufenthaltes gewohnt hat.«

Die Frau nickte verständnisvoll. »Was hältst du davon, wenn wir uns duzen? Ich bin Elsa und wie darf ich dich nennen?«

»Mein Name ist Leni.«

»Leni ...« Die Augen der Frau leuchteten. »Ein wunderschöner Name. Ist das die Kurzform von Annalena?«

Sie nickte.

»Was hältst du davon, Leni, wenn wir gemeinsam eine Tasse Tee in meinem gemütlichen Wohnzimmer trinken?«

Als sie einander wenig später gegenübersaßen, spürte Leni erst, wie erschöpft sie war, wie sehr dieser Tag sie angestrengt hatte.

»Wohnst du in einem Hotel?«, wollte Elsa wissen.

»Bei den Battilanas«, sagte Leni und hoffte, dass ihr Gegenüber nun nicht schlecht von ihr dachte.

Die alte Frau sah Leni zuerst erstaunt an, dann nickte sie wissend. »Weil Elisa am selben Tag verschwunden ist?«

Nicken. »Ich dachte, wenn ich etwas über das Mädchen erfahre, das am selben Tag verschwunden ist, könnte mir das in Bezug auf meine Suche nach Lisa helfen.«

»Gut mitgedacht«, sagte Elsa schmunzelnd. »Nur habe ich meine Zweifel, dass dir das etwas nützen wird. Die Polizei hat meines Wissens genau dieselbe Spur verfolgt und nichts gefunden, nicht den allerkleinsten Hinweis.«

»Woher weißt du das?«

Elsa lächelte wehmütig. »Mein verstorbener Mann war Polizist und er hatte noch gute Kontakte bei der Polizei.«

Leni nickte, als erklärte das alles. Sie wollte nicht nachhaken, nicht noch mal am heutigen Tag Gefahr laufen, einen Menschen zum Weinen zu bringen, doch sie konnte nicht anders.

»Was hat dein Mann zu dem Fall gesagt? Hatte er eine Meinung dazu, was passiert sein könnte?«

Elsa sah Leni ernst an. »Etwas Ähnliches ist bereits 1960 passiert, ich nehme an, du weißt davon?«

Leni nickte.

»Mein Mann stieß damals gerade ganz frisch zu den Ermittlungen. Er war dabei, als man den Überlebenden von 1960 zuerst wegsperrte und dann wieder freilassen musste, nur um ihn Jahrzehnte später erneut einzusperren.« Sie schüttelte den Kopf. »Dieser Fall war der einzige Grund, weshalb mein Pekka und ich unseren ersten Ehekrach hatten: Er war nämlich der Meinung, dass der Junge schuldig ist und ihnen lediglich die Beweise dafür fehlten.«

»Und du?«, fragte Leni atemlos.

»Ich glaubte weder damals noch heute daran, dass der überlebende Junge es gewesen ist. Beide waren allein, beide hätten zuerst den besten Freund und dann die zwei Mädchen überwältigen müssen.«

»Sie könnten ja geschlafen haben.«

Elsa schüttelte den Kopf. »Trotzdem. In Todesangst entwickelt der Mensch Bärenkräfte. Niemals hätte der Junge damals seine drei Freunde ohne Hilfe derart zurichten können. Und genau wie Joona 55 Jahre später war auch er ein noch nie zuvor auffällig gewordener Teenager und diese Taten sind im Grunde die eines Psychopathen.«

»Willst du damit sagen, dass dein Mann auch Joona für den Täter gehalten hat?«

Elsa grinste, was ihr faltiges Gesicht noch zerknautschter wirken ließ.

»Ich will damit sagen, dass ich dich für ein sehr cleveres Mädchen halte. Und deswegen rate ich dir dringend, bei allem, was du tust, vorsichtig zu sein und gut auf dich aufzupassen.«

Kapitel 10

Espoo/Helsinki
Juni 2018

»Ich wusste es«, murmelte Janne und schloss die Augen. Sie atmete einige tiefe Züge der feuchten und noch morgenkühlen Waldluft ein, ließ den erdigen, schweren Geruch auf sich wirken, doch das gewohnte Gefühl der Entspannung und des Loslassens wollte sich diesmal nicht einstellen.

Der Anruf hatte sie erreicht, noch ehe sie ihre erste Tasse Kaffee trinken konnte, dementsprechend fühlte sie sich jetzt. Und trotz der Tatsache, dass sie mal wieder den richtigen Riecher gehabt hatte, empfand sie beim Anblick der skelettierten Leiche in der Tiefe nur endlose Traurigkeit. Sie fühlte sich auf seltsame Art schuldig, weil sie das Gefühl hatte, für den Schmerz verantwortlich zu sein, den dieser grauenhafte Fund mit sich bringen würde. Schließlich war sie es gewesen, die diese Aktion ins Leben gerufen und Carl um Hilfe gebeten hatte. Wegen ihrer Hartnäckigkeit waren sie hier versammelt, um mit hoher Wahrscheinlichkeit ein weiteres Opfer der Tragödie vom See zu bergen. Wenigstens musste sie jetzt nicht befürchten, vor Carl selbst blöd dazustehen. Selbstverständlich würde es auch Unkenrufe geben, dass man erst mal die Untersuchungs- und Laborergebnisse abwarten müsse, um Genaueres sagen zu können, doch für Janne lag der Fall klar auf der Hand. Dieses Skelett – das erkannte sie an den Beckenknochen – stammte zu hundert Prozent von einer weiblichen Leiche. Und sie würde ihren Arsch darauf verwetten, dass es sich bei diesen traurigen

Überbleibseln um die eines der vermissten Mädchen handelte. Also hatte wer auch immer erst Anneliese oder Elisa hier vergraben und dann über zwei Jahre später Lilia ebenfalls hier entsorgt. Kurz fragte Janne sich, ob es von Bedeutung war, dass der Täter sein erstes Opfer vergraben, sein zweites nur abgelegt hatte, doch dann verwarf sie den Gedanken wieder. Vielleicht hatte er Lilia auch begraben wollen und war dabei gestört worden? Das wiederum bedeutete, dass es doch noch eine winzige Chance gab, Zeugen zu finden, auch wenn sie schon versucht hatten, die Leute in der näheren Umgebung darauf zu sensibilisieren, sich zu erinnern. Vielleicht sollten sie weitere Befragungen in Erwägung ziehen, in einem weitaus größeren Radius als dem bisherigen, auch wenn das zu allgemeinem Frust bei den Kollegen führen würde. Oder einen Artikel in der Tageszeitung veröffentlichen, außerdem Radio und Fernsehen hinzuziehen. Allerdings … Janne seufzte. Die Medien ins Boot zu holen, bedeutete sowohl Fluch als auch Segen und sie konnte beim besten Willen nicht sagen, was in genau diesem Augenblick überwog. Doch mal ehrlich, was für eine Wahl hatten sie denn? Bislang war es ihnen nicht gelungen, auch nur einen Deut weiterzukommen. Sie verloren sich in wilden Spekulationen, wälzten Akten und lasen sich durch interne Suchmaschinen, doch nichts, absolut gar nichts hatte sie bislang weitergebracht oder auf einen Silberstreif hoffen lassen. Vielleicht würden diese Knochen dabei helfen, eine Verbindung zum Täter zu knüpfen, doch Janne mochte nicht so recht daran glauben. Hinzu kam, dass sich allein beim Gedanken daran, in absehbarer Zeit erneut Menschen gegenüberzusitzen, denen sie eine niederschmetternde Nachricht überbringen musste, ihre Innereien verkrampften.

»Wir fangen jetzt an, die Leiche zu bergen, okay?« Die Stimme von Andy Kyilla, dem Leiter der Spurensicherheit, drängte sich frostig in ihre Gedanken.

Sie sah ihn an und bemerkte das nervöse Zucken seiner rechten Hand. Dann nickte sie stumm und blickte auf die Uhr. »Schafft ihr es bis Mittag? Ich würde gerne heute noch die Pathologie beauftragen und je früher ich anrufe, desto besser.«

Der Mann räusperte sich. »Bis elf Uhr sind wir hier weg.« Er wirkte unschlüssig, als hätte er noch etwas auf dem Herzen. Schließlich stieß er den Atem aus. »Sie gehen auch davon aus, dass es sich hierbei um eines der vermissten Mädchen handelt, nicht wahr?«

Janne nickte finster.

Konnte es ein schlechteres Omen geben als zwei Menschen, die unabhängig voneinander dasselbe dachten?

Als Janne nach der Mittagspause zurück ins Büro kam, nahm sie sich vor, den Rest des Tages nichts anderes zu tun, als die einzelnen Ermittlungsstichpunkte durchzugehen und anhand des heutigen Fundes neu zu analysieren. Sie gähnte und verfluchte sich selbst, weil sie beim Essen nicht hatte an sich halten können und gleich zwei Fischbrötchen samt belgischer Waffel zum Nachtisch vertilgt hatte. Jetzt fühlte sie sich aufgedunsen und müde, musste sich zwingen, die Augen offen zu halten. Von sich selbst genervt schlug sie eine Karte der Umgebung auf, starrte auf die Notizen, die sie bereits darauf gekritzelt hatte. Zwischen der Stelle am See, wo man den toten Jungen sowie die Zelte und Habseligkeiten der Jugendlichen gefunden hatte, bis zu dem Wald, in dem Lilia und das Skelett gefunden worden waren, lag eine Entfernung von etwas mehr als fünfundsechzig Kilometern. Doch was genau bedeutete das? Definitiv handelte es sich beim Täter um jemanden, der in dieser Gegend zu Hause war, der wusste, wo er Leichen verstecken konnte, die nicht so schnell gefunden wurden. Anfangs hatte es immer wieder Kollegen gegeben, die vermuteten, die Mädchen seien ins Ausland entführt oder von einem Urlauber ermordet und verscharrt worden, doch seit man Lilia gefunden hatte, war allen klar, dass es jemand sein musste, der hier lebte und der sie, vielleicht sogar auch die anderen Mädchen gefangen gehalten hatte. Wenn sich also jetzt herausstellte, dass es sich bei dem Skelett um Anneliese oder sogar Elisa handelte, was genau bedeutete das für die Ermittlungen? Bewiesen wäre dann endlich, dass das Verschwinden der Tochter der Ärztin doch mit der Tragödie am See in Verbindung stand. So weit so gut. Doch warum entführt jemand junge Mädchen, tötet eines sofort und lässt das andere oder die anderen dann jämmerlich an irgendwelchen Krankheiten sterben? Was ergab das für einen Sinn?

Janne schluckte. Eigentlich ergab das Töten nur selten auf den ersten Blick einen Sinn. Vielmehr war es meist so, dass all die Puzzleteilchen eines Verbrechens erst dann ein Bild ergaben, wenn die Ermittlungen abgeschlossen waren und die Schuldigen hinter Schloss und Riegel saßen. Ihnen oblag es lediglich, die einzelnen Verbindungen zwischen den Puzzleteilen zu erkennen, sie zu bewerten und zu versuchen, sie richtig ineinanderzufügen. So auch bei diesem Fall. Janne machte sich einige Stichpunkte in ihr kleines Büchlein und las diese wieder und wieder.

Noel, der tote Junge am See – bis heute war es ihnen nicht gelungen, herauszufinden, ob er durch einen Unfall oder Mord ums Leben gekommen war.

Dann war da Joona – der behauptete, es wäre ein Mann da gewesen, der auf ihn eingestochen und seinen Freund Noel angegriffen hatte. Auf die Frage, wie genau der Junge gestorben sei, wusste er jedoch keine Antwort: Ebenso wenig wie auf die Frage, wo die Mädchen waren.

Und dann waren da noch Elisa, Anneliese und zu guter Letzt Lilia – von der man inzwischen wusste, dass sie erst über zwei Jahre nach ihrem Verschwinden gestorben war.

Jannes Kopf begann zu schmerzen, so wie er es immer tat, wenn sie versuchte, allein durch die Kraft der totalen Konzentration zu erkennen, was sie bisher übersehen hatte.

Die Frage war nur, wonach sie überhaupt suchte. Oder besser nach wem?

Als das Telefon klingelte, zuckte sie zusammen. Beim Blick aufs Display schlug ihr Herz schneller. Die Pathologie. Sie riss den Hörer aus der Station und meldete sich. Dr. Ramon Eho kam sofort auf den Punkt. »Sie hatten recht. Es handelt sich um die Knochen einer weiblichen Heranwachsenden, die zum Zeitpunkt ihres Todes zwischen dreizehn und achtzehn Jahre alt war. Woher wussten Sie das eigentlich?«

Janne verzog das Gesicht zu einem Grinsen, doch dann wurde ihr bewusst, dass er das gar nicht sehen konnte. »Ich hab da mal ein Buch drüber gelesen. Und erinnere mich noch, dass erwähnt wurde, dass männliche und weibliche Skelette sich vor allem im Becken und Gesichtsbereich voneinander unterscheiden.«

Er hüstelte, schien nach Worten zu suchen. »Jedenfalls hatten Sie recht«, bekräftigte er schließlich noch einmal. »Ich würde anhand des Zustandes der Leiche sagen, dass der Todeszeitpunkt im Jahr 2015 war.«

Janne sog die Luft scharf ein. »Haben Sie es nicht etwas genauer?«

Der Mann schwieg beleidigt angesichts ihres Kommentars, doch dann entspannte er sich wieder. »Wir haben die Knochen untersucht sowie die wenigen gut erhaltenen Sehnenreste und können mit Sicherheit sagen, dass die junge Frau ziemlich genau vor drei Jahren zu Tode kam.«

»Also könnte sie im Juni 2015 gestorben sein?«

»Liegt absolut im Bereich des Möglichen«, brummte Eho.

»Und die Todesart? Wissen Sie da schon etwas? Und wie gehen wir in Bezug auf die Identifizierung vor?«

Der Mann am anderen Ende der Leitung stieß ein freudloses Lachen aus. »So schnell sind wir auch wieder nicht. Allerdings gibt es ein paar Merkmale an den Knochen, die ich gerne mit Ihnen persönlich besprechen möchte, wäre es daher möglich, dass Sie heute noch vorbeikommen?«

Nicht einmal eine Stunde später stellte sie ihren Wagen auf dem Parkplatz vor der Pathologie ab und machte sich auf den Weg in den Obduktionssaal. Dr. Eho kam ihr bereits auf der Hälfte der Strecke entgegen, reichte ihr seine Hand zum Gruß. »Wir wissen übrigens immer noch nicht, um wen es sich bei der Leiche handelt«, sagte er und sah Janne belustigt an.

»Tut mir leid, dass ich so ungeduldig bin«, entschuldigte sie sich. »Aber ich muss schnellstmöglich wissen, ob es sich um Anneliese Müllers oder Elisa Battilanas Überreste handelt. Das würde uns bei den Ermittlungen wirklich ein gutes Stück weiterbringen.«

Eho nickte. »Ich habe vorhin Fotos vom Schädel des Mädchens für den Zahnstatus gemacht. Ober- und Unterkiefer sind hervorragend erhalten. Meine Kollegen kümmern sich im Moment um die DNA-Analyse und untersuchen danach die Knochenstruktur sowie die einzelnen Fragmentstückchen. Deshalb muss ich Sie noch um etwas Geduld bitten. In zwei Tagen wissen wir mehr, doch bis dahin …« Sein Gesicht verdüsterte sich. »Was mir aufgefallen ist … Die Knochen des Mädchens weisen einige sehr alte Brüche auf. Unterarm und Handgelenk des rechten und linken Arms sind betroffen sowie beide Unterschenkel.«

»Was wollen Sie damit sagen?«, wollte Janne wissen.

Eho verzog das Gesicht. »Die Brüche wurden professionell behandelt, sind deswegen gut zusammengewachsen, trotzdem fiel mir auf, dass es an einigen Stellen zu mehreren Verletzungen innerhalb kürzester Zeit gekommen sein muss. Man erkennt es anhand der Knochenstruktur in diesen Bereichen.« Er brach ab und hielt einen Moment inne. Dann sah er Janne betroffen an. »Die meisten dieser Brüche zog sich das Mädchen im sehr frühen Kindheitsalter zu, wenn Sie verstehen, was ich damit sagen will.«

Janne riss die Augen auf und starrte den Mann entgeistert an. »Sie stammen also nicht vom Täter?«

Kopfschütteln. »Im Grunde ist es sogar so, dass wir zumindest an den Knochen keinerlei Gewalteinwirkung ausmachen konnten, die vor drei Jahren zum Tode des Mädchens geführt hätten. Der Schädel ist unversehrt, Wirbelsäule und Genick ebenfalls. Es gibt überhaupt keine Knochenbrüche, die jünger als zehn Jahre sind. Deswegen denke ich, dass wir es hier mit einem besonders schweren Fall von Misshandlung im Kleinkindalter zu tun haben könnten.«

Zurück in ihrem Wagen hatte Janne diese Neuigkeit noch immer nicht verdaut. Fakt war mittlerweile, dass – wer auch immer dieses Mädchen gewesen war – es im Sommer 2015 gestorben war.

Es handelte sich also mit Sicherheit entweder um Elisa oder Anneliese. Eine von beiden könnte laut Gerichtsmedizin Opfer schwerster Misshandlung – wahrscheinlich durch die Eltern – gewesen sein. Die Frage war jetzt: Was hatte diese furchtbare Erkenntnis mit ihrem Fall zu tun?

Und inwiefern beeinträchtigte dies die Ermittlungen?

Im Grunde konnte sie gar nichts tun im Moment, außer abzuwarten. Und sobald sie wusste, um wen es sich bei der Leiche handelte, musste sie überlegen, wie sie in Bezug auf Mäkinens Gutachten vorzugehen hatte. Kurz rief sie sich die Gesichter der Eltern beider Mädchen in Erinnerung. Sie musste zugeben, dass sie keinem von ihnen eine derart herzlose Handlung zutraute. Wer brachte es fertig, einem Kind die Knochen zu brechen? Und spazierte dann jedes Mal in aller Seelenruhe ins Krankenhaus, um es verarzten zu lassen? Waren Ärzte denn nicht darauf sensibilisiert, Fälle dieser Art genauer zu untersuchen und zu melden? Oder gab es für die Brüche doch eine andere, menschlichere Erklärung?

Plötzlich durchfuhr Janne ein Gedankenblitz.

Was, wenn der Täter oder die Täterin selbst in der Lage gewesen war, das Kind zu verarzten? Dann wäre er oder sie gar nicht erst in die unangenehme Situation geraten, die Verletzungen erklären oder gar rechtfertigen zu müssen.

Und für diese eine Möglichkeit fiel Janne nur ein einziger Name ein, der infrage kam und Sinn ergab: Iida Battilana.

Und das wiederum bedeutete, dass es sich bei dem Skelett mit an Sicherheit grenzender Wahrscheinlichkeit nicht um Anneliese Müllers Überreste handelte.

Sofort fielen ihr die Worte der jungen Frau ein, die kürzlich bei ihr gewesen war.

Annelieses Schwester.

Eine junge Frau, die trotz all des Elends auf der Welt noch an Wunder glaubte.

Jannes Magen zog sich schmerzhaft zusammen und sie fragte sich, weshalb sie auf einmal Scham empfand.

Die Antwort war simpel: Weil sie sich für den Bruchteil einer Sekunde, für die Dauer eines kaum wahrnehmbaren Wimpernschlags für Annelieses Schwester gefreut hatte. Und weil es ihr seit wenigen Minuten egal war, Iida Battilana das Herz aus der Brust reißen zu müssen, sobald sie die Ergebnisse der Pathologie schwarz auf weiß in der Hand hatte.

Janne seufzte tief. Oder tat sie der Frau am Ende ein großes Unrecht an, weil sie überhaupt in Erwägung zog, sie könne ihr eigenes Kind misshandelt haben?

Sie horchte tief in sich hinein.

Traute sie es Iida Battilana zu, Elisa misshandelt zu haben? War es tatsächlich möglich, dass diese Frau gar nicht die liebevolle Mutter war, die sie vorgab zu sein?

Janne zog ihr Handy aus der Hosentasche, tippte einen ihrer Kontakte an und wartete. Carl ging bereits nach dem ersten Klingeln ran. »Ich hab eben gehört, was los ist.« Seine Stimme klang warm und freundlich. »Es freut mich, dass du mit deinem Bauchgefühl richtig lagst. Nicht, dass ich je daran gezweifelt hätte.«

Janne räusperte sich. Dann stieß sie einen nicht jugendfreien Fluch aus.

»Kannst du mir dann bitte schön erklären, weshalb ich mir jetzt trotzdem wie der allerletzte Vollidiot vorkomme?« Sie musste all ihre Konzentration aufwenden, um nicht wie ein trotziges Kind loszuheulen.

Carl schwieg einen Augenblick, dann stieß er einen leisen Zischlaut aus. »Es ist mir egal, dass du dich bis heute standhaft geweigert hast, mit mir zu Abend zu essen. Ich bin in einer halben Stunde bei dir und dann wirst du mir in aller Ruhe erzählen, was eigentlich mit dir los ist.«

Kapitel 11

Helsinki/Espoo
Juni 2018

Leni seufzte. Sie lag seit Stunden schlaflos in ihrem Bett, wach geworden vom Geschrei des kleinen Tommy. Besorgt stellte sie fest, dass aus seinem anfangs quengeligen, wimmernden Geheul inzwischen ein ohrenbetäubendes Gekreische geworden war, welches darauf schließen ließ, dass der kleine Junge schrecklich zu leiden schien.

Leni hatte sich im Internet über sogenannte Schreibabys schlaugemacht, doch ließen sich Tommys Heulausbrüche so langsam nicht mehr mit Krämpfen durch Blähungen erklären. Auch Iidas Vermutung, es könne am Zahnen liegen, fand Leni weit hergeholt. Allerdings … sie selbst hatte auch keine Kinder, kannte sich nicht aus mit Kinderkrankheiten, sodass es ihr ein wenig wie besserwisserisches Geschwafel vorkäme, wenn sie Iida ihre Meinung aufdrängen würde. Und schließlich wusste das Internet auch nicht alles.

Dennoch, je länger das Weinen des Jungen andauerte, desto mieser fühlte Leni sich. Es war beinahe, als empfände sie etwas wie Verantwortungsbewusstsein dem Kind gegenüber, Zuneigung sogar, welche ihr immer wieder zuflüsterte, dass sie dem Winzling wenigstens versuchen musste, zu helfen.

Seufzend schlug Leni die Decke zurück und stand auf. Sie huschte für eine Katzenwäsche ins gegenüberliegende Badezimmer, putzte sich die Zähne und überlegte, wie sie Iida dazu bringen konnte, Tommy einem Kinderarzt vorzustellen. Sie ging zurück in ihr Zimmer, schlüpfte in Jeans und Shirt, dann machte sie sich auf den Weg nach unten in die Küche. Oliver saß vor einer Tasse Kaffee und starrte trübsinnig vor sich hin. Er hatte blutunterlaufene Augen, welche in tiefen und dunklen Höhlen lagen, und sah einfach nur fix und fertig aus.

»Guten Morgen«, sagte Leni und ging zur Kaffeemaschine, um sich einen Cappuccino rauszulassen. Dann setzte sie sich mit ihrer Tasse ebenfalls an den Tisch und nippte an dem heißen Getränk. Es vergingen mehrere Minuten einvernehmlichen Schweigens, bis Oliver das Schweigen brach. »Iida hat für heute alle Termine abgesagt. Sie will sich selbst um Tommy kümmern, weil er seit Stunden schreit und durch nichts zu beruhigen ist. Also hast du heute einen freien Tag vor dir.« Er lächelte gequält. »Am liebsten würde ich heute auch frei machen, aber ich habe eine wichtige Besprechung, die nicht verschoben werden kann.«

»Wäre es dann nicht besser, wenn ich bleibe und Iida zur Hand gehe, falls sie eine Pause braucht? Ich meine, dafür habt ihr mich ja eingestellt.«

Oliver nickte schwach. »Dasselbe hab ich vorhin zu meiner Frau gesagt, aber sie lässt nicht mit sich reden. Sie ist der Meinung, dass Tommy heute seine Mutter braucht und ganz viel Ruhe.« Er hob die Schultern. »Sei doch froh. Der Tag heute wäre sicher kein Spaziergang für dich.«

Leni räusperte sich. »Das kann doch so nicht weitergehen«, sagte sie dann eindringlich zu Oliver. »Ich meine ja nur … Tommy hat jeden Tag furchtbare Schmerzen und euch beide belastet das selbstverständlich. Irgendwann werdet ihr an eure Grenzen kommen. Vor allem Iida, wenn sie sich selbst keine Ruhe gönnt. Wäre es da nicht besser, ihr würdet mal einen Kinderarzt zurate ziehen? Im Grunde wäre das nicht nur für Tommy gut, wenn ein Spezialist sich ihn mal ansieht, sondern auch für euch als Eltern.«

Ein Rascheln hinter sich ließ Leni zusammenzucken. Ergeben schloss sie die Augen. Wegen Tommys Geschrei hatte sie nicht mitbekommen, dass Iida in die Küche gekommen war. Sie drehte sich langsam um, hoffte, dass Iida nicht wie neulich aus der Haut fuhr. Doch sie stand nur müde an den Kühlschrank gelehnt, sah Leni durchdringend an. »Hältst du mich für eine schlechte Mutter?«, fragte sie dann. Ihre Stimme klang seltsam lauernd.

Leni schluckte. Dann sah sie Hilfe suchend zu Oliver.

»Leni hat recht«, kam er ihr zu Hilfe. »Vielleicht sollten wir ins Krankenhaus fahren und Tommy Dr. Häkinen vorstellen. Du hast selbst gesagt, dass er bei Elisa früher schon Wunder vollbracht hat.«

»Und was hat ihr das genutzt?«, brachte Iida mühsam hervor. »Sie ist nicht mehr bei mir, nur Gott weiß, was ihr zugestoßen ist.«

»Das hat aber nichts mit Tommy zu tun«, antwortete Oliver scharf. »Tommy ist sechs Monate alt und verliert ständig an Gewicht, weil er fast kein Essen bei sich behält. Er schläft schlecht und es geht ihm alles andere als gut. Interessiert dich das denn gar nicht?«

Iida presste ihre Lippen zu einem Strich zusammen und sah ihren Mann zornig an.

»Ich meine ja nur, Schatz, vielleicht sollten wir uns wirklich Hilfe holen. Was schadet es, eine zweite Meinung zu bekommen? So was passiert dir bei deinen Patienten doch auch. Du stellst eine Diagnose und schickst sie gegebenenfalls zu einem Spezialisten weiter.«

»Tommy ist aber kein Patient von mir, sondern mein Sohn, verdammt!«, schrie Iida plötzlich los. Dann sackte sie neben ihrem Mann auf den Stuhl und brach in Tränen aus. Während sie weinte, stand Oliver leise auf und ging aus der Küche. Leni vermutete, dass er nach Tommy sehen wollte, und blieb deswegen sitzen.

Plötzlich versteifte Iida sich und sah Leni mit tränennassem Gesicht an. »Du hast mir meine Frage nicht beantwortet: Hältst du mich für eine schlechte Mutter?«

Leni schluckte hart. Die Gedanken in ihrem Kopf rasten. Im ersten Augenblick wusste sie nicht, was sie antworten sollte, doch dann entschied sie sich, es diesmal mit der Wahrheit zu versuchen. »Ich halte dich nicht für eine schlechte Mutter. Trotzdem kann ich nicht nachvollziehen, warum du Tommy nicht zum Arzt bringen willst.«

Iida wischte sich mit dem Handrücken übers Gesicht, dann atmete sie tief durch. »Ich habe bei Elisa versagt«, erklärte sie mit brüchiger Stimme. »Ich dachte immer, alles unter Kontrolle zu haben. Glaubte, ihr würde niemals etwas Schlimmes passieren. Doch dann kam sie eines Tages nicht mehr nach Hause. Deswegen kann ich das einfach nicht, verstehst du? Ich schaffe es nicht, die Kontrolle abzugeben, wenn es um Tommy geht. Er ist alles, was mir noch geblieben ist.«

Nachdem Iida und Oliver ihr für heute frei gegeben hatten, beschloss Leni, ihre neu gewonnene Freizeit dafür zu nutzen, es noch einmal bei den Järvinens zu versuchen. Und je nachdem, wie viel Zeit anschließend noch war, wollte sie ihr Rad am Busbahnhof stehen lassen und mit dem Bus nach Helsinki fahren, um Joona in seinem Laden aufzusuchen.

Doch selbst als sie längst auf dem Weg war, ging ihr der kleine Tommy nicht aus dem Kopf. Nach Iidas erneutem Zusammenbruch fand Leni deren Situation zwar ein wenig nachvollziehbarer, verstehen konnte sie Iidas Entscheidung aber trotzdem nicht. Jede Mutter wollte doch, dass es ihrem Kind gut ging. Und wenn nun einmal dazu gehörte, über den eigenen Schatten zu springen oder gegen tief verborgene Ängste und Sorgen anzukämpfen, dann war es das doch eigentlich wert.

Sie empfand vollstes Mitgefühl für Oliver, der zwischen den Stühlen stand, mehr aber noch für das unschuldige Kind, das gezwungen war, zu leiden, bis seine Mutter irgendwann bereit war, einzusehen, dass sie ohne Hilfe nicht mehr weiterkam.

Vor dem Haus der Järvinens angekommen, zwang Leni sich, an etwas anderes zu denken, damit sie in der Lage sein würde, der Familie die richtigen Fragen zu stellen. Fast befürchtete sie, wieder umsonst gekommen zu sein, doch dann vernahm sie leise Schritte, die sich der Tür näherten.

Lenis Herzschlag beschleunigte sich, dann hörte sie, wie der Schlüssel im Schloss herumgedreht wurde. Wenige Sekunden später sah sie sich einer verschlafen aussehenden Frau um die fünfzig gegenüber.

»Tut mir leid, wenn ich Sie geweckt haben sollte, doch ich muss etwas sehr Wichtiges mit Ihnen besprechen.«

Die Frau gähnte, warf einen verstohlenen Blick auf ihre Uhr. Dann zog sie ihre Stirn in Falten. »Ich bin erst um sieben Uhr zu Bett gegangen, weil ich Nachtschicht hatte«, erklärte sie und gähnte herzhaft. »Wenn Sie mich also geweckt haben, weil Sie mir irgendeinen Schwachsinn andrehen wollen, werde ich ausfällig.« Leni schüttelte schnell den Kopf. »Ich bin keine Vertreterin oder so was. Mein Name ist Leni Müller. Ich bin Annelieses Schwester.«

Der Mund der Frau klappte auf. Dann schnappte sie nach Luft und drehte sich auf dem Absatz um. Leni befürchtete schon, die Frau würde sie einfach hier draußen stehen lassen, doch dann warf sie ihr einen Blick über die Schulter zu. »Ich brauche jetzt eine Tasse Kaffee. Kann ich Ihnen auch etwas anbieten?«

Als sie einander kurz darauf gegenübersaßen, schien Uma Järvinen nach den richtigen Worten zu suchen. »Ich kann mir denken, weshalb Sie hier sind«, stieß sie schließlich aus und starrte Leni noch immer ziemlich perplex an. »Sie sind hergekommen, um nach ihr zu suchen, nicht wahr?«

Leni nickte.

»Und wie soll ich dabei helfen?«

»Na ja, vielleicht hat Lisa ja irgendwas gesagt, bevor sie verschwand, etwas, das damals nicht wichtig schien, im Nachhinein aber doch relevant sein könnte.«

Uma winkte ab. »Das hat uns die Polizei auch schon unzählige Male gefragt. Da war nichts. Anneliese und meine Tochter verstanden sich nicht so gut. Vor allem, nachdem Lilia den beiden ständig dazwischenfunkte. So kam es, dass Anneliese irgendwann nur noch hier aß und schlief, ihre Freizeit aber meist mit Lilia verbrachte.«

»War Ihre Tochter nicht enttäuscht darüber? Ich meine, das ist gar nicht Lisas Art, ich verstehe nicht, wie es dazu hatte kommen können.«

Die Frau hob die Schultern. »Wie gesagt, Lilia hat sich von Anfang an dazwischengedrängt. So war sie immer. Sie nahm sich, was sie wollte. Egal, ob es Dinge waren oder Menschen.«

»Aus Ihren Worten höre ich heraus, dass Sie sie nicht mochten.«

Uma lächelte. »Ich bin die Letzte, die schlecht über ein totes Mädchen redet, aber im Grunde ist es genauso gewesen. Sofia hatte sich so sehr auf diesen Schüleraustausch gefreut. Und Lilia hat ihr das kaputt gemacht. Zumindest zum Teil. Dass dann alles derart aus dem Ruder lief … niemand konnte das ahnen, wir sind noch immer sehr bestürzt.«

»Wissen Sie, ob Lilia damals einen Freund hatte?«

Die Frau sah Leni einen Augenblick nachdenklich an. »Sie meinen es ernst, nicht wahr? Sie wollen wirklich und um jeden Preis herausfinden, was damals geschehen ist?«

Lenis Augen füllten sich mit Tränen. Dann nickte sie.

»Lilia war meines Wissens mit Joona liiert. Aber das bedeutete gar nichts, denn sie war weder ehrlich noch treu. Ich weiß nicht viel über sie, weil Sofia das Thema meist gemieden hat, doch ich bin mir ziemlich sicher, dass sie irgendwann mal erzählte, dass Lilia etwas mit Joona habe.«

»Und meine Schwester? Wissen Sie, ob sie sich während ihres Aufenthaltes hier verliebt hat? Oder ob sie Verehrer hatte?«

Die Frau schmunzelte. »Sollten es nicht Sie sein, der sie so etwas anvertraut hätte?«

Leni schluckte. »Ich weiß nur, dass sie in Joona verguckt war. Doch der war ja mit Lilia zusammen, deswegen wäre es möglich, dass umgekehrt ein Junge ein Auge auf sie geworfen hatte, und sie wusste es nur nicht.«

Uma überlegte kurz und schüttelte dann den Kopf. »Ich kann Sofia sagen, dass sie Sie anrufen soll, wenn sie zurück ist. Vielleicht weiß sie etwas Genaueres, aber versprechen kann ich es nicht.«

»Und was wissen Sie über Elisa Battilana?«

Uma runzelte die Stirn. »Warum interessieren Sie sich für das Mädchen?«

»Sie verschwand am selben Tag wie meine Schwester und Lilia.«

»Aber sie war nicht am See dabei. Da bin ich mir absolut sicher, weil wir vor dem Campingausflug mit Anneliese gesprochen und ihr auf den Zahn gefühlt haben. Mein Mann und ich haben sogar versucht, ihr das auszureden, allerdings ohne Erfolg. Sie bot Sofia dann an, mitzukommen, doch sie wollte verständlicherweise nicht. Und eben wegen dieses ganzen Hin und Her bin ich absolut sicher, dass da nur Lilia, Anneliese, Joona und Noel, dieser arme tote Junge, waren. Keine Elisa. Ich weiß nicht einmal, ob das arme Mädchen mit diesen jungen Leuten befreundet war.« Sie brach ab, schüttelte dann den Kopf. »Wobei ich mich zu erinnern glaube, dass Anneliese mal von ihr gesprochen hat. Ich glaube, Ihre Schwester hatte sich mit Elisa angefreundet, sehr zum Ärger von Lilia. Aber wie gesagt, beschwören könnte ich es nicht.«

Leni nickte enttäuscht. Sie hatte sich von diesem Gespräch ein wenig mehr erhofft als vage Vermutungen, doch wer weiß, vielleicht wusste Sofia etwas mehr als ihre Mutter, sofern sie sich tatsächlich bei ihr melden würde.

Plötzlich hatte Leni einen Gedankenblitz. »Sie haben vorhin armes Mädchen gesagt. Was meinten Sie damit?«

Uma starrte Leni verständnislos an.

»In Bezug auf Elisa. Sie nannten sie ein armes Mädchen. Warum?«

Uma Järvinen sah auf die Tischplatte und biss sich unschlüssig auf der Unterlippe herum. »Warum wollen Sie über Elisa sprechen? Vermuten Sie einen Zusammenhang zwischen ihrem Verschwinden und dem von Anneliese?«

Leni holte tief Luft, entschied sich dann für eine Lüge. »Ich habe zwar mitbekommen, dass damals noch ein drittes Mädchen verschwunden ist, doch war ich viel zu sehr mit Annelieses Verschwinden beschäftigt, um mich damit gezielt auseinanderzusetzen. Und jetzt bin ich zufällig bei den Battilanas als Kindermädchen untergekommen, um für meine Recherche bezüglich Anneliese etwas Geld zu verdienen. Und so führte eins zum anderen. Leider will Elisas Mutter so gut wie gar nicht über ihre Tochter sprechen, doch ihr Verschwinden lässt mich einfach nicht los, weil es mich an Anneliese erinnert, verstehen Sie?«

Uma sah Leni zweifelnd an, nickte dann aber. »Tut mir leid, ich weiß nur, dass Elisa Battilana von Geburt an schwer krank war und unter irgendwelchen Krampfanfällen litt. Hatte etwas mit dem Herzen zu tun. Sie war eine Außenseiterin, hatte kaum Freunde, war sehr auf ihre Mutter fixiert.«

Leni spürte, wie ihr Herzschlag sich beschleunigte. »Kennen Sie Iida persönlich?«, fragte sie dann.

Uma nickte zögernd und lächelte dann. »Sie ist unsere Hausärztin. Sie wollen sicherlich, dass ich nichts darüber sage, wer Sie wirklich sind, nicht wahr?«

Als Leni im Bus nach Helsinki saß, schweiften ihre Gedanken immer wieder zu Tommy ab. Sie fragte sich, ob es einfach nur ein trauriger Zufall sein könnte, dass auch seine vermisste Halbschwester Elisa nicht gesund gewesen war. Wenn sie unter Krampfanfällen gelitten hatte, könnte das auf Epilepsie hinweisen. Und auf ein zusätzliches Herzproblem, wie Uma angedeutet hatte. Doch Tommy litt, wie es aussah, unter Nahrungsmittelunverträglichkeiten oder einer Krankheit seines Verdauungsapparates. Nicht, dass Leni sich mit derlei Dingen auskannte, aber zumindest konnte sie eins und eins zusammenzählen. Beide Krankheiten hatten nichts miteinander zu tun, konnten unabhängig voneinander auftreten. Dennoch war es seltsam. Nicht, dass beide Kinder von Iida krank zur Welt gekommen waren, sondern die Tatsache, dass sie, obwohl Elisa chronisch krank gewesen war, jetzt nichts tat, um ihrem zweiten Kind Tommy ein ähnliches Schicksal zu ersparen. Und Leni bezweifelte, dass es daran lag, dass Iida von sich als Ärztin derart überzeugt war, dass sie sich keine Fehldiagnosen zugestand, niemals an sich zweifelte.

Es musste eine andere Erklärung dafür geben, dass sie Tommy auf eine Weise begluckte, die irgendwie … schräg war. Iida musste in allem, was Tommy anging, stets die Fäden in der Hand haben, selbst ihren Mann und Tommys Vater band sie nur in sehr viel geringerem Maße in die Betreuung des Kindes ein. Es war fast, als dulde Iida niemanden länger als nötig in der Nähe des Kleinen, auch wenn sie dafür täglich an ihre Grenzen gehen musste. Allein die Tatsache, dass sie Leni das Kind sogar in ihrer kurzen Mittagspause abnahm, obwohl sie diese Zeit nutzen könnte, sich von ihrer anstrengenden Vormittagssprechstunde auszuruhen, war irgendwie merkwürdig. Oder tat Leni der Frau unrecht?

Da sie selbst kein Kind hatte, konnte sie sich natürlich auch nicht in die Gefühlswelt einer Mutter hineinversetzen und nicht nachvollziehen, was es bedeutete, seinen Nachwuchs in fremde Hände zu geben.

Doch machten berufstätige Mütter weltweit nicht genau das Tag für Tag?

War am Ende Iidas Verhalten doch nachvollziehbar?

Leni stieß die Luft aus. Anstatt die Busfahrt nach Helsinki zu nutzen, sich Gedanken darüber zu machen, was sie Joona erzählen konnte, ohne ihre Absichten zu verraten, war ihr Innerstes ausgefüllt mit Sorgen um ein Kleinkind, das sie im Grunde nichts anging.

Verdammt!

Sie war wegen Anneliese hier. Der Job bei den Battilanas war nur dazu nötig gewesen, um Recherchemöglichkeiten voll auszuschöpfen. Was bisher leider total in die Hose gegangen war. Im Grunde hatte sie nichts über Elisa herausgefunden. Jedenfalls nicht von Iida. Und so würde es wohl auch bleiben, wenn sie sich weiterhin in Angelegenheiten einmischte, die sie eigentlich nichts angingen. Anstatt Iidas Vertrauen zu gewinnen, damit sie sich ihr öffnete, tat sie alles, um diese Frau gegen sich aufzubringen. Wie dämlich war das denn?

Leni atmete tief durch und beschloss, sich künftig besser in das Familienleben der Battilanas zu integrieren, ohne Iida dabei weiter bis aufs Blut zu reizen.

Sie wollte gerade die Augen schließen und bis zu ihrer Ankunft am Busbahnhof Helsinki ein wenig relaxen, als ihr Handy klingelte. Sie kramte es aus ihrer Handtasche und warf einen Blick aufs Display. Ihre Mutter rief an. Lächelnd nahm sie den Anruf entgegen und hoffte, dass ihre Mutter nicht mehr so aufgebracht und sauer war wie bei ihrem letzten Telefonat.

»Ich wollte dich auch gerade anrufen«, log sie drauflos und zog den Kopf ein, hoffend, dass sie ihr diese kleine Flunkerei abkaufte.

»Es muss was passiert sein«, kam ihre Mutter sofort auf den

Punkt. Ihre Stimme klang panisch. »Dr. Wortmann hat eben bei mir angerufen, weil die Polizei aus Finnland Lisas Zahnstatus bei ihm angefordert hat.« Sie brach in Tränen aus. »Weißt du etwas darüber, mein Schatz? Wenn ja, dann musst du es mir sagen.«

Leni spürte, wie ihr auf einen Schlag speiübel wurde. Dann fiel ihr ein, dass Janne Göös neulich etwas von irgendwelchen Grabungen in einem Waldgebiet erzählt hatte.

»Ich weiß überhaupt nichts«, brachte Leni mühsam hervor, während die Gedanken in ihrem Kopf Achterbahn fuhren. »Bestimmt handelt es sich nur um eine Routinenachfrage. Ich habe mich neulich mit der leitenden Polizistin unterhalten und da war die Rede davon, dass sie die Ermittlungen in eine ganz neue Richtung anleiern wollten. Vielleicht hat diese Anfrage damit zu tun.« Leni schloss die Augen und betete, dass ihre Mutter ihr auch diese Lüge abnehmen würde. »Es ist alles okay, Mama, wirklich, mir geht es gut. Und da ist auch sonst nichts, das dir Sorgen machen müsste.«

Als Leni bemerkte, dass das Schluchzen ihrer Mutter leiser wurde, atmete sie auf. »Du weißt doch, wie das mit der Polizei ist, Mama. Zuerst hat man das Gefühl, dass die gar nichts machen und dann plötzlich scheint es, als legten sie so richtig los.«

»Okay.« Die Stimme ihrer Mutter klang ein wenig fester. »Mir wäre es trotzdem lieber, wenn du wieder nach Hause kämst.«

»Ich weiß«, sagte Leni leise. »Und das werde ich auch bald. Ich hab hier noch ein paar Kleinigkeiten zu erledigen und dann komme ich zurück. Vielleicht sogar etwas früher als geplant.«

Nachdem sie das Gespräch mit ihrer Mutter beendet hatte, fühlte Leni sich noch schlechter als zuvor. Sie war zur absoluten Ehrlichkeit erzogen worden und dass sie eben eine Lüge nach der anderen abgefeuert hatte, gefiel ihr nicht. Andererseits hatte sie keine Wahl gehabt. Hätte sie ihrer Mutter erzählt, was sie wusste, wäre diese entweder selbst hergekommen und hätte dabei ihre ganze Planung gefährdet oder sie hätte Leni gezwungen, sofort nach Hause zu kommen, ihr notfalls Gott und die Welt, schlimmstenfalls sogar ihren Vater auf den Hals gehetzt. So war es besser. Jetzt konnte sie sich in Ruhe darum kümmern, offene Fragen zu beantworten, und als Erstes würde sie deswegen bei dieser Polizistin anrufen.

Sie suchte in ihren Kontakten nach deren Nummer und drückte auf Wählen. Leider kam sie nur in der Telefonzentrale raus, wo sie auf später vertröstet wurde. Doch Leni war nicht hier, um sich auch noch von der Polizei vertrösten zu lassen, deswegen rief sie nur zwei Minuten später wieder an.

Die Stimme der Telefonistin klang irritiert. »Ich sagte Ihnen doch eben schon, dass Hauptkommissarin Göös wegen einer Ermittlung außer Haus ist.«

»Hat es etwas mit der Grabung im Wald zu tun?«, schoss Leni zurück. »Hören Sie, es geht hier um meine vermisste Schwester Anneliese Müller. Meine Mutter hat mich gerade angerufen und mir gesagt, dass Ihre Kollegen Annemaries Zahnstatuts von unserem Zahnarzt angefordert haben, und will auf der Stelle wissen, wieso!«

Ein Seufzen ertönte.

»Ich darf Ihnen wirklich keine Auskunft darüber geben«, sagte die Frau am anderen Ende der Leitung und klang auf einmal gar nicht mehr so abweisend, sondern eher mitfühlend und verständnisvoll, was Leni noch mehr Angst machte.

»Bitte«, stieß sie verzweifelt hervor, »ich bin momentan hier vor Ort und ich muss wissen, was los ist.«

Die Frau seufzte erneut. Dann räusperte sie sich. »Ich mache Ihnen einen Vorschlag. Ich versuche, Janne Göös auf ihrem Handy zu erreichen, und richte ihr aus, dass sie Sie schnellstmöglich zurückrufen soll.«

Leni hatte sich mit der Routenplaner-App auf ihrem Smartphone zu der Adresse von Joonas Laden navigieren lassen. Jetzt saß sie am Fensterplatz eines kleinen Imbisses auf der gegenüberliegenden Straßenseite und stocherte lustlos in ihren Pommes herum. Den Blick permanent auf die Eingangstür gerichtet, wusste sie, dass sich im Augenblick zwei Kunden im Laden aufhielten, was bedeutete, dass Joona ebenfalls anwesend sein musste. Am liebsten würde sie sofort aufspringen und über die Straße rennen, Joona mit Fragen bombardieren, doch der vernünftigere Teil ihrer Selbst hatte gerade Oberhand. Das war auch der einzige Grund, weshalb sie nicht im Sekundentakt nach ihrem Smartphone griff, um zu kontrollieren, ob sie Empfang hatte und der Klingelton aktiviert war.

In Gedanken verfluchte sie die Polizistin, dass sie sie inzwischen schon über eine Stunde zappeln und auf ihren Rückruf warten ließ. Was konnte schon dabei sein, eine Angehörige auf den neuesten Stand der Ermittlungen zu bringen. Vielleicht sollte sie auf dem Rückweg zu den Battilanas noch in Espoo im Präsidium vorbeisehen und Janne Göös persönlich mit ihren Fragen konfrontieren. Anderseits wäre es durchaus im Bereich des Möglichen, dass die Polizistin gar nicht im Büro war. Hatten sie am Ende tatsächlich Annelieses Leiche in dem Wald gefunden und deswegen diese zahnärztlichen Unterlagen angefordert? Und ging ihr Janne deswegen aus dem Weg? Zumindest so lange, bis die Identifizierung der Leiche abgeschlossen war und sie mit Sicherheit sagen konnten, dass es sich um Anneliese handelte?

Das Herz in Lenis Brust fing an, heftig gegen ihre Rippen zu hämmern, sodass sie für den Bruchteil einer Sekunde das Gefühl hatte, keine Luft zu bekommen. Sie sprang auf, ging zum Tresen, um ihre Cola und die Pommes zu bezahlen. Dann trat sie auf die Straße und atmete tief durch.

Falls sie wirklich eine Leiche gefunden haben, ist es nicht Lisa, sagte sie wie ein Mantra im Geiste auf und atmete tief in ihren

Bauch hinein, um eine Panikattacke zu verhindern. Dann stand sie auch schon vor Joonas Geschäft. Zögernd streckte sie die Hand aus und drückte die Klinke hinunter.

Im Innern des Ladens roch es nach Ölen und irgendwelchem anderen undefinierbaren Zeugs. Überall hingen Anglerwesten, wasserdichte Gummihosen, Jacken und Watstiefel in verschiedenen Größen an Kleidungsständern herum. Unendlich viele Angeln steckten in hohen Behältnissen und in den Regalen stapelten sich Rollen, Haken und Köderzubehör. Selbstverständlich hatte Leni sich vor ihrem Besuch hier ausgiebig im Internet zum Thema Angeln informiert und wusste jetzt sowohl über die verschiedenen Angeltechniken Bescheid als auch über das dafür erforderliche Equipment.

»Kann ich dir helfen?«, drang Joonas warme und freundliche Stimme in ihr Bewusstsein und riss sie aus ihren Gedanken. Für ihn musste es so ausgesehen haben, als interessierte sie sich für ein Set aus Kunstködern, denn er nahm die Dose aus dem Regal und öffnete sie. Dann reichte er Leni die Box. »Ist momentan im Angebot für unter zwanzig Euro.« Er grinste sie an. »Es verirren sich nicht gerade viele Frauen in meinen Laden.«

Leni grinste zurück und nickte. »Ich nehme die Box. Kannst du mir auch noch ein Set zum Fliegenfischen empfehlen? Und ich brauche eine bessere Rolle. Meine ist etwas schwerfällig.«

Joonas dunkelblaue Augen begannen zu funkeln, doch Leni konnte beim besten Willen nicht sagen, ob vor Erstaunen oder Belustigung. »Du gehst Fliegenfischen?«

Sie nickte. »Kannst du mir einen guten Platz empfehlen?«

Für den Bruchteil einer Sekunde hatte Leni den Eindruck, dass sein Blick sich verdüstert hatte, doch dann stieß er ein freundliches Lachen aus. »Da bist du bei mir an der richtigen Adresse. Ich biete geführte Angeltouren an, aber wenn du willst, kann ich dir auch eine Karte geben, wo einige der schönsten Plätze eingezeichnet sind.«

Leni tat überrascht. »Du bietest Touren an? Ist ja cool, allerdings …« Sie brach in gespieltem Zweifel ab. »Ich bin noch nicht lange genug dabei, um mit Profis mitzuhalten.«

Joona lachte und warf einen Blick zur Kasse, wo ein junger Mann voll beladen auf ihn wartete. »Entschuldige mich kurz, ich bin gleich wieder bei dir.«

Nachdem er den Typen abkassiert hatte, ging er bei einem weiteren Kunden vorbei, der seit einigen Minuten damit beschäftigt war, zwei Angeln miteinander zu vergleichen, und zwinkerte Leni kurz zu.

Sie beobachtete Joona, wie er dem Mann in Bezug auf die beiden Angeln beriet und es schlussendlich schaffte, ihm die teurere der beiden aufzuschwatzen. Nachdem er auch ihn abkassiert hatte, kam er wieder zu Leni. »Und, was sagst du? Willst du es riskieren, mit mir auf Tour zu gehen? Mädchen bekommen von mir einen Sondertarif.«

»Ich weiß nicht …« Sie versuchte, ihre Stimme ein wenig unsicher klingen zu lassen, damit er nicht bemerkte, wie aufgeregt sie war.

»Was, wenn ich mich vor dir zum Otto mache? Meine Fähigkeiten im Angeln sind sicherlich ein Witz im Vergleich zu deinen.«

Plötzlich veränderte sich etwas zwischen ihnen, doch Leni konnte beim besten Willen nicht sagen, was und warum. Fakt war nur, dass Joonas lockere, nette Art auf einmal wie weggeblasen war und er sie beinahe feindselig durch das Gewirr seiner strähnigen Ponnyfransen anstarrte.

Leni verzog irritiert das Gesicht. »Hab ich was Falsches gesagt?«

Joona antwortete nicht, sah sie nur weiter an. Dann drehte er sich auf dem Absatz um und ging zur Kasse, wo er irgendwelche Papiere zusammensuchte. Als Leni ebenfalls zur Kasse kam, sah er sie mit einer Mischung aus Desinteresse und Geschäftstüchtigkeit an, doch Leni war klar, dass dies nur gespielt war. Sie hatte etwas gesagt oder getan, das ihm auf irgendeine Weise sauer aufgestoßen war.

»Willst du nun eine Tour machen?«

Lenis Gedanken ratterten. Irgendwas hatte die Leichtigkeit und Unverfänglichkeit ihres Gesprächs von einer Sekunde auf die andere ausgelöscht und sie kam einfach nicht darauf, was genau das gewesen sein könnte. Deswegen blieb ihr nur, zu nicken. »Ja, am besten so schnell wie möglich, ich werde nicht lange in Helsinki sein.«

Er nickte kalt. »Hast du ein bestimmtes Gewässer im Sinn?«

Kurz erwog sie, den Lake Bodom vorzuschlagen, ließ es dann aber. »Ich bin flexibel und richte mich nach dir.«

Joona strich sich eine Strähne aus der Stirn. »Am Samstag habe ich in einer Vierergruppe noch was frei. Oder am Sonntag, da wären wir nur zu zweit.« Er sah sie abwartend an. Sein Blick flackerte irgendwie … unsicher oder täuschte Leni sich da?

Aus nicht nachvollziehbaren Gründen wurde ihr plötzlich klar, was Lisa zu Joona hingezogen haben musste. Es waren seine Augen, die, selbst wenn er verärgert war, auf eine Weise leuchteten und tief in sie hineinzublicken schienen, dass es ihr durch und durch ging.

Sie straffte ihre Schultern und erwiderte seinen Blick. »Ich nehme den Sonntag. Dann blamiere ich mich wenigstens nur vor dir.«

Kapitel 12

Espoo/Helsinki
Juni 2018

»Scheiße, Scheiße, Scheiße«, murmelte Janne und kritzelte gedankenverloren auf ihrem Notizzettel herum.

»Schlechten Start gehabt?«

Janne zuckte zusammen.

»Ich hab dich gar nicht reinkommen hören«, sagte sie zu Andy, ihrem Kollegen aus der Spurensicherung. »Was kann ich für dich tun?«

»Ich wollte nur fragen, ob Eho sich gemeldet hat?«

Janne verzog das Gesicht. »Ich sitze genau wie du auf heißen Kohlen.«

Er stöhnte, setzte sich ihr gegenüber auf den Stuhl. »Irgendwie hab ich im Gefühl, dass mit dieser Leiche das Drama erst so richtig losgeht. Die Presse wird uns auseinandernehmen, die Angehörigen des Opfers, die Eltern des weiterhin vermissten Mädchens. Das alles macht mich noch ganz irre.«

Janne nickte. »Frag mal, wie es mir geht. Ich gehe am Abend mit dem Gedanken an den Fall ins Bett und am Morgen, wenn ich aufwache, sehe ich zuerst das Loch im Waldboden vor Augen.« Janne fragte sich im Stillen, ob es sinnvoll wäre, Andy von ihrer Vermutung zu erzählen, dass es sich bei der skelettierten Leiche um Elisa handeln könnte. Doch dann entschied sie sich dagegen, denn sie hatte noch niemandem aus ihrem Team von Ehos Entdeckung berichtet.

Ihr Kollege sah Janne nachdenklich an.

»Normalerweise bin ich nicht abergläubisch. Aber seit diesem Fall …« Er brach ab, schien nach Worten zu suchen. »Manchmal frage ich mich, ob ein Fluch auf dem See liegt.«

Er hob die Schultern, wirkte ratlos. »Ich weiß es doch auch nicht, aber seltsam ist auf jeden Fall, dass jetzt schon zwei Tragödien an diesem Ort passiert sind, deren Aufklärung zu wünschen übrig lässt.«

Janne schluckte. Sie verstand, was Andy damit sagen wollte, schüttelte dennoch mit dem Kopf. »Das hat nichts mit einem Fluch zu tun, sondern eher damit, dass in den 1960er-Jahren ein furchtbares Verbrechen an diesem Ort geschah und er seither für etliche Jugendliche Dreh- und Angelpunkt irgendwelcher dämlicher Mutproben geworden ist.«

Andy sah Janne skeptisch an. »Hast du irgendeine Idee, was wir noch tun könnten, um endlich mal Licht ins Dunkel zu bringen?«

Kopfschütteln. »Zumindest nicht, bevor wir die Identität der zweiten Leiche kennen.«

»Ich verstehe, worauf du hinauswillst. Wenn es sich um Elisa handelt, dann ist klar, dass die Fälle zusammenhängen. Warum sonst sollte ihre Leiche am selben Ort wie Lilias gefunden werden?«

»Genau«, sagte Janne. »Und dann können wir zumindest Elisas Fall unter einem ganz neuen Licht betrachten und versuchen, zu rekonstruieren, wie ihr damaliger Tagesablauf mit dem Campingausflug zusammenpasst, wo genau die Lücke ist, die wir bisher nicht entdeckt haben, weil wir ja gar nicht wussten, dass Elisa überhaupt dabei war.«

»Hältst du es für möglich, dass Joona einfach nur ziemlich clever ist und uns die ganze Zeit über ausgetrickst hat? Ich meine, er wäre nicht der Erste, der psychologische Tests erfolgreich manipuliert hat.«

Janne wiegte ihren Kopf hin und her. »Natürlich wäre es möglich. Die Frage ist nur, warum er das tun sollte. Weil er selbst hinter all dem steckt? Das würde bedeuten, dass er seinen Freund getötet und Lilia über zwei Jahre lang irgendwo festgehalten hat. Ganz davon abgesehen, müsste er damals drei Mädchen überwältigt und weggebracht, sich selbst schwer verletzt haben. Und das alles, ohne auch nur eine Spur zu hinterlassen? So etwas erfordert akribische Planung und psychopathische Tendenzen in seiner Persönlichkeit. Theoretisch zwar im Bereich des Möglichen, doch ehrlich gesagt …« Sie schüttelte den Kopf. »Joona wirkt auf mich nicht wie ein Irrer, eher wie ein armes Würstchen, das in seinen Grundfesten erschüttert wurde. Und wir dürfen nicht vergessen, dass wir ihn bereits beschattet haben, ohne dass er auffällig wurde.«

Andy stieß die Luft aus. »Ich weiß nicht, warum, doch etwas sagt mir, dass Arasola nicht ganz so unschuldig ist, wie er vorgibt zu sein. Hinter all dem Geheule und Heischen nach Mitleid könnte auch pure Berechnung stecken. Oder eine Erpressung, bei der er unfreiwillig zum Mittäter wurde bzw. selbst der Erpresser ist.«

Janne sah Andy zweifelnd an. »Du glaubst, jemand hat Lilia in Joonas Auftrag festgehalten? Das glaube ich nicht, die beiden waren damals doch ein Paar. Warum sollte er seine eigene Freundin kidnappen?«

»Weil sie mit ihm Schluss machen wollte?«

Janne stieß einen genervten Pfeifton aus. »Wo wir wieder beim Psychopathen wären. Nur jemand vollkommen Geisteskrankes würde eine junge Frau kidnappen, nur weil sie ihn verschmäht hat. Außerdem, wie passen eine eventuell tote Elisa oder Anneliese in diese Geschichte? Eines der beiden Mädchen starb genau vor drei Jahren, also zum Zeitpunkt der Tragödie – wie erklärst du das? Und dass wir dann immer noch ein vermisstes Mädchen haben, von dem bis heute jede Spur fehlt? Warum sollte Joona drei Mädchen entführen und töten? Schließlich wird man nicht über Nacht zum Irren, nur weil einen die Freundin sitzen lässt.«

Als Janne wieder allein in ihrem Büro war, stand sie auf, ging zum Fenster und öffnete es. Sie brauchte einfach dringend frische Luft und einen freien Kopf und das lag nicht allein an dem anstrengenden Gespräch mit Andy gerade eben. Stattdessen lag es vielmehr an ihrer durchgemachten Nacht und deren Ursprung. Beim Gedanken an Carl zog sich ihr Magen leicht zusammen, nicht auf unangenehme Art und Weise, es fühlte sich eher wie die Talfahrt einer Achterbahn an.

Sie stieß die Luft hart aus, ließ das Fenster geöffnet, setzte sich wieder an ihren Schreibtisch. Eigentlich hatte Carl nur vorgehabt, sie abzuholen und zum Essen auszuführen, um über den Fall zu reden und weshalb sie sich deswegen so fertig machte. Doch dann waren sie anstatt im Restaurant in Jannes Bett gelandet und bis zum Morgengrauen geblieben. Natürlich hatten sie nicht ausschließlich nur Sex gehabt, schließlich waren sie beide keine Teenager mehr, aber trotz der Pizza, die sie sich geteilt hatten, und der intensiven Gespräche, die sie geführt hatten, fühlte es sich einfach falsch an.

Sie versuchte, sich in Erinnerung zu rufen, wer von ihnen beiden den Anfang gemacht hatte, und lief rot an, als ihr bewusst wurde, dass sie selbst es gewesen war, die sich Carl an den Hals geschmissen hatte. Übrigens auf die forscheste und direkteste Art, die man sich nur vorstellen konnte. Janne schluckte hart und hätte sich am liebsten mit der Handfläche an die Stirn geklatscht.

Die Aufzugtüren waren gerade hinter ihnen zugeglitten, als Janne auch schon auf Carl zugestürzt und ihn geküsst hatte.

Der Rest der Geschichte war selbsterklärend gewesen, als sie heute Morgen nach dem Aufwachen einen Zettel neben sich auf dem Kopfkissen vorgefunden hatte, auf dem Carl ihr einen wunderschönen Tag wünschte und sie bat, ihn anzurufen.

Und genau vor diesem Anruf hatte sie jetzt die Hosen gestrichen voll. Carl war zwar nicht ihr direkter Vorgesetzter, ihr aber dennoch dienstgradmäßig höhergestellt. Wenn also herauskam, dass sie eine Affäre unterhielten, ginge das Gequatsche unter den Kollegen erst richtig los.

Ganz davon zu schweigen, was er selbst nach der gestrigen Aktion wohl von ihr denken mochte.

Es war nicht ihr erster One-Night-Stand gewesen, wohl aber der erste, den sie mit einem Kollegen gehabt hatte.

Und dass dieser Kollege ausgerechnet der war, dessen Avancen sie zuvor monatelang abgelehnt hatte, machte es umso schlimmer.

Trotzdem …

Janne starrte das Telefon auf ihrem Schreibtisch düster an. Da musste sie jetzt wohl durch. Allerdings würde sie ihn nicht wie gewünscht auf seinem privaten Handy anrufen, sondern ganz offiziell über die Dienststelle. Mochte er hineininterpretieren, was er wollte.

Sie nahm den Hörer zur Hand, wählte die Nummer des Präsidiums in Helsinki, ließ sich von der Zentrale in sein Büro durchstellen.

Er war dran, noch ehe es ein zweites Mal klingeln konnte, und kam sofort auf den Punkt. »Die Tatsache, dass es fast den kompletten Vormittag dauerte, bis du endlich zurückgerufen hast, dann der Anruf über die Dienststelle – all das sagt mir, dass du jetzt schon bereust, was passiert ist.« Er klang amüsiert.

»Bereuen ist nicht das richtige Wort«, stotterte Janne, die sich irgendwie überrannt vorkam. »Es ist vielmehr so, dass ich mir Sorgen mache, was du von mir denken könntest. Oder was geschieht, wenn es rauskommt.«

Er lachte. »Für Bedenken hinsichtlich deines Rufs ist es jetzt etwas zu spät, findest du nicht?« Sie hörte ihn zwar nur, dennoch wusste sie, dass seine Augen in genau diesem Moment vor Vergnügen leuchteten, seine Mundwinkel zuckten, er kurz davor stand, in Gelächter auszubrechen.

»Du machst dich über mich lustig«, warf sie ihm vor. »Dabei fühle ich mich schon mies genug.«

»Tatsächlich?« Jetzt klang seine Stimme besorgt. »Ich habe den Abend und die Nacht sehr genossen und dachte eigentlich, dass es dir auch so ging.«

»Schon«, stieß sie hervor. »Aber das alles ging viel zu schnell. Du bist hergekommen, um zu reden, und ich hab dich überfallen wie ein wildes Tier.«

»Ich hab mich nicht gerade gewehrt.«

»Darum geht es doch gar nicht«, beschwerte Janne sich. »Es geht ums Prinzip. Ich hab mich dir an den Hals geworfen und so was mache ich normalerweise nicht.«

»Den Spieß kann ich umdrehen«, erwiderte er. »Du warst fix und fertig, brauchtest eine Schulter zum Ausweinen. Das hab ich ausgenutzt.«

Janne lächelte und fühlte sich augenblicklich besser. »Du bist furchtbar.«

»Furchtbar sexy?«

»Furchtbar furchtbar.«

»Warum bist du so hart zu mir?«

Janne lachte. »Okay, dann bist du eben furchtbar nett.«

»Das klingt wie Almosen.«

»Es ist alles, was du von mir kriegen kannst.«

Sie lachten beide und die schwierige Atmosphäre vom Anfang des Telefonats war verflogen.

»Warum rufst du wirklich an?«

Janne seufzte. »Eho lässt auf sich warten.«

»Er ruft sicher jeden Augenblick an.«

»Dein Wort in Gottes Ohr.«

»Eigentlich brauchst du diesen Anruf nur noch aus Formalitätsgründen. Also kein Grund nervös zu sein.«

»Was soll das denn bitte schön bedeuten?«

»Du bist dir doch absolut sicher gewesen, dass es sich nur um Elisa handeln kann.«

»Ich vermute es.«

»Gestern hast du was anderes gesagt.«

»Da war ich abgelenkt.«

Er lachte auf. »Und heute nicht?«

»Heute bin ich ungeduldig. Ich will endlich loslegen, alles auf Anfang stellen, den Fall von Grund auf neu angehen.«

»Das wirst du auch«, sagte er fest. »So wie du alles hinbekommst, was du anfasst.«

»Du weißt schon, dass ich seit 2015 hier dran arbeite und noch immer die Ahnungslose bin.«

»Du bist eine fantastische Polizistin«, sagte er mit warmer Stimme, welche Janne spüren ließ, wie ernst er es meinte. »Manche Fälle brauchen einfach etwas länger. Das bedeutet nicht, dass du einen schlechten Job machst.«

Kurz erwog Janne, etwas dagegen zu sagen, schwieg dann aber. Es fühlte sich einfach zu gut an, jemanden zu haben, der einen nicht für die letzte Versagerin hielt.

»Magst du berichten, wie dein Vormittag war?«

Janne erzählte ihm von ihrer Unterhaltung mit Andy und wollte wissen, wie er dazu stand.

»Ich gebe dir recht, Joona wirkt nicht wie ein Psychopath. Aber welcher Irrer tut das schon? Selbst über Ted Bundy sagten die Leute damals, dass er so nett und harmlos wirke. Auch Ed Gain sah man seinen Wahnsinn nicht an. Aus dieser Sichtweise betrachtet, könnte Joona in Wahrheit alles sein, nur kein netter junger Mann. Allerdings haben wir ihn mehrmals buchstäblich auseinandergenommen, ihn beschattet. Wenn er also dahintersteckt, dann ist er entweder wirklich sehr geschickt vorgegangen, was vermuten ließe, dass er extrem schlau ist oder er muss tatsächlich einen Mittäter haben.«

»Also sagst du mir damit, dass es nicht schaden kann, ihm erneut auf die Pelle zu rücken?«

»Nur, wenn sich herausstellt, dass er in Bezug auf Elisa tatsächlich gelogen haben könnte.«

Janne seufzte. »Und das könnte er definitiv, wenn es sich bei unserem Fund um ihre Knochen handelt.«

»An der Stelle könnten wir dann noch mal ansetzen, ohne Gefahr zu laufen, dass uns seine Anwälte zurückpfeifen.«

Janne stieß die Luft aus. »Mir geht diese Sache mit den Verletzungen nicht aus dem Kopf. Wer tut einem Kind so etwas an?«

Carl räusperte sich. »In dieser Sache wäre ich mir nicht so sicher, dass alles genau so war, wie Dr. Eho und du vermuten.« Er machte eine bedeutungsvolle Pause. »Ich hoffe, dass du mir nicht böse bist, aber ich hab mich da mal schlaugemacht. Elisas Mutter hat erzählt, dass ihre Tochter Epileptikerin war?«

»Nicht direkt. Sie hatte regelmäßige Krampfanfälle und wohl auch Herzprobleme. Warum?«

»Ich habe mit meinem Freund telefoniert, einem Neurologen aus Deutschland, und habe ihm den Fall geschildert. Ich wollte wissen, ob es außer Missbrauch auch noch eine andere Erklärung für die Verletzungen geben könnte.«

»Was hat er gesagt?«, fragte Janne und verfluchte sich für den unterdrückten Zorn in ihrer Stimme. Carl meinte es nur gut, wollte helfen, die Ermittlungen beschleunigen. Warum zur Hölle konnte sie ihm nicht einfach dankbar sein?

»Du nimmst es mir doch übel ...«

»Nein«, wehrte Janne ab. »Ist schon okay, es ist nur ... ich frage mich, weshalb ich da nicht selbst drauf gekommen bin. Epileptische Anfälle können extrem heftig sein und die Knochen eines Kleinkindes sind bei Weitem nicht so belastbar wie die von Erwachsenen. Es könnte also einen vollkommen harmlosen Hintergrund für die Brüche geben und darauf hätte ich selbst kommen müssen. Bzw. auf die Idee, einen Spezialisten hinzuzuziehen, bevor ich eine Mutter verdächtige, ihr Kind misshandelt zu haben.«

»Du hast doch noch gar nicht mit ihr darüber gesprochen, ihr nichts vorgeworfen.«

»In Gedanken schon«, widersprach Janne. »Tief in meinem Innern habe ich Iida Battilana schon dafür verantwortlich gemacht, ohne es je hinterfragt zu haben. Und das macht es kein bisschen besser.«

Janne wollte sich gerade auf den Weg ins Gemeinschaftszimmer machen, um sich durch nettes Geplauder mit einem Kollegen auf andere Gedanken zu bringen, als das Handy in ihrer Hosentasche zu vibrieren begann. Sie wusste, auch ohne aufs Display zu blicken, dass es Eho war, der endlich erlösende Gewissheit bringen würde.

»Es ist Elisa Battilana«, kam er ohne Umschweife auf den Punkt. »Sie können es den Angehörigen schon sagen, allerdings gebe ich die Überreste erst frei, wenn die komplette Analyse abgeschlossen ist.«

»Über wie viel Zeit reden wir?« Jannes Herz donnerte hart gegen ihren Brustkorb.

»Kann ich noch nicht genau sagen, rechnen wir mal mit ein paar Tagen, es können aber auch Wochen werden. So lange muss die Familie mit dem Begräbnis noch warten.«

»Gut«, Janne seufzte. »Dann werf ich dich jetzt gleich aus der Leitung und mach mich auf den Weg zur Mutter des Mädchens.«

Auf dem Weg zum Aufzug schrieb sie Carl eine Nachricht.

Keine halbe Minute später kam die Antwort. »Ich komme mit. Treffen wir uns in einer halben Stunde bei der Familie vorm Haus?«

Janne zögerte kurz, dann tippte sie ein schlichtes *OKAY* als Antwort und machte sich auf den Weg zu ihrem Auto.

Kapitel 13

Espoo/Helsinki
Juni 2018

Obwohl der Tag anstrengend gewesen war, hatte Leni das Gefühl, topfit zu sein oder einen Liter Kaffee getrunken zu haben. Sie war aufgekratzt und nervös, spürte jeden Schlag ihres Herzens als Schwingung an der Schläfe, was sie nur umso mehr daran hinderte, Schlaf zu finden. Zwar hätte sie heute Abend gerne einen Film zur Ablenkung gesehen, doch Oliver und Iida waren in furchtbarer Verfassung gewesen, als Leni nach Hause gekommen war. Zuerst hatte sie gedacht, dass Tommy extrem anstrengend gewesen war, doch dann bemerkte sie Iidas starre Haltung und Olivers besorgten Gesichtsausdruck. Hatte es einen Streit zwischen ihnen gegeben? Oder war etwas anderes vorgefallen? Sie hatte zwar versucht, herauszufinden, was los war, doch Oliver hatte ihr nur schweigend einen Teller in die Hand gedrückt und sie gebeten, auf ihrem Zimmer zu Abend zu essen. Jetzt spukte ihr umso mehr im Kopf herum, unter anderem Joona, der sich ihr gegenüber zuerst nett und dann merkwürdig verhalten hatte. Leni war es noch immer nicht gelungen, herauszufinden, woran dies gelegen haben könnte, doch im Grunde war es auch nicht wichtig. Umso wichtiger war, dass er sich mit diesem Verhalten in ihren Augen irgendwie selbst in Aus geschossen hatte. Es war, als hätte sie in ihm irgendeine Erinnerung wachgerufen, ihn auf eine Art, die ihr vollkommen unverständlich war, getriggert. An ihrem Aussehen konnte es nicht gelegen haben, denn Lisa und sie sahen sich in keiner Weise ähnlich, was daran lag, dass Anneliese nach ihrer beider Vater schlug und sie selbst nach der Mutter. Also konnte Joona sie auf keinen Fall mit ihrer Schwester in Verbindung gebracht haben. Sie hatte ihm außerdem einen falschen Namen gegeben, sodass er auch hier keinen Zusammenhang erkannt haben konnte.

Zwar bestand noch eine minimale Chance, dass er sie dennoch erkannt hatte, beispielsweise, weil Lisa selbst ihm damals Fotos von ihrer Schwester gezeigt haben könnte, doch mittlerweile waren drei Jahre vergangen und Leni hatte sich ziemlich verändert. Sie hatte mindestens zwölf Kilo ihres Teeniespecks verloren und eine andere Haarfarbe samt Länge als damals. Joona müsste also ein extrem gutes Gesichtsgedächtnis besitzen, um sie trotzdem zu erkennen.

Sie schluckte. Hatte sie etwas Unbedachtes zu ihm gesagt?

Nein, zumindest nicht bewusst.

War er einfach mies drauf gewesen?

Aber wie passte dann sein anfänglicher Charme dazu?

Eine Erklärung wäre noch, dass er von Haus aus ein launischer Mensch war.

Bei ihrem Vater war es früher oft vorgekommen, dass seine Stimmung innerhalb von Sekunden komplett gekippt war. Heute wusste sie, dass es mit der Ehe ihrer Eltern schon damals nicht mehr zum Besten gestanden hatte.

Sie stieß die Luft aus.

Im Grunde konnte es ihr egal sein. Sie würde ihren Plan dennoch durchziehen. Mit ihm zum Angeln fahren und versuchen, sich dabei nicht allzu dämlich anzustellen, damit er nicht misstrauisch wurde.

Und dann wollte sie irgendwie versuchen, das Thema auf damals zu lenken.

Auf den Ausflug.

Auf Anneliese.

Und auf Elisa.

Selbst wenn er daraufhin sein Zeug zusammenpacken und sie einfach stehen lassen würde, hatte sie keine andere Wahl, als es trotzdem zu versuchen. Er war ihre einzige Chance, etwas über Annelieses Verschwinden zu erfahren, weil er einer der letzten Menschen gewesen war, die sie lebend gesehen hatten.

Und dann war da noch Janne Göös, die Polizistin, auf die Leni mittlerweile wirklich stinksauer war. Warum hatte sie sie nicht zurückgerufen?

Sie musste sich doch denken können, dass Leni hier wie auf heißen Kohlen saß. Irgendwas war im Busch, da war sie absolut sicher. Warum sonst hätten sie Annelieses zahnärztliche Akten anfordern sollen?

Und die Telefonistin hatte ja selbst gesagt, dass Janne Göös außer Haus beschäftigt war.

Da lag es doch nahe, anzunehmen, dass es etwas mit dieser Waldgrabung zu tun hatte oder nicht?

Leni spürte einfach … nein, sie wusste, dass Janne sie bewusst nicht angerufen hatte.

Ihr Herz schlug schneller.

Die Gedanken wirbelten wild in ihrem Kopf herum.

Sie hatten eine Leiche gefunden.

Das musste es sein.

Ein Klopfen riss sie aus ihren Gedanken.

Iida streckte ihren Kopf ins Zimmer. »Darf ich kurz stören?«

Leni setzte sich in ihrem Bett auf und konzentrierte sich darauf, nicht allzu panisch zu wirken. »Klar, komm rein.«

Iida setzte sich im Schneidersitz vor Lenis Bett und wirkte dabei fast entspannt. Einzig an ihrem starren Blick und dem Zittern ihrer Finger erkannte Leni, dass es in ihrem Innern anders aussehen musste. »Ich möchte mich für heute Morgen bei dir entschuldigen. Du hast es nur gut gemeint.«

Leni starrte Iida an. Dann nickte sie.

»Du magst Tommy, nicht wahr?«

Wieder nickte sie.

»Das schätze ich auch an dir. Du nimmst deine Arbeit hier ernst, bist mit dem Herzen dabei. Dennoch ...« Sie schnappte nach Luft. »Ich weiß, dass es dir Sorgen macht, wenn es Tommy so schlecht geht. Ich will aber, dass du weißt, dass Olli und ich, dass wir uns genauso viele Sorgen machen. Er ist unser Kind und wir wollen nur sein Bestes.«

Leni räusperte sich und wollte gerade etwas sagen, als Iida weitersprach.

»Ich bin Ärztin und versichere dir, dass ich genau weiß, was ich tue. Und was Tommy fehlt. Wie es aussieht, hat er eine Unverträglichkeit, die sich auf diese Art und Weise bemerkbar macht. Und bei dieser Art von Störung des Magen-Darm-Traktes würde auch ein Kinderarzt nichts anderes tun können, als via Ausschlussverfahren herauszufinden, was der Kleine nicht verträgt. Und genau das machen Olli und ich gerade.«

Leni nickte. »Eine Freundin von mir verträgt keinen Weizenkleber ... Gluten heißt das, glaube ich. Meinst du, dass das auch bei Tommy der Fall sein könnte?«

»Da gibt es endlos viele Möglichkeiten, aber ich versichere dir, dass ich dabei bin, es herauszufinden, okay?« Sie fixierte Lenis Gesicht. »Kannst du für den Moment damit leben?«

Leni nickte verwirrt.

Iida stand auf und ging zur Tür. Ihr Gang sah irgendwie hölzern aus, fast roboterhaft. Dann drehte sie sich noch einmal zu Leni um. »Was wäre ich für eine Mutter, wenn ich nicht alles dafür tun würde, dass es meinem Baby gut geht, nicht wahr?«

Als Leni wieder allein im Zimmer war, stand sie auf und öffnete das Fenster.

Sie blickte einen Moment nach draußen und überlegte, ob sie das Rollo herunterlassen sollte, um besser schlafen zu können. Draußen war es immer noch ziemlich hell, was zum einen daran lag, dass es in dieser Gegend um diese Jahreszeit niemals vollkommen Nacht wurde, und zum anderen, dass es noch nicht einmal einundzwanzig Uhr war. Plötzlich stieg ihr ein Duft in die Nase, der sie ganz benommen machte. Ein blumiger Duft nach Rosen, den Anneliese immer benutzt hatte.

Leni schluckte. War es Einbildung, dass sie auf einmal das Gefühl hatte, jemand würde sie beobachten?

Dann wieder.

Ein Lufthauch, der den Duft von Annelieses Parfüm mit sich brachte. Schnell machte Leni das Fenster ganz auf, lehnte sich nach draußen, doch da war niemand.

Sie schüttelte den Kopf.

Wahrscheinlich saß sie gerade einem Hirngespinst auf, das damit zusammenhing, dass diese Polizistin sie einfach auf dem Trockenen sitzen ließ. Die Angst, es könnte doch Lisa sein, die gefunden worden war, aktivierte irgendetwas in ihrem Unterbewusstsein, das ihr vormachte, sie könnte ihre Schwester riechen. Schnell schloss sie das Fenster wieder, löschte das Licht und legte sich ins Bett.

Doch kaum hatte ihr Kopf das Kissen berührt, fing ihr Herz wieder an zu rasen. Seufzend setzte sie sich auf, griff nach ihrem Notebook.

Wie von selbst googelte sie Joonas Namen, fand etliche Berichte auf Finnisch, klickte auf den Übersetzungsbutton. Dann suchte sie nach Elisa Battilana, las sich durch zahlreiche Berichte, deren Inhalt sie fast auswendig kannte.

Dann googelte sie das Verbrechen von 1960, las sich mehrere Berichte auf Deutsch und Englisch durch. Als die Buchstaben vor ihren Augen verschwammen, legte sie das Gerät wieder zur Seite, schloss die Augen.

Noch mal auf Anfang.

Von Uma wusste sie, dass Anneliese möglicherweise mit Elisa befreundet gewesen war. Leider hatte Sofia bis jetzt nicht bei ihr angerufen, sodass sie sich diesbezüglich nur auf eine vage Vermutung stützen konnte. Doch allein die Vermutung …

Ein Gedankenblitz durchfuhr sie. Sie spürte das Zucken in ihren Beinen, schlug die Decke zurück und stand auf. Wenn auch nur der Hauch einer Chance bestand, dass ihre Schwester und Elisa befreundet waren, dann wäre es doch denkbar, dass sie ebenfalls am See war, als sie verschwand. Was bedeutete, dass es auch Elisas Leiche sein könnte, die gefunden worden war. Leni schämte sich dafür, dass sie Erleichterung verspürte.

Du musst dich konzentrieren, schoss es ihr durch den Kopf.

Denk nach!

Wenn Elisa mit am See gewesen war, bedeutete das außerdem, dass Joona gelogen hatte, als er behauptete, sie nicht persönlich zu kennen. Das wusste sie aus all den Interviews und den offiziellen Polizeiberichten.

Und warum log man?

Weil man etwas zu verbergen hatte!

Andererseits – wenn Joona für alles verantwortlich war, bedeutete das, dass er allein vier Teenager überwältigt haben musste.

Leni hatte ihn heute gesehen. Er war nicht gerade kräftig, wie also sollte er das bewerkstelligt haben?

Vielleicht hatte er sie betäubt?

Der Gedanke war in ihrem Kopf, noch ehe sie wusste, dass sie ihn überhaupt gedacht hatte.

Doch wenn Joona seine Freunde bewusstlos gemacht hatte, implizierte dies, dass seine Tat geplant war. Und wie ein Psycho sah er nun auch nicht aus.

Fakt war aber, dass an jenem Tag am See etwas vorgefallen sein konnte, durch das er sich gezwungen sah, etwas Furchtbares zu tun.

War es nicht sogar immer so, dass die schlimmsten Verbrechen Bagatellen als Hintergrund hatten?

Hatte es einen furchtbaren Streit am See gegeben?

Weil Lilia dahintergekommen war, dass Joona und Lisa mehr füreinander empfanden?

Doch was sollte das mit Elisa zu tun haben?

Plötzlich hatte sie Iida vor Augen.

Elisa war schwer krank gewesen.

Und Iida hatte nichts davon gewusst, dass ihre Tochter an jenem Tag zum See gefahren sein könnte. Ihres Wissens nach war sie auf dem Weg zum Einkaufen verschwunden. Das hatte sie auch der Polizei gesagt.

Und wenn sie gelogen hatte?

Leni musste insgeheim zugeben, dass ihr diese Frau wirklich suspekt war. Seltsamerweise nach dem Gespräch vorhin noch mehr als zuvor.

Vielleicht war es zum Streit zwischen Mutter und Tochter gekommen.

Iida konnte sehr herrschsüchtig und autoritär sein, das wusste Leni inzwischen nur zu gut.

War dieser Ausflug zum See Elisas erster Versuch gewesen, aus dem viel zu engen Mutter-Tochter-Verhältnis auszubrechen?

Leni war keine Psychologin, doch sie hatte einige Bücher über diese Themen gelesen und wusste, dass es im Bereich des Möglichen lag.

Und dann war da noch dieser furchtbare Mehrfachmord in den 60ern. Leni spürte, wie sich die feinen Härchen in ihrem Nacken aufstellten. Auch das war noch eine Spur, der nachzugehen es sich lohnte. Damals starben drei Teenager, ein Vierter überlebte schwer verletzt und galt lange als Hauptverdächtiger. Auch er behauptete bis heute, dass da ein Mann gewesen sei, der seine Freunde und ihn in der Nacht angegriffen hatte.

Genau dasselbe sagte auch Joona. Gab es da einen Zusammenhang?

Leni stieß die Luft aus. Das alles lag 58 Jahre zurück und selbst wenn der damalige Täter erst zwanzig gewesen war, müsste er heute auf die achtzig zugehen. Wie sollte ein gebrechlicher Greis fünf junge Menschen überwältigen?

Und wenn es ein Nachfahre des damaligen Täters war, der in die Fußstapfen seines … Vaters treten wollte?

Leni lachte. Diese Option sagte lediglich aus, dass sie zu viele wirklich schlechte Filme gesehen hatte.

Es half alles nichts. Sie war dazu verdammt, abzuwarten.

Geduld zu haben, bis Janne Göös sich meldete.

Zu warten, bis Sofia Järvinen anrief.

Und zu guter Letzt den Sonntag abzuwarten, an dem sie Joona wiedertraf, auch wenn ihr nach all den Überlegungen inzwischen etwas mulmig dabei war, mit ihm allein zu sein.

Das Loch war tief. So tief, dass sie weder etwas erkennen noch den Boden sehen konnte. Als sie einen Lufthauch im Rücken spürte, drehte sie sich um. Nichts.

Sie war mutterseelenallein hier in diesem Wald, wo es nichts gab als Bäume, Dunkelheit und die Angst.

Wieder ein Lufthauch. Eisiger diesmal, sodass sie ihren Cardigan fest um sich schlingen musste, um nicht vor Kälte zu schlottern.

Plötzlich spürte sie einen Schmerz im Rücken.

Einen Stoß.

Dann verloren ihre Füße den Halt und sie kippte vornüber.

Ein boshaftes Kichern ließ sie erzittern.

War das Joona?

Sie drehte ihren Kopf, glaubte, Iidas blondes Haar zu erkennen.

Dann ertönte ein ohrenbetäubendes Gekreische.

Ein Poltern fraß sich in ihr Gehör.

Sie stürzte in die Tiefe hinab und noch im Fallen erkannte sie das traurige Gesicht von Tommy näher kommen, welches sich schließlich in Annelieses verwandelte.

Ihre Schwester öffnete den Mund. »Ich brauche deine Hilfe.«

Doch war es nicht Anneliese gewesen, die diese Worte gesagt hatte. Stattdessen war es Olivers Stimme, die sie laut und deutlich hörte. Dann spürte sie einen festen Griff an ihrer Schulter. »WACH AUF!«

Erschrocken fuhr Leni hoch, sah Olivers Gesicht vor sich. Er war leichenblass, hatte Tränen in den Augen. »Irgendwas stimmt mit Tommy nicht!«

Sie sprang auf, lief Oliver hinterher ins Kinderzimmer, wo Iida dabei war, das Baby sanft hin und her zu wiegen. Beim Blick auf die Uhr wurde ihr klar, dass sie noch keine zwei Stunden geschlafen hatte.

»Bitte gib ihn mir!«, sagte Oliver zu Iida, doch die ignorierte ihn. »Tommy schläft«, flüsterte sie und sah ihren Mann verklärt an. »Sieh doch nur, wie friedlich er aussieht. Wie glücklich.«

Leni wurde angst und bange, denn Tommy sah keineswegs friedlich oder gar glücklich aus. Stattdessen hatte der kleine Junge vollkommen verkrampfte Gesichtszüge, wirkte eher apathisch.

Verwirrt sah sie von Oliver zu Iida. Was war hier nur los?

»Wir müssen ihn ins Krankenhaus bringen!«, brach sie schließlich die gespenstische Stille.

Oliver nickte starr und wandte sich von Iida ab. »Und diesmal gibt es keine Diskussion!«

Inzwischen saß Leni bereits seit über einer halben Stunde im Wartebereich der Notaufnahme. Ihr ging einfach nicht aus dem

Kopf, was innerhalb der letzten beiden Stunden geschehen war. Tommy war in eine tiefe Bewusstlosigkeit gefallen, die Iida, seine eigene Mutter, vollkommen fehlgedeutet hatte. Selbst sie, Leni, die über keinerlei Erfahrung mit Kindern verfügte, hatte auf Anhieb erkannt, dass Tommy nicht einfach nur selig schlummerte. Und warum hatte Oliver sie mit den Worten geweckt, dass er ihre Hilfe brauche? Hatte er mit Gegenwind von seiner Frau gerechnet und sie deswegen an seiner Seite haben wollen? Damit sie im Notfall eben eingreifen und Iida klarmachen konnte, dass es diesmal wirklich nicht ohne Hilfe eines Fachmannes ging?

Leni seufzte. Und dann war da noch dieser Traum, der ihr nicht aus dem Kopf ging. Und Lisas Geruch, den sie wahrgenommen hatte. War das eine Stimme aus ihrem Unterbewusstsein? Im Traum war sie gefallen, hatte Tommy gesehen und dann Anneliese. Weshalb verknüpfte ihr Innerstes diese beiden zu einem Bild? Das musste etwas zu bedeuten haben.

Die Tür zur Station ging auf und Oliver trat in den Gang. Er kam auf sie zu, setzte sich. »Tommy ist stabil«, sagte er, sah Leni aber nicht an. »Im EKG fanden sich ein paar Auffälligkeiten. Rhythmusstörungen, um genau zu sein, die der Arzt und auch Iida mit einem eventuellen Elektrolytmangel durch das Erbrechen der letzten Tage in Zusammenhang bringen.«

Leni nickte. »Ergibt auch irgendwie Sinn. Ich glaube, meine Oma hatte so was mal vor Jahren, nachdem sie der Norovirus erwischt hatte. Sie hat so viel Wasser verloren, dass ihr das aufs Herz schlug.«

Olli nickte abwesend. »Und wie geht es ihr heute?«

Leni sah ihn verwirrt an. »Meiner Oma? Sie ist tot.«

Oliver riss die Augen auf. »Das tut mir leid.« Er schüttelte den Kopf. »Ich bin irgendwie total durch den Wind. Erst die Polizei am gestrigen Nachmittag und dann jetzt das hier.«

»Die Polizei war bei euch?« Leni war aufgesprungen, sah Oliver aufgeregt an.

Er nickte.

Die Tür zum geschlossenen Ärztebereich ging erneut auf und Iida trat mit Tommy auf dem Arm auf sie zu.

Sie sah blass aus, als bräche sie jeden Augenblick zusammen.

Hinter ihr kam ein junger Arzt gelaufen, der Oliver besorgt ansah. »Ich möchte betonen, dass Ihr Sohn eigentlich zur Überwachung hierbleiben müsste. Wenigstens über Nacht.«

Leni bemerkte, dass Iida Tommy instinktiv fester an sich drückte.

Olli seufzte. »Ich denke, er ist stabil?«, entgegnete er schwach.

»Schon, aber vor nicht einmal einer Stunde sind Sie beide hierhergekommen und haben das Schlimmste befürchtet. Tommy ist ein Baby, ein kleines Kind, da kann jeder Infekt, jede Anfälligkeit gleich schlimme Auswirkungen haben.« Er sah Iida kopfschüttelnd an. »Das müssten Sie doch am besten wissen. Sie sind auch Medizinerin.«

Olli sah von seiner Frau zu dem Arzt. Dann atmete er tief durch. Fast hätte Leni geglaubt, dass er zum zweiten Mal in dieser Nacht Iida die Stirn bieten und Tommy hierlassen würde, doch dann nickte er. »Meine Frau ist vom Fach, sie kann im Notfall Erste Hilfe leisten. Ich denke, daher ist es okay, dass wir ihn mit nach Hause nehmen, wenn Sie sagen, dass es ihm gut geht.«

»Gut geht es Ihrem Sohn erst wieder, wenn wir die Ursache für seine Beschwerden herausgefunden haben.«

»Ich sagte doch, dass er an Unverträglichkeiten leidet.« Iidas Stimme klang schwach.

»Das mag sein«, sagte der Arzt, »dennoch haben wir hier ganz andere Möglichkeiten, das auf schnellstem Wege herauszufinden und dem entgegenzuwirken.«

»Mein Sohn hat viel durchgemacht«, widersprach Iida. »Er braucht jetzt Ruhe und keine unzähligen Untersuchungen.« Sie hielt inne, schien zu überlegen. »Sobald es ihm besser geht, seine

Werte im Optimalbereich sind, komme ich wieder her, aber bis dahin …« Sie brach ab, marschierte auf den Aufzug zu, ohne sich von ihrem Kollegen zu verabschieden.

Der Arzt sah Olli an und schüttelte den Kopf. »Ich kann das wirklich nicht gutheißen.«

Die Tür hinter ihnen ging auf und eine Krankenschwester trat zu dem jungen Mann. Als sie Iida am Aufzug stehen sah, verdüsterte sich ihr Blick. »Der Herr auf der Zwei braucht Sie.«

Der Arzt nickte, sah unschlüssig zu Iida und dann zu Olli.

»Bitte«, sagte der, da er zu spüren schien, dass der Arzt nicht bereit war, so schnell aufzugeben. »Meine Frau hat am vergangenen Nachmittag eine furchtbare Nachricht erhalten.« Er schnappte nach Luft, sah Leni entschuldigend an. »Ich konnte es dir nicht eher sagen, Iida und ich standen … stehen immer noch unter Schock.«

Leni wurde es eiskalt.

Sowohl der Arzt als auch die Krankenschwester sahen Oliver abwartend an.

»Elisas Leiche wurde gefunden. Nach all den Jahren ist es nun sicher, dass sie nicht mehr am Leben ist.« In seinen Augen sammelten sich die Tränen, was Leni zeigte, wie sehr er mit seiner Frau litt, obwohl es sich bei dem Mädchen nicht um seine Tochter handelte.

»Das tut mir leid«, sagte der Arzt.

Die Krankenschwester räusperte sich und warf wieder einen Blick zu Iida, die noch immer bei den Aufzügen stand und auf ihren Mann zu warten schien. Die Augen der Frau waren voller Traurigkeit.

Doch Leni erkannte auch noch etwas anderes darin.

Abscheu, wo eigentlich Mitgefühl für Iida sein sollte.

»Deswegen braucht meine Frau jetzt auch Stabilität in ihrem Leben, verstehen Sie? Tommy einfach hierzulassen …« Er schüttelte den Kopf. »Das müssen Sie doch nachvollziehen können.«

Der Arzt hob die Schultern. »Sie könnten auch beide mit Tommy hierbleiben.« Er räusperte sich. »Aber die Entscheidung liegt natürlich bei Ihnen. Sie beide wissen sicherlich am besten, was für Ihr Kind gut ist.«

Kapitel 14

Espoo/Helsinki
Juni 2018

»Ich hau jetzt ab.« Ilko, ihr Kollege aus der Technik, sah Janne fragend an. »Oder brauchst du mich noch?«

Sie schüttelte den Kopf. »Ist für den Fall der Fälle noch jemand da?«

»Der Neue hat sich bereit erklärt, die Nachtschicht zu übernehmen. Er geht alle Online-Einträge von Arasola durch. Wir haben da ein paar Seiten gefunden, auf denen er kräftig mitmischt.«

Janne riss die Augen auf. »Ich dachte, er macht online nicht mehr so viel?«

»Er hat nur die privaten Seiten gelöscht, ist aber mit seinem Laden nach wie vor überall präsent. So haben wir auch die Verbindung zu seinen anderen Online-Aktivitäten herstellen können.«

»Und ist euch schon was aufgefallen?«

Ilko seufzte. »Er schreibt viel in Anglerforen. Professionellen Kauderwelsch, den nur Leute begreifen, die selbst zum Fischen gehen – also leider nein.«

Janne seufzte frustriert. »Schon okay, dann tu mir wenigstens den Gefallen und schlaf ein paar Stunden für mich mit.«

Nachdem sie wieder allein im Büro war, trank sie einen Schluck kalten Kaffee und verzog das Gesicht. Ihr Magen schmerzte, weil ihre einzige Mahlzeit des Tages aus fettigen Pommes mit Fischbrötchen und Kuchen am frühen Nachmittag bestanden hatte. Sie zog ihre Schublade auf und nahm die

Packung mit den Magentabletten heraus, steckte sich gleich mehrere davon in den Mund, schluckte trocken.

Inzwischen war es kurz nach Mitternacht und alles in ihr sehnte sich danach, ihre Sachen zusammenzupacken und nach Hause zu fahren, um ein paar Stunden zu schlafen. Doch das war leichter gesagt als getan, denn die Gedanken in ihrem Kopf ließen sich einfach nicht ausschalten.

Seit sie am Nachmittag mit Carl bei den Battilanas gewesen war, ging ihr Iidas merkwürdige Reaktion auf die Todesnachricht ihrer Tochter Elisa nicht mehr aus dem Sinn.

Janne schluckte.

Sie hatte mit allem gerechnet. Mit einem Nervenzusammenbruch oder Schock. Mit Tränen, Verzweiflung und vielleicht sogar Wut. Aber nicht damit, dass Iida aufstehen würde, um in aller Seelenruhe Elisas altes Zimmer auszuräumen.

Es war beinahe, als hätte sie all die Jahre gewusst, dass ihr Kind nicht mehr am Leben ist, und nur darauf gewartet, endlich ganz offiziell mit diesem Kapitel ihres Lebens abschließen zu können. Janne hatte sich sogar eingebildet, Erleichterung in den Augen der Frau zu entdecken, was sie derart in ihren Grundfesten erschütterte, dass sie für einen Augenblick sprachlos gewesen war. Iidas Mann hatte es schließlich geschafft, dass Iida sich wieder zu ihnen setzte, um ihre Fragen bezüglich der Knochenbrüche zu beantworten.

Janne stieß die Luft aus.

Am Ende hatte sich bewahrheitet, was Carls Freund, der Neurologe, bereits vermutet hatte. Nämlich dass Elisa sich die Brüche während ihrer allerersten Anfälle im Kleinkindalter zugezogen hatte.

Iida hatte ihnen sogar den Teil der Krankenakte von Elisa ausgehändigt, in der jeder Anfall, jeder Bruch, jede ärztliche Behandlung samt Krankenhausaufenthalt und Medikamentenplan im Kleinkindalter des Mädchens aufgeführt war.

Alles passte haargenau zu Ehos Gutachten. Und auch zu dem, was der Neurologe gesagt hatte.

Und dennoch … Janne kam nicht umhin, zuzugeben, dass da etwas an Iida war, das sie abstieß und das dafür verantwortlich war, dass sie keinerlei Mitgefühl für die Frau empfand.

Selbst Iidas Mann Oliver hatte wie vor den Kopf geschlagen gewirkt, als Iida ihnen allen in sachlich kühlem Tonfall von Elisas Krankheit erzählte und wie sie als Ärztin stets ihr Bestes getan hatte, um die Lebensqualität ihres Kindes trotz der Diagnose zu wahren. Iidas Stimme hatte dabei seltsam monoton, fast roboterhaft gewirkt, was Carl später im Auto als erste Anzeichen eines drohenden Schocks deklarierte. Doch irgendwie konnte Janne nicht so recht daran glauben. Iida hatte nicht so ausgesehen, als träfe die Nachricht vom Tod der Tochter sie tief im Innern, so wie es bei Lilias Mutter der Fall gewesen war.

Auch die Tatsache, dass sie die Todesursache nicht hatte wissen wollen, machte Janne misstrauisch.

Und selbstverständlich hätte sie angenommen, dass Iida sie fragen würde, ob Elisa wie Lilia erst kürzlich oder schon vor drei Jahren gestorben war, doch nichts dergleichen war geschehen. Es war tatsächlich, als wüsste Iida bereits seit Langem, was an jenem Tag wirklich vorgefallen war.

Und genau das machte Janne so zu schaffen. Für sie war Iida seit Ehos Entdeckung der Verletzungen zur Verdächtigen geworden, auch wenn medizinisch gesehen die Einträge der Krankenakte das Gegenteil behaupteten.

Papier war geduldig, dachte Janne und unterdrückte ein Gähnen. Einmal damit angefangen, würde sie nicht mehr damit aufhören können und wäre in spätestens einer Stunde gezwungen, ein wenig auszuruhen. Und Ruhe oder gar eine Mütze voll Schlaf waren im Moment leider absoluter Luxus, zumindest so lange, bis der Nebel in ihrem Kopf sich lichtete und sie ein wenig klarer sehen konnte.

Inzwischen saß sie seit Stunden hier an ihrem Schreibtisch und überlegte, wie es zusammenpasste, dass sie Iida für mitschuldig am Tod von Elisa hielt, deren Leiche aber am selben Ort wie Lilias gefunden worden war, deren Tod wiederum mit der Seetragödie zusammenhing.

Am liebsten hätte Janne laut geschrien oder zumindest etwas kaputt geschlagen, um ihrem Frust Luft zu machen, doch sie wusste, dass ihr das nur für den Moment Erleichterung verschaffen würde.

Sie musste jetzt einfach dranbleiben an dem Fall und versuchen, mit dem, was sie hatte, zu arbeiten.

Wieder starrte sie auf das Papier vor sich auf dem Tisch. Joona stand in Fettschrift auf der einen Seite. Iida, ebenfalls in Fettschrift, auf der anderen.

Unter Joona hatte sie bereits einige Stichpunkte notiert:

Hat er gelogen, als es um Elisa ging?

Könnte Eifersucht ein Thema sein?

Eventuell ist ein Streit unter den Jugendlichen ausgebrochen. Wenn ja, weswegen und wie hat er es geschafft, seine Freunde zu überwältigen, die in der Überzahl waren – egal, ob Elisa dabei war oder nicht? Was ist mit dem Mann, von dem Joona behauptet, er habe sie überfallen. Gibt es ihn überhaupt?

Warum erinnerte sich Joona nicht an sein Gesicht?

Janne stöhnte, als sie die Punkte gelesen hatte. Mehr als die Hälfte davon war inzwischen ausgelutscht. Sie hatten Joona schon mehrfach damit konfrontiert, der einzige noch unsichere Punkt war und blieb Elisa. Kannte er sie doch? Wenn ja, dann war klar, dass er gelogen hatte.

Dort konnten sie dann ansetzen, aber

ansonsten …

Auch was Iida anging, hatte sie noch nicht viel mehr Punkte, denen es nachzugehen galt oder die mit einem von Joonas Punkten zusammenpassten:

Reagiert eher kühl und distanziert auf Tod der Tochter
Knochenbrüche?
Seit wann kennt sie ihren Mann?
Wer ist dieser Mann?
Verhältnis Elisa und Oliver damals?
In welcher Beziehung standen Elisa und Iida zu Joona, Lilia, Anneliese und Noel, kannte sie sie?
Elisas Vater?

Selbstverständlich war sie so geistesgegenwärtig gewesen und hatte bei ihrem Gespräch einige der Punkte abgefragt, doch wirklich etwas gebracht hatte es nicht.

Iida und ihre Tochter hatten ein enges Verhältnis zueinander gehabt, beinahe freundschaftlich – ob das tatsächlich stimmte, konnte nur Elisa beurteilen und die war tot. Vielleicht war Iidas Ex, der Vater von Elisa, bereit, etwas dazu sagen? Und Oliver? Iida und er kannten sich bereits seit Kindheitstagen, waren lange Zeit einfach nur alte Bekannte mit eher seltenem Kontakt gewesen. Dann verschwand Elisa und kurze Zeit später trat Oliver mit einem Schlag fest ins Leben der verzweifelten Mutter.

Er hatte Janne von sich aus erzählt, dass er Elisa nur wenige Male gesehen und nicht mehr als ein paar Worte mit ihr gewechselt habe.

Und Iida? Sie hatte Joona, Anneliese und Noel nicht gekannt, wohl aber Lilia vom Hören-Sagen, bei der sie sich plötzlich zu erinnern glaubte, dass die ihre Tochter zeitlebens gemobbt hatte.

Machte sie dieses Wissen verdächtig? Und warum fiel ihr etwas so Wichtiges erst jetzt ein?

Hing alles damit zusammen?

Möglicherweise Motiv Mobbing Elisa?, schrieb sie dann neben Iidas Namen und setzte ein Fragezeichen dahinter.

Janne atmete gegen die aufsteigende Übelkeit an.

Missbrauch, schrieb sie ebenfalls auf den Zettel und setzte den

Namen *Oliver* in Klammern und kritzelte *eventuell auch der Vater oder sogar die Mutter* dahinter.

Doch wie könnte ein möglicher Missbrauch Elisas mit den Jugendlichen am See zusammenhängen?

Egal, wie sie es auch drehte und wendete, nichts von alledem ergab irgendeinen tieferen Sinn.

Fakt war lediglich, dass Iida sich seltsam verhielt. Doch das machte sie noch lange nicht zu einer Verbrecherin, geschweige denn zu einer schlechten Mutter.

Und auch bei Joona, der möglicherweise gelogen hatte, als er sagte, er kenne Elisa nicht, war es noch lange nicht sicher, ob er eine Mitschuld am Tod seiner Freunde trug.

Wenn es hart auf hart kam, konnte sie keinerlei Beweise dafür vorlegen, dass Iida oder Joona sich in irgendeiner Weise einer Straftat jedweder Art schuldig gemacht hatten.

Was sie hatte, waren lediglich ein paar vage Anhaltspunkte, denen sie nachgehen konnte und die sich am Ende mit viel Glück ins Gesamtbild einfügten, doch selbst davon war sie noch weit entfernt.

Janne kringelte Elisas leiblichen Vater auf der Liste ein. Ihn hatte sie zwar vor drei Jahren schon befragt, kurz nachdem Elisa verschwunden war, trotzdem konnte es nicht schaden, ihn jetzt erneut auf das Mutter-Tochter-Verhältnis anzusprechen und zu fragen, ob Elisa bei irgendeinem ihrer seltenen Treffen Mobbing- oder Missbrauchsandeutungen gemacht hatte.

Sie sah auf die Uhr.

Halb eins.

Janne seufzte und zuckte zusammen, als es an der Tür klopfte. Ihr Herz machte einen Satz, als Carl seinen Kopf in ihr Büro streckte. »Ich hab mir schon gedacht, dass du noch hier bist.« Er trat ein, sah sich um. »Also gemütlich ist anders«, erklärte er dann trocken und zwinkerte Janne zu. »Hast du Hunger?« Er hielt eine Tüte mit dem Werbeslogan einer Sandwichkette hoch und augenblicklich lief Janne das Wasser im Mund zusammen.

»Ist zwar nur Fast Food, aber ich hab das Veggie-Sandwich genommen, das gleicht es etwas aus.« Er stellte die Tüte auf Jannes Tisch ab und sah sie ernst an. »Hier essen oder mitnehmen?«

Janne spürte, wie sich ihr Unterleib zusammenzog. Sie war zwar geistig gesehen für heute am Ende ihrer Kräfte und Konzentration angekommen, doch ihr Körper schien noch einigermaßen fit zu sein.

Vielleicht tat es ihr sogar ganz gut, wenn sie für heute Schluss machte und die Nacht mit Carl verbrachte, sich von seiner Fähigkeit, abzuschalten sowie Job und Privatleben zu trennen, ein wenig anstecken ließ.

»Lass uns zu mir fahren«, sagte sie deshalb knapp, stand auf und zog ihr Jackett von der Stuhllehne.

Als sie eine knappe viertel Stunde später in ihrer kleinen Küche standen, bereute Janne ihre Entscheidung zutiefst. In der Wohnung sah es aus, als hätte eine Bombe eingeschlagen. Überall standen benutzte Tassen und Weingläser herum, der Staub lag fingerdick auf ihren Möbeln und aus dem geöffneten Schlafzimmer roch es, als hätte sie seit Tagen nicht mehr gelüftet. Sie rechnete es Carl hoch an, dass er sich jegliche Bemerkung über den Zustand ihrer Wohnung verkniff und stattdessen anfing, den Tisch abzuräumen und für ihr gemeinsames Nachtmahl frisch einzudecken. Janne nutzte diesen Augenblick, um ins Bad zu gehen und sich ein wenig frisch zu machen. Auf dem Weg zurück in die Küche kippte sie das Fenster im Schlafzimmer und brachte die Betten in Ordnung.

Als sie Carl wenig später gegenübersaß und sich ihr Essen schmecken ließ, fragte sie sich, was er wohl von ihr denken mochte. Oder viel mehr, warum er gerade an ihr Interesse hatte.

Sie war eine mittelmäßige Polizistin, eine schreckliche Hausfrau und sah noch nicht einmal besonders gut aus. Das einzig Attraktive an ihr war ihr durchtrainierter, schlanker Körper, der wahrscheinlich bald Geschichte sein würde, wenn sie sich weiterhin so ungesund ernährte.

»Machst du dir Gedanken, dass mich vorhin jemand gesehen haben könnte?«, flachste Carl und sah sie grinsend an.

Janne fiel vor Schreck beinahe ihr Sandwich aus der Hand. »Himmel, daran hab ich ja überhaupt nicht gedacht«, stieß sie aus und wischte sich mit dem Ärmel ihres Shirts über den Mund. »Ist dir jemand über den Weg gelaufen?«

»Nur der Typ an der Pforte.«

Janne schluckte erleichtert. »Dabei sollte ich glücklich sein, dass ein Typ wie du …« Sie verstummte, als Carl aufstand und sie von ihrem Stuhl hoch direkt in seine Arme zog. »Wag es ja nicht, weiterzusprechen, solange ein derartiger Blödsinn aus dir rauskommt. Du bist eine wahnsinnig tolle Frau und ich bin glücklich, dich in meinem Leben zu haben«, erklärte er dann und küsste sie.

Als er sich nach einer kleinen Ewigkeit von ihr löste, sah er sie ernst an.

»Wie ich bereits sagte, macht dich ein ungelöster Fall in deiner Laufbahn noch lange nicht zu einer miesen Polizistin. Und eine chaotische Wohnung nicht zu einem schlechten Fang.« Er grinste, zog sie enger an sich. Dann wurde er schlagartig ernst. »Stattdessen sehe ich eine fantastische Kollegin vor mir, die niemals aufgibt, selbst dann nicht, wenn sie glaubt, in einer Sackgasse gelandet zu sein. Wir haben Elisa nur dank deines Bauchgefühls gefunden. Weil du so sicher warst, dass an diesem Ort eine weitere Leiche liegen könnte. Das Risiko einer kostenintensiven und ergebnislosen Grabung war dir in dem Moment egal, eben weil du felsenfest davon überzeugt warst, recht zu haben. Was also macht dir derart schwer zu schaffen, dass du trotz allem noch an dir und deinen Fähigkeiten zweifelst? Hast du vergessen, dass der Bodom-Fall eigentlich nicht in deinen Aufgabenbereich fällt und du nur wegen deines Engagements die Befugnis zur Mitarbeit bekommen hast?«

»Ich dachte, weil die Jugendlichen alle aus dieser Gegend stammen?« Janne schluckte. »Ist aber eigentlich auch vollkommen egal.« Dann hob sie die Schultern. »Denn das alles ändert leider nichts daran, dass ich betriebsblind bin, sobald es um die Zusammenhänge geht. Ich kann die Verbindung nicht erkennen, verstehst du? Und langsam befürchte ich, dass Iida Battilana die Ursache dafür ist. Irgendwas an ihr erinnert mich an einen Menschen aus meiner Vergangenheit. An jemanden, den ich schon vor langer Zeit aus meinem Leben verbannt habe.«

Carl schluckte und drückte sie zurück auf ihren Stuhl. »Willst du darüber reden?«

Sie schüttelte den Kopf. »Nicht heute.«

»Hat es etwas damit zu tun, dass du so emotional auf die Knochenbrüche reagiert hast?«

Janne starrte Carl an. »Was meinst du mit emotional? Ich habe mir eben meine Gedanken gemacht, was der Grund dafür sein könnte, dass ein kleines Mädchen zahlreiche Knochenbrüche erleiden musste. Misshandlung als Ursache hat Eho in den Raum gestellt.«

»Und du bist sofort darauf angesprungen, Janne, sei ehrlich. Du hast keinen Moment daran gedacht, dass alles auch ganz anders sein könnte. Das ist auch der Grund, weshalb du Iidas Reaktion von heute Nachmittag als verdächtig einstufst.«

»Du etwa nicht?«, rief Janne.

Er sah sie ernst an. »Die Frau stand unter Schock. Und eigentlich weißt du das auch.« Er seufzte. »Was ich dir jetzt sagen muss, fällt mir wirklich schwer.« Er stockte, suchte nach Worten.

Janne wurde es eiskalt. Dann flutete heiße Wut ihre Adern.

»Sag mir jetzt nicht, dass du meine Akte gelesen hast!«

Er sah zu Boden, räusperte sich.

»Du weißt es also?«

Nicken. »Deshalb wollte ich dir vorhin Gelegenheit geben, mir aus deiner Sicht zu erzählen, wie das damals wirklich gelaufen ist.«

»Du durftest mich ein paar Mal ficken«, spie Janne ihm zornig entgegen, »doch das gibt dir noch lange nicht das Recht, mir hinterherzuspionieren oder meinen Seelenklempner zu spielen.«

Carl sah sie abwartend an, doch Janne war viel zu wütend, um jetzt noch ein vernünftiges Gespräch mit ihm zu führen. »Ich will, dass du dich verpisst«, sagte sie daher matt und schluckte die aufsteigenden Tränen hinunter.

Carl stand auf. »Egal, was du jetzt denkst, ich möchte, dass du weißt, wie wichtig du mir bist.« Er räusperte sich. »Deswegen werde ich bei der nächsten Konferenz mit meinem Vorgesetzten auch vorschlagen, dass man dich von dem Fall abzieht. Von beiden Fällen.« Er schüttelte den Kopf, sah auf einmal unendlich traurig aus. »Sieh dich doch an. Du isst kaum etwas, schläfst so gut wie gar nicht, ignorierst sogar die Anzeichen deines Körpers, der nach Ruhe schreit.« Er deutete auf ihre Finger, die bereits seit Tagen nervös zitterten. »Das alles wächst dir über den Kopf. Es lässt dich verletzlich werden und macht dich am Ende kaputt. Deswegen bricht sich deine Vergangenheit auch einen Weg nach oben. Weil dein Unterbewusstsein merkt, dass du angreifbar bist. Nur deswegen fühlst du dich mies und reagierst unangemessen emotional. Du überträgst deine Erinnerung auf den Fall von Elisa und merkst es nicht einmal.«

Am liebsten wäre Janne aufgesprungen und hätte Carl ins Gesicht geschlagen, ihm richtig wehgetan. Doch dann besann sie sich eines Besseren und sah ihn fest an, hoffte, dass er ihr das kleine Schauspiel abkaufen würde. »Vielleicht hast du recht«, sagte sie und legte einen geknickten Gesichtsausdruck auf. »Ich werde deinen Rat beherzigen und ein wenig runterschalten. Nur bitte, zieh mich nicht von diesem Fall ab. Noch nicht.«

Carl stieß die Luft aus und beugte sich zu ihr hinunter, küsste sie auf die Stirn. »Ich gehe jetzt besser.«

Janne sprang auf und lief ihm bis zur Tür nach. »Bitte Carl, tu mir das nicht an, ich kann doch jetzt nicht aufhören.« Alles in ihr schrie danach, ihn anzubrüllen, dass sie ihn nie wiedersehen wolle, doch sie zwang sich, ruhig zu bleiben.

Er war schon fast am Aufzug, als er sich noch mal zu ihr umdrehte und sie traurig ansah. »Tut mir wirklich leid, Janne, aber ich kann nicht länger mit ansehen, wie du an der ganzen Scheiße zerbrichst. Nächsten Mittwoch ist die Konferenz, danach ist es – zumindest für dich – definitiv vorbei.«

Kapitel 15

Espoo/Helsinki
Juni 2018

Schweißnass schreckte Leni aus dem Schlaf hoch. Sie griff nach ihrem Smartphone auf dem Nachtkästchen und sah auf die Uhr. Kurz nach vier. Das bedeutete, dass sie kaum mehr als eine Stunde geschlafen hatte. Seufzend schlug sie die Decke zurück und stand auf, um ins Bad zu gehen. Ihr Shirt klebte am Rücken und sie fröstelte. Nachdem sie sich ein wenig frisch gemacht hatte, tappte sie zurück in ihr Zimmer, setzte sich aufs Bett. Sie fühlte sich hundeelend, was nicht zuletzt auch daran lag, dass Tommys Anfall sowie die Neuigkeit bezüglich Elisa sie zutiefst verstörten.

Wieder fragte Leni sich, warum weder Olli noch Iida ihr etwas davon gesagt hatten, dass die Polizei am Nachmittag da gewesen war. Allerdings begriff sie jetzt auch, weshalb die Stimmung im Haus am gestrigen Abend so seltsam gewesen war. Auch Iidas Besuch in ihrem Zimmer bekam durch das Wissen um Elisas Leichenfund eine ganz neue Gewichtung. Sie musste unter Schock gestanden haben. Nur so war es zu erklären, dass sie mit ihr in aller Seelenruhe über Tommys Gesundheitszustand sprechen konnte, nachdem sie kurz zuvor die Nachricht vom Tod ihres ersten Kindes erhalten hatte. Oder? Ein Knacksen ertönte und Leni versteifte sich. Wo war das Geräusch hergekommen? Ihr Herz hämmerte heftig gegen ihren Brustkorb, als sie aufstand und die Tür einen Spalt breit öffnete, um in den Gang sehen zu können.

Nichts.

Wieder ein Knacksen.

Der Garten!

Schnell huschte sie zum Fenster und linste zwischen den beiden Vorhängen hindurch nach draußen. Leni schluckte hart, als sie glaubte, neben dem alten Geräteschuppen den Schatten eines Mannes zu erkennen.

Oder täuschte sie sich?

Spielte die Angst ihr einen Streich?

Litt sie wegen des Schlafmangels an Halluzinationen? Sie trat einen Schritt zurück, atmete tief durch. Dann spitzte sie erneut zwischen Gardine und Vorhang hindurch. Der Schatten war verschwunden.

Erschrocken wich Leni zurück, stieß einen spitzen Schrei aus, als sie hinter sich einen Lufthauch spürte. Sie wirbelte herum, sah Oliver in der Tür stehen, der sie nachdenklich anstarrte.

»Hast du mich erschreckt«, brachte sie mühsam hervor. »Warst du das eben im Garten?«

Oliver antwortete nicht, sah sie weiterhin schweigend an.

»Ich konnte nicht schlafen«, stammelte Leni, »und als ich gerade aus dem Fenster geguckt habe, war da ein Mann neben der Hütte.«

Olivers Mund verzog sich zu einem falschen Lächeln. »Das hast du dir sicherlich nur eingebildet«, sagte er schließlich und klang dabei, als wäre es ihm egal, ob sie ihm glaubte. »Und jetzt solltest du noch ein wenig ausruhen. Es war für uns alle ein schwerer Tag.«

Beim Frühstück herrschte eine düstere Atmosphäre am Tisch. Olli und Iida sprachen kein einziges Wort miteinander. Iida fütterte den quengelnden Tommy mit selbst gemachtem Bananenbrei und Olli studierte den Sportteil der Tageszeitung.

Leni trank einen Schluck von ihrem Kaffee und schob den vor sich stehenden Teller beiseite. Sie hatte weder Hunger noch Appetit. Jetzt hoffte sie auf einen einigermaßen ruhigen Vormittag mit Tommy, falls Iida trotz des nächtlichen Zwischenfalls beschließen sollte, die Praxis zu öffnen.

Sie wollte gerade aufstehen und ihren Kaffee in ihrem Zimmer austrinken, als Olli die Zeitung beiseitelegte und sie ansah. »Ich bleibe heute zu Hause«, erklärte er. »Wenn du willst, kannst du den heutigen Tag für dich haben.«

Leni nickte erleichtert. Dann verzog sie das Gesicht. »Ist das wirklich okay? Ich meine, ihr bezahlt mich, damit ich auf Tommy aufpasse, und heute wäre dann schon der zweite Tag, an dem ich eigentlich arbeiten müsste und trotzdem frei machen darf.«

Olli winkte ab. »Das geht schon klar. Sehe es einfach als Dankeschön, weil du heute Nacht mitgekommen bist. Das ist nicht selbstverständlich.«

Leni warf Iida einen Blick zu, doch die reagierte nicht.

»Gut, dann mache ich mir heute einen schönen Tag irgendwo am See und hole ein wenig Schlaf nach.«

Olli lächelte und sah dabei irgendwie traurig aus. »Vergiss nicht, ein Insektenspray mitzunehmen. Die Biester sind um diese Jahreszeit echt penetrant.«

Zurück in ihrem Zimmer spürte Leni ein ungutes Gefühl in der Magengegend. Irgendwie gefiel es ihr nicht, dass Iida und Olli ihr nun schon zum zweiten Mal außerplanmäßig frei gaben. Wenn das so weiterging, befürchtete Leni, bräuchten sie sie bald überhaupt nicht mehr. Andererseits hatte sie einiges zu erledigen. Sie wollte noch mal ins Krankenhaus fahren und versuchen, die Schwester von heute Nacht auszuquetschen. Allerdings würde sie tagsüber bei dieser Aktion nicht viel Glück haben, sie musste also warten, bis die Nachtschicht der Frau begann. Vielleicht konnte sie sie am Abend vorm Eingang abpassen? Tagsüber konnte sie die Zeit nutzen, um Janne Göös aufzusuchen, und vielleicht einen Abstecher zum Bodom-See machen, um sich dort umzusehen.

Schnell warf sie ein paar Sachen in ihren Rucksack, damit es für Olli und Iida danach aussah, als würde sie tatsächlich an den See fahren und machte sich auf den Weg in die Küche. Tommys Eltern saßen noch immer gemeinsam am Tisch, ohne ein Wort miteinander zu wechseln. »Ich geh dann jetzt«, sagte Leni und wartete ab.

Olli nickte ihr zu. »Hab einen schönen Tag«, sagte er schließlich und zwinkerte ihr zu. Es sollte eine lockere Geste darstellen, doch Leni spürte, dass Oliver alles andere als locker war. Stattdessen wirkte er müde, erschöpft und auf eine Weise abwesend, die Leni Angst machte.

Sie zwang sich, an etwas anderes zu denken, und schlüpfte in ihre Schuhe.

Als sie wenige Minuten später endlich in Richtung Busbahnhof radelte, spürte sie, wie jeden Meter, den sie sich von ihrer Gastfamilie entfernte, die Anspannung von ihr abfiel. Sie begriff, dass es nicht nur die Sorge um Tommy war, die ihren Verstand bereits umnebelte und sie beklommen machte, sondern vor allem die düstere Atmosphäre im Haus seiner Eltern. Dass Iida eine merkwürdige Person war, wusste Leni schon seit ihrer Ankunft in Finnland. Doch seit letzter Nacht verspürte sie auch Olli gegenüber eine Art von Misstrauen, die ihr vollkommen neu war. Wenn sie ganz ehrlich war, hatte sein Verhalten letzte Nacht ihr sogar ein wenig Angst gemacht. Als er plötzlich in ihrer Tür gestanden und sie angestarrt hatte, war da etwas an ihm gewesen, das sie zur Vorsicht mahnte. Oder bildete sie sich das ein? Lag es einfach daran, dass sie noch wenige Sekunden zuvor geglaubt hatte, im Garten den Umriss eines Mannes zu sehen?

Fing sie langsam an, durchzudrehen, und erlag ihren eigenen Hirngespinsten?

Sie stieß die Luft aus. Doch da war noch etwas anderes, das Leni irritierte. Sie hatte es vorhin am Frühstückstisch zum ersten Mal bemerkt. Iida hatte nur Augen für ihr Kind gehabt und dabei beinahe abwesend gewirkt. Erst jetzt wurde Leni klar, dass ihre Körpersprache irgendwie gestellt gewirkt hatte. Steif und fremd, als wollte sie ihre wahren Gefühle verbergen. Warum zum Teufel fiel ihr das erst jetzt auf? Leni wurde es heiß und kalt zugleich. Als Oliver gesagt hatte, dass er den Tag zu Hause verbringen werde, war Iida beinahe unmerklich zusammengezuckt, wie jemand, der sich furchtbar erschrocken hatte.

War es möglich, dass Olli der Auslöser für Iidas seltsames Verhalten war?

In der Lobby des Präsidiums in Espoo herrschte rege Betriebsamkeit. Leni hoffte, dass Janne heute im Büro war und sie nicht wieder nur mit Rückrufen vertröstet wurde, die nie eintraten. Der Portier hatte sie gebeten, kurz Platz zu nehmen, doch Leni war viel zu aufgewühlt, um sich hinzusetzen.

Als sie nach Minuten endlosen Wartens endlich die Polizistin auf sich zukommen sah, atmete sie erleichtert auf.

Als Janne fast bei ihr war, bemerkte Leni die dunklen Schatten unter den Augen der Frau und fragte sich, ob es an der laufenden Ermittlung um Elisa lag, dass die Frau derart erschöpft aussah.

»Viel Zeit hab ich nicht«, kam die Polizeibeamtin gleich auf den Punkt und reichte ihr die Hand. »Ich würde gerne eine Kleinigkeit essen gehen, wenn es Ihnen nichts ausmacht.«

Leni, die den ganzen Vormittag noch nichts in den Magen bekommen hatte, nickte erfreut.

Bevor sie hergekommen war, hatte sie beschlossen, im Krankenhaus nachzufragen, wann die Schwester von der vergangenen Nacht wieder im Dienst sein würde. Sie hatte der Dame an der Anmeldung eine Lügengeschichte von einem kleinen Dankeschön-Präsent für besonders gute Pflege ihres kleinen Bruders aufgetischt und es so hingekriegt, dass diese ihr sowohl den Namen als auch die Dienstzeiten der Frau auf dem Silbertablett servierte.

Schwester Djamila würde also heute Abend um Punkt 21 Uhr ihren Dienst antreten, was für Leni bedeutete, dass sie ab 20 Uhr den Personaleingang im Auge behalten musste.

Bis dahin blieb ihr mehr als genug Zeit, jetzt mit Janne Göös bei einem Mittagessen über Anneliese und Elisa zu sprechen und anschließend in Ruhe zum Bodom-See zu fahren.

Das Bistro, das Janne ausgesucht hatte, lag schräg gegenüber des Präsidiums und verfügte über eine wunderschöne Dachterrasse, auf der sie das Glück hatten, einen der begehrten Tische mit Aussicht über die Stadt zu ergattern.

Janne bestellte sich zuerst einen Hamburger, entschied sich dann aber um und orderte einen Caesar Salad. Leni hatte Appetit auf etwas Süßes und entschied sich deswegen für eine Portion Pancakes mit Bananen und Schokoladensoße. Während sie auf ihr Essen und das dazu bestellte Wasser warteten, schwiegen sie und genossen den Ausblick. Janne war es, die schließlich das Schweigen brach. »Ich hab absichtlich nicht zurückgerufen. Weil ich wusste, dass Sie wegen unserer angeforderten Dokumente bezüglich Ihrer Schwester mit mir sprechen wollten.« Sie schüttelte den Kopf. »Mir war klar, dass Sie wissen wollten, ob wir bei der Grabung etwas gefunden haben.«

»Und das haben Sie ja auch«, sagte Leni leicht säuerlich.

Janne nickte. »Inzwischen dürften Sie ja auch wissen, dass es sich bei dem, was wir fanden, nicht um Annelieses Überreste handelt.«

Leni seufzte. »Ich hab es vergangene Nacht im Krankenhaus erfahren.« Sie erzählte Janne von Tommys Anfall in der vergangenen Nacht und wartete deren Reaktion ab.

Die Polizistin riss die Augen auf.

»Der Kleine leidet auch an Epilepsie?«

»Nein«, erklärte Leni schnell. »Er hat immer wieder Bauchschmerzen und übergibt sich beinahe täglich, deswegen hatte er einen Mangel an Elektrolyten. Das hat seinen Anfall verursacht.«

»Und geht es ihm wieder gut?«

Leni hob die Schultern. »Ich bin ja noch nicht lange hier in Finnland, aber seit ich hier bin, gab es keinen Tag, an dem es dem Kleinen wirklich richtig gut ging.«

Janne runzelte die Stirn.

»Warum sind Sie heute hier?« Sie zwinkerte Leni zu. »Dass es nur wegen des neuen Leichenfundes ist, glaube ich nämlich nicht.«

»Ich weiß nicht, was Sie meinen«, versuchte Leni matt, sich zu rechtfertigen, begriff aber, dass es zwecklos war, weil Janne Göös sie längst durchschaut hatte. »Bis jetzt habe ich es nur vermutet, doch inzwischen bin ich absolut sicher, dass Elisas Verschwinden und ihr Tod eine maßgebliche Rolle bei der Lösung des Falles meiner Schwester spielen. Anneliese, Lilia und Elisa verschwanden am selben Tag. Und nachdem Lilia im Februar gefunden wurde, Elisa erst kürzlich an fast genau demselben Platz wie Lilia, denke ich, dass da definitiv ein Zusammenhang besteht.«

Janne verzog das Gesicht. »Verraten Sie mir auch, welcher das sein soll?«

»Das herauszufinden, ist ja Ihre Aufgabe«, schnappte Leni zurück. »Fakt ist jedenfalls, meine Schwester ging während ihres Aufenthaltes hier in Finnland mit Lilia in eine Klasse. Und aus der Zeitung wusste ich, dass Elisa in dieselbe Klasse ging. So brauchte ich nur eins und eins zusammenzählen. Meine Schwester war eng mit Lilia befreundet, sehr zum Ärger von Sofia Läkinen, dem Mädchen bei dessen Familie sie im Rahmen des Austauschs wohnte. Ich weiß von Sofias Mutter, dass Anneliese in der Zeit vor ihrem Verschwinden oft von Elisa sprach, deswegen vermute ich, dass sie auch mit ihr befreundet war. Somit haben wir drei Mädchen aus einer Klasse, die an jenem Tag verschwanden. Das kann doch gar kein Zufall sein.«

»Aber Elisa und Lilia waren keine Freundinnen«, gab Janne zu bedenken. »Iida Battilana erinnert sich sogar, dass ihre Tochter mal erzählt habe, dass Lilia sie schikanieren würde.«

Leni schluckte. »Uma hat ähnliche Andeutungen über Lilia gemacht. Unter anderem sagte sie, dass weder Sofia, noch sie selbst Lilia besonders gerne mochten, weil sie ein schlechter, manipulativer Mensch gewesen sein soll.«

»Und Anneliese? Warum denken Sie, freundete sich Ihre Schwester gerade mit einem solchen Mädchen an?«

Leni hob die Schultern. »Vielleicht weil sie nicht durchschaute, wie Lilia wirklich war.«

»Dann sind Sie also schon mit dem Ziel nach Finnland gekommen, herauszufinden, wer diese Elisa ist, in der Hoffnung, dass Informationen über dieses Mädchen Sie zu Anneliese führen?«

»Genau«, sagte Leni. »Denn nur wenn man weiß, nach wem genau man sucht, hat man auch eine Chance, diesen Menschen zu finden.«

»Und wissen Sie inzwischen, wer Elisa Battilana war? Immerhin wohnen Sie bei ihrer Mutter.«

Leni verzog das Gesicht. »Iida redet nicht über Elisa. Weder mit ihrem Mann noch mit sonst jemandem. Sie ist ziemlich schwierig, wenn Sie verstehen, was ich meine.« Leni hob die Schultern.

»Und warum spielen Sie nicht einfach mit offenen Karten?«, wollte Janne wissen. »Sie könnten Iida und ihrem Mann sagen, wer Sie wirklich sind und vor allem, was Sie hierher führt. Vielleicht würde Ihnen das die ganze Sache erleichtern?«

Leni nickte. »Vielleicht mache ich das auch. Nur … bis jetzt hat sich das für mich einfach nicht richtig angefühlt. Ich wollte mich nicht zu erkennen geben, weil ich Angst hatte, dass es meine Suche schwieriger macht, wenn die Leute wissen, warum ich hier bin und dass ein Teil von mir mit dieser schrecklichen Geschichte verwoben ist. Und jetzt ist genau das Gegenteil der Fall.«

»Hat Ihnen Anneliese während ihres Aufenthaltes etwas über die Leute, mit denen sie sich umgab, anvertraut?«

Leni schluckte. »Das einzige, das ich weiß, ist, dass meine Schwester in Joona verknallt war. Und dass er für sie wohl ähnlich empfand.«

Janne richtete sich alarmiert auf.

»Sind Sie da absolut sicher?«

Leni verzog das Gesicht. »Hundertprozentig sogar. Anneliese wollte bei unserem letzten Telefonat einen Rat von mir, wie sie sich Joona gegenüber verhalten sollte.«

»Und was haben Sie ihr geraten?«

»Dass sie die Finger vom Freund ihrer Freundin lassen sollte.«

Janne nickte nachdenklich. »Glauben Sie, dass sie das auch beherzigt hat?«

Leni räusperte sich. »Ich denke ja, aber wer weiß schon genau, wie die Menschen, die uns nahe stehen, wirklich ticken, wenn es um die Liebe geht.«

Janne nickte düster, als wüsste sie genau, was Leni damit sagen wollte.

»Und wissen Sie etwas über Annelieses Verhältnis zu Noel? Das war der Junge, der auch mit am See war und jetzt tot ist.«

Leni verneinte. »Das haben mich Ihre Kollegen aus Helsinki übrigens schon vor drei Jahren gefragt.«

»Haben Sie ihnen das von deiner Schwester und Joona erzählt?«

Lenis Augen füllten sich mit Tränen. »Ich konnte nicht. Ich habe Lisa versprechen müssen, dass ich es für mich behalte.«

»Und das Gespräch mit Ihrer Schwester war genau am Tag vor dem Ausflug?«

Leni nickte.

»Und hat sie da nichts über ein drittes Mädchen gesagt, das eventuell auch mitkommt?«

»Nein, ich wusste bis dahin gar nichts über Elisa. Erst als ich den Bericht über sie im Internet gefunden habe, wurde mir klar, dass auch sie verschwunden ist, und da hab ich angefangen, das alles zu hinterfragen, bin bei meinen Recherchen auf die Anzeige von Iida gestoßen, woraufhin ich mich schließlich beworben habe.«

»Und warum sind Sie heute hier? Was kann ich für Sie tun?«

Leni atmete tief durch. »Weil ich Ihnen eine Frage stellen wollte.«

Janne nickte auffordernd. »Dann schießen Sie los.«

»Ich wollte nur wissen, wann genau Elisa gestorben ist? Zum Zeitpunkt ihres Verschwindens oder erst viel später so wie Lilia? Und mich interessiert natürlich auch, woran?«

Janne sah sie entschuldigend an. »Das dürfte ich Ihnen, selbst wenn ich wollte, nicht sagen.«

Leni nickte frustriert. »Und was sagen Sie dazu, dass beide am selben Ort gefunden wurden? Das beweist doch quasi, dass sie nicht zu viert, sondern zu fünft am Bodom See waren und dass Noels und Lilias Mörder auch Elisa auf dem Gewissen hat.«

»Einen hundertprozentigen Beweis dafür gibt es aber nach wie vor nicht. Dennoch – die Wahrscheinlichkeit liegt nahe, dass es so gewesen sein könnte. Und natürlich bedeutet das wiederum, dass Joona unter Umständen nicht die Wahrheit gesagt hat.«

Lenis Herzschlag beschleunigte sich. »Was, glauben Sie, bedeutet das alles für Anneliese? Besteht Hoffnung, dass sie noch am Leben ist?«

Jannes Mund verzog sich zu einem sympathischen Lächeln. »Wie Sie neulich selbst sagten: Die Hoffnung stirbt zuletzt!«

Als Leni am Abend aus dem Bus stieg und zum Personaleingang des Krankenhauses lief, war sie so enttäuscht wie noch nie. Sie hatte von ihrem Trip zum See mehr erwartet.

Sie hatte gedacht, sich dort ihrer Schwester näher zu fühlen, weil es der Ort war, an dem sie sich zuletzt aufgehalten hatte und von dem sie verschwunden war, stattdessen hatte sie nur Abscheu empfunden und ein wenig Angst, sich dort am Ende so unwohl gefühlt, dass sie in Versuchung war, sogar den Angelausflug mit Joona abzusagen. Am Ende hatte sie sich dazu durchgerungen, den Ausflug zwar durchzuziehen, ihn aber zumindest von Sonntag auf Samstag vorzuverlegen, sodass sie mit dem Typen nicht alleine in der Pampa stand. Wer war sie denn, dass sie glaubte, das alles ohne Hilfe bewerkstelligen und ans Licht bringen zu können, ohne die Polizei?

Sie hatte sich dann selbst zu beruhigen versucht, in dem sie sich einredete, dass der See nicht anders aussah als jeder andere x-beliebige Badesee einer Stadt, zu dem die Menschen im Sommer kamen, um zu Schwimmen oder sich zu amüsieren. So hatte sie es letztendlich doch geschafft, ein Stückchen zu laufen, bis sie zu der Stelle kam, an der die Menschen für die Opfer von damals und heute Blumen niedergelegt hatten. Auch für Anneliese, ihre Schwester. Sie selbst hatte ihren kleinen Schlüsselanhänger in Form eines Igels, den ihr Anneliese geschenkt hatte, dort hingelegt und war keine zehn Minuten später wieder in Richtung Bushaltestelle gelaufen.

So sehr sie sich auch vorgenommen hatte, nach Hinweisen zu suchen oder zumindest ganz tief in sich hineinzuhören, in der Hoffnung, dass Anneliese ihr ein Zeichen gab, war es am Ende doch das Unbehagen gewesen, das die Oberhand gewann und sie zum Gehen zwang.

Jetzt stand sie hier vor der blau gestrichenen Tür des Krankenhauses und fühlte sich so einsam und verlassen wie noch nie zuvor.

Als ein Auto vor der Schranke des Parkplatzes anhielt und eine Frau ausstieg, schlug ihr das Herz bis zum Hals. Schnell schob sie jeden Gedanken an ihre Schwester beiseite und legte ihren freundlichsten Gesichtsausdruck auf.

Leni erkannte schon von Weitem, dass es sich bei der Frau um Schwester Djamila von vergangener Nacht handelte. Die Frau schien es eilig zu haben, denn sie rannte den Weg vom Personalparkplatz bis zur Tür, wo Leni auf sie wartete. Als sie sie sah, runzelte sie kurz die Stirn, als würde sie sich erinnern, doch dann zog sie eine Karte aus der Tasche und schob sie in das Schloss. Leni berührte Djamila sanft am Handgelenk. »Ich habe auf Sie gewartet«, erklärte sie der verdutzten Frau und lächelte. »Ich war gestern Nacht anwesend, als sie sich mit dem Arzt um den kleinen Tommy gekümmert haben.«

Die Frau versteifte sich. »Sie saßen bei dem Mann von Iida Battilana. Sind Sie mit der Familie verwandt?«

Leni verneinte. »Ich bin bei ihnen als Kindermädchen angestellt. Meine Aufgabe ist es, mich um Tommy zu kümmern, wenn Iida in ihrer Praxis ist.«

»Und was kann ich für Sie tun?«, fragte Djamila schnippisch.

Leni atmete tief durch. »Ich habe gestern mitbekommen, wie Sie Iida angesehen haben. Ihrem Blick nach zu urteilen, mögen Sie die Frau nicht.«

»Ich wusste gar nicht, dass es verboten ist, wenn man jemanden nicht mag.«

Leni sah die Frau an und schluckte. »So wie Sie Iida angesehen haben, geht es weit darüber hinaus«, sagte sie schließlich offen. »Ich mache mir Sorgen um Tommy«, schob sie dann nach. »Bitte, Sie müssen es mir sagen, wenn Sie etwas über Iida Battilana zu wissen glauben, das in irgendeiner Art und Weise mit ihrem Kind zu tun hat.«

Die Frau stieß die Luft aus und sah Leni kopfschüttelnd an.

»Ich riskiere meinen Job, wenn herauskommt, dass ich mit Ihnen über diese Sache gesprochen habe.«

Leni hob abwehrend die Hände. »Ich schwöre, dass ich niemandem sage, dass wir miteinander geredet haben. Ich möchte ganz einfach nur für mich wissen, woran ich bei Iida Battilana bin.«

Djamila nickte. »Ich kenne sie von früher. Sie hat während ihrer Assistenzzeit hier gearbeitet und danach auch noch eine ganze Weile. Irgendwann wurde sie mit ihrer Tochter schwanger, eröffnete wenig später ihre eigene Praxis außerhalb von Espoo. Seither sah ich sie nur noch bei ihren zahlreichen Besuchen hier im Krankenhaus, wann immer es ihrer kleinen Tochter schlecht ging. Anfangs waren es Gehirnerschütterungen und Verletzungen durch Stürze, später kamen irgendwann die Knochenbrüche dazu. Iida hat beides stets auf die Anfälle des Kindes geschoben, doch ehrlich gesagt …« Die Frau schluckte und sah zu Boden. Als sie wieder aufsah, war ihr Blick von Abscheu erfüllt. »Das Mädchen war genau wie der kleine Tommy erst ein paar Monate alt, als es zum ersten Mal hier bei uns in der Notaufnahme saß. Ich will ja keine falschen Beschuldigungen in den Raum stellen, aber komisch ist es schon, nicht wahr?«

Kapitel 16

Espoo/Helsinki
Juni 2018

Am Nachmittag stand Janne kurz davor, nach dem Hörer zu greifen und Carl anzurufen, damit sie ihm die Meinung geigen konnte. Was bildete er sich überhaupt ein, so mit ihr zu reden? Nachdem er vergangene Nacht gegangen war, hatte sie keinen Schlaf gefunden und sich stundenlang im Bett herumgewälzt. Es war nicht nur die Tatsache, dass er ihr hinterhergeschnüffelt hatte, die sie so maßlos ärgerte, sondern viel mehr der Aspekt, dass er es für selbstverständlich ansah, sich in ihr Leben einmischen zu dürfen, nachdem sie ein paar Mal miteinander geschlafen hatten. Niemals würde sie auf die Idee kommen – selbst wenn sie dazu befugt wäre –, Carls Akte anzufordern und zu lesen. Ihre Vergangenheit war privat und es oblag ihr allein, darüber zu entscheiden, wem sie davon erzählte und wem nicht. Sie mochte Carl zwar, war aber dennoch weit davon entfernt gewesen, ihm solch intime Details anzuvertrauen, wie man sie in ihrer Akte vorfand.

Sie hatte ihre Eltern auf einen Schlag durch einen Verkehrsunfall verloren und war deswegen gezwungen, den Rest ihrer Kindheit beim Bruder ihres Vaters zu leben. Bis heute vermochte Janne es nicht, dieses Monster Onkel zu nennen.

Er hatte sie nicht nur gedemütigt und geschlagen, sondern sie auch sexuell missbraucht. Zum ersten Mal als sie gerade neun Jahre alt gewesen war. Mit dreizehn hatte er zum letzten Mal Hand an sie gelegt, weil sie ihn so schwer verletzt hatte, dass er anschließend im Krankenhaus notoperiert werden musste. Noch heute konnte sie das Blut auf ihrer Zunge schmecken und seine Schreie hören. Sie hatten in ihren Ohren wie Musik geklungen.

Janne hatte dieses Tier aus Furcht niemals verraten, ihn nie angezeigt, sehr wohl aber die Staatsanwaltschaft, nachdem die Ärzte, die ihn notversorgt hatten, eins und eins zusammenzählen konnten.

So hatte Janne den Absprung geschafft, aus der Hölle in den Himmel, denn ihre Pflegefamilie, die das Jugendamt für sie ausgesucht hatte, war wirklich liebevoll und nett mit ihr umgegangen. Peta, ihr Pflegevater, hatte als Polizist in Tampere gearbeitet und fungierte auch über seinen Tod hinaus als Jannes Vorbild. Seinetwegen entschied auch sie sich für eine Laufbahn als Kriminalbeamtin und zog nach ihrer Ausbildung und nach dem Tod ihrer geliebten Pflegemutter von Tampere nach Espoo, weil sie geglaubt hatte, in einer fremden Stadt noch mal ganz neu anfangen zu können. Ein neues Leben, ohne schmerzende Erinnerungen.

Und bis vergangene Nacht hatte das auch sehr gut funktioniert.

Zumindest bis Carl gedacht hatte, er müsse die Kruste von der Narbe kratzen, sie erneut zum Bluten bringen.

Oder war es die Geschichte um Elisas Krankheit und Tod, die Janne derart fertigmachte? Weil sie irgendwie glaubte, dass Elisa ein ähnliches Schicksal wie sie selbst hatte erdulden müssen?

Auch sie selbst hatte damals ständig irgendwelche Blessuren zu beklagen gehabt, wenn das Tier über sie hergefallen war, sie verprügelt, geschubst oder so heftig getreten hatte, dass sie sich kaum noch rühren konnte. Und auch er hatte es stets geschafft, dass alle glaubten, ihre Verletzungen lägen an ihrer eigenen Dussligkeit. Niemand hätte dem »herzensguten Onkel« eine solche Ungeheuerlichkeit zugetraut, ihr gesamtes Umfeld verschloss buchstäblich die Augen davor, was in ihrer Realität wirklich geschah. Und zwar Tag für Tag, bis sie selbst es schaffte, sich daraus zu befreien, in dem sie diesem verdammten Dreckschwein seinen Schwanz beinahe komplett abbiss.

Die Tatsache, dass Carl all das nun von ihr wusste, ohne dass sie etwas dagegen hätte tun können, fühlte sich zerstörend an.

Früher hatte sie sich dafür gehasst, was ihr zugestoßen war. Es hatte ewig gedauert, unzählige Therapiestunden, ehe sie damit abschließen und umgehen, sich selbst respektieren und lieben konnte. Dieses Kapitel ihres Lebens hatte bis gestern sicher verwahrt in den Untiefen ihrer Seele gelegen, vor der Welt und ihr selbst verborgen und Carl hatte es wieder an die Oberfläche gezerrt.

Janne spürte, wie heiße Tränen über ihre Wangen strömten, und wischte sie energisch weg, richtete ihre Aufmerksamkeit auf den Block vor sich auf dem Tisch. Annalena »Leni« Müller stand dort und war fett eingekreist. Die junge Frau berührte Janne tief im Innern und sie konnte nicht einmal genau sagen, weshalb. War es ihre Willensstärke, die sie antrieb, immer weiter nach ihrer Schwester zu suchen? Oder die Furchtlosigkeit, mit der sie in Augsburg alles zurückgelassen hatte und hierhergekommen war, um den fehlenden Teil von sich selbst zu suchen? Janne wünschte, sie hätte damals jemanden wie Leni an ihrer Seite gehabt. Stattdessen war sie nach dem Tod ihrer Eltern auf sich allein gestellt gewesen, musste die Hölle allein durchleben.

Wie schön wäre es, wenn damals jemand wie Leni gewesen wäre, der gespürt hätte, was sie durchmachen musste.

Janne lächelte beim Gedanken an das Gespräch mit der jungen Frau vorhin. Sie hatte einen riesigen Berg Pfannkuchen verschlungen und immer, wenn das Gespräch auf ihre Schwester gekommen war, hatten ihre Augen zu strahlen begonnen. Janne hoffte von ganzem Herzen, dass Lenis Gefühl sie nicht betrog, was Annelieses Schicksal anging. Sie wünschte, ein wenig von

Lenis Zuversicht zu besitzen, von ihrer Überzeugung, dass Wunder tatsächlich passierten. Und sie beneidete die junge Frau für diese Fähigkeiten.

Plötzlich ging ein Ruck durch Janne.

Joona!

Leni hatte ihr erzählt, dass Anneliese und der junge Mann damals etwas füreinander empfanden. Und genau dort würde sie nun ansetzen. Und wenn sie schon dabei war, würde sie ihn gleich noch mal wegen Elisa befragen. Danach, wie es sein konnte, dass man ihre Leiche im selben Wald gefunden hatte, wo auch Lilia abgelegt worden war, obwohl sie doch angeblich nicht mit am See gewesen sein sollte.

Janne stand auf, zog ihre Jacke vom Stuhl. Fick dich, Carl, dachte sie im Stillen, während sie zum Aufzug eilte. Ob dir das nun gefällt oder nicht – solange ich noch Gelegenheit dazu habe, mache ich genauso weiter wie bisher – für Leni und Anneliese.

Der Angelladen von Joona wirkte unscheinbar und war leicht zu übersehen, wenn man nicht gezielt danach suchte. Im Grunde zu seinem Besitzer passend, zumindest wie Janne ihn in Erinnerung hatte. Sie drückte die Klinke hinunter und trat ein, sah Joona auf einem Hocker hinter der Kasse sitzen und in einem Magazin blättern. Sie ließ ihn keine Sekunde aus den Augen, während sie auf ihn zulief, wollte wissen, wie seine Reaktion auf ihren unverhofften Besuch ausfiel. Er legte das Heft weg, sah auf, verzog das Gesicht, als er sie erkannte.

»Hab ich was ausgefressen?«, fragte er und Janne wusste, dass er sich Mühe gab, seine Stimme unbeteiligt klingen zu lassen.

»Das wird sich zeigen«, antwortete sie daher nur und blieb direkt vor ihm stehen. Einzig der schmale Tresen trennte sie noch voneinander. Sie fixierte sein Gesicht, konzentrierte sich auf seine Augen, hoffte auf ein klitzekleines Anzeichen von Nervosität, Unsicherheit und Furcht wegen ihres Besuches, doch alles, was sie in seinem Gesicht erkannte, waren Gereiztheit und Resignation. »Wie oft wollen Sie mich eigentlich noch in die Mangel nehmen?«, stieß er aus. »Ich kann nicht mehr zählen, wie oft ich mich schon vor Ihnen rechtfertigen musste, für Taten, die ich nicht begangen habe.«

»Sie sind unser einziger Zeuge, Herr Arasola, deswegen, schätze ich, wird damit so schnell auch nicht Schluss sein.« Sie sah ihn einen Augenblick fest an, ohne weiterzusprechen, dann räusperte sie sich. »Wir haben eine weitere Leiche«, sagte sie schließlich und ließ diese Worte auf ihn wirken, beobachtete ihn ganz genau. »Und zwar in der Nähe der Stelle, wo Lilia gefunden wurde.«

Entweder war dieser junger Mann ein extrem guter Schauspieler oder er war ehrlich betroffen. Er starrte Janne an, mit aufgerissenen Augen, schüttelte verwirrt den Kopf. »Und wessen Leiche, wenn ich fragen darf?«

»Es handelt sich um Elisa Battilana.«

Joona stieß die Luft aus, zeigte noch immer keinerlei Anzeichen von Nervosität oder Unsicherheit. »Das tut mir leid. Sie war lange verschwunden, jetzt die furchtbare Gewissheit, ich möchte wirklich nicht in der Haut der Eltern des Mädchens stecken.«

Janne ließ diese Worte unkommentiert, sah Joona weiterhin unverwandt an. »Können Sie mir erklären, warum Elisas Überreste, obwohl sie nicht mit am See war, ganz in der Nähe von Lilias Leiche gefunden wurden?«

Joona hob verwirrt die Schultern. »Ich hab wirklich keine Ahnung. Elisa Battilana – wie ich bereits mehrfach sagte –, ich kannte sie ganz flüchtig aus der Schule, habe sie aber an dem Tag, an dem ich mit meinen Freunden an den See gefahren bin, nicht gesehen.«

»Und sie ist auch nicht nachgekommen?«

»Sie war nicht bei uns«, sagte er. »Wir waren nur zu viert, als …« Er schnappte nach Luft. »Als dieser Kerl uns überfallen hat.«

»Was für ein Verhältnis hatten Sie zu Anneliese?«, fragte Janne und wechselte damit übergangslos das Thema.

»Wie ich ebenfalls bereits mehrfach sagte: Sie und Lilia waren befreundet, weil Anneliese während ihres Schüleraustauschprogramms mit ihr in eine Klasse ging.«

»In dieselbe Klasse, in die auch Elisa ging?«, fügte Janne hinzu und grinste in Gedanken, als sie sah, wie Joonas Kiefer sich verkrampften.

»Ja, Elisa ging ebenfalls mit Lilia in eine Klasse. Trotzdem kannte ich sie kaum. Und ich glaube, dass Lilia und Elisa sich nicht besonders mochten.«

»Stimmt, Elisa wurde von Ihrer Freundin gemobbt.«

Joona hob die Schultern. »Darüber kann ich nichts sagen. Das höre ich heute zum ersten Mal.«

»Wie ich gehört habe, war Lilia nicht besonders nett zu ihren Mitmenschen«, legte Janne nach. »Kann sein«, stieß Joona hervor. »Zu mir war sie es jedenfalls, sonst wäre ich nicht mit ihr zusammen gewesen.«

»Und obwohl Sie sie mochten, waren Sie nicht auf ihrer Beerdigung?«

Joonas senkte den Blick und starrte angestrengt zu Boden. Als er wieder aufsah, waren seine Augen mit Tränen gefüllt. »Ich wollte hingehen, aber ihre Mutter hat es mir verboten. Sie sagte, dass sie mich notfalls auch gewaltsam vom Friedhofsgelände entfernen lasse, solle ich es wagen, vorbeizukommen.«

»Waren Sie wütend deswegen?«

»Traurig und enttäuscht trifft es eher.«

»Weil der Großteil der Leute Sie noch immer für den wahren Täter hält?«

»Die Leute sind mir egal. Wehtut, dass ihre Eltern mir zutrauen, dass ich Lilia etwas angetan haben könnte. Ich habe sie geliebt.«

Janne nickte und versuchte sich an einem mitleidvollen Blick. »Wenn Sie Lilia so sehr liebten, warum interessierten Sie sich dann für Anneliese?«, versetzte sie dem jungen Mann einen weiteren Stoß.

Wieder ohne Erfolg, denn er sah sie nur aus großen Augen an und strich sich mit einer unschuldigen Geste eine Strähne hinters Ohr.

»Ich mochte Anneliese. Ich habe sie als nettes, kluges und lustiges Mädchen kennengelernt. Aber sie ist eine Deutsche und wir alle wussten, dass sie wieder abreisen wird. Deswegen wäre es schön blöd von mir gewesen, ihretwegen meine Beziehung mit Lilia zu gefährden. Noel hat das Ganze ein wenig anders gesehen. Er war in Anneliese verknallt, nur dass sie im Gegenzug rein gar nichts für ihn übrig hatte.«

Er räusperte sich. »Das war übrigens auch der eigentliche Grund unseres Trips. Lilia und ich wollten versuchen, Noel dabei zu helfen, bei Anneliese zu landen.«

»Und hatten Sie Erfolg? Zumindest bis das alles vollkommen aus dem Ruder lief?«

Joona schluckte. Dann schüttelte er den Kopf. »Sie hat Lilia anvertraut, dass Noel nicht ihr Typ sei, deswegen beschlossen wir, es dabei zu belassen.«

»Und dass Anneliese heimlich in Sie verliebt war, hat Ihre Freundin Lilia nicht gestört?«

Joona riss den Kopf hoch, starrte Janne verdattert an. »Was reden Sie da nur? Anneliese hat mich nicht mal beachtet. Sie hat mich behandelt, wie sie Noel behandelte – nett, aber neutral.«

Janne schüttelte langsam den Kopf und lächelte. »Ich weiß aus absolut sicherer Quelle, dass Anneliese bis über beide Ohren verliebt in Sie war. Sie ließ sich wahrscheinlich nur nichts anmerken, weil sie Lilia nicht verletzen wollte.« Sie machte auf dem Absatz kehrt, lief zum Ausgang, spürte regelrecht, wie Joona hinter ihrem Rücken aufatmete. Kurz bevor sie hinausging, drehte sie sich noch einmal um. »Ich muss Sie dringend bitten, die Stadt nicht zu verlassen, denn wir werden den kompletten Fall noch einmal von vorne aufrollen.«

Kapitel 17

Espoo/Helsinki
Juni 2018

Als Leni die letzten hundert Meter zum Haus von Iida und Olli lief, hatte sie ein furchtbar schlechtes Gewissen. Durch das Gespräch mit Djamila aufgewühlt, hatte sie sich noch nicht gleich dazu durchringen können, zu ihrer Gastfamilie zurückzukehren und stattdessen erst noch einen Tee in einem Bistro nahe dem Busbahnhof getrunken. Sie hatte erst noch mal in Ruhe über alles nachdenken, sich über einige Dinge klar werden wollen, doch dann war ihr ein Anruf ihrer Mutter dazwischengekommen. Die Arme hatte schon den ganzen Tag versucht, sie an die Strippe zu bekommen, doch Leni hatte sie mit WhatsApp-Nachrichten hingehalten, ihr vorgemacht, dass sie gerade nicht annehmen könne, weil sie Tommy beaufsichtigte. Als sie dann vorhin den Anruf angenommen hatte, war ihre Mutter in Tränen aufgelöst gewesen. Sie hatte sich Sorgen um sie gemacht, sich die schlimmsten Dinge ausgemalt und Leni hatte eine gefühlte Ewigkeit gebraucht, bis sie sich soweit beruhigt hatte, sodass ein normales Gespräch möglich war. Ihre Mutter hatte wissen wollen, ob es Neuigkeiten gebe, doch Leni hatte es nicht übers Herz gebracht, ihrer Mutter zu sagen, dass man Elisas Überreste gefunden habe. Sie wusste, dass ihre Mutter eine solche Nachricht weder verkraften noch damit umgehen könnte, deswegen hatte sie die arme Frau einfach angelogen und ihr erneut weisgemacht, dass es sich nur um eine Routinesache gehandelt habe, als die Polizei Annelieses Unterlagen anforderte.

Leni wusste, dass ihre Mutter durchdrehen würde, fände sie heraus, dass jetzt nur noch Anneliese als vermisst galt. Elisas Tod hätte auf sie eine ähnliche Wirkung wie auf Leni selbst, die seither eine furchtbare innere Unruhe verspürte. Es war eine ganz einfache Rechnung: Mit dem Wissen um den Tod des zweiten vermissten Mädchens war die Chance, Anneliese noch lebend zu finden, um ein Vielfaches gesunken. Das war selbst Leni klar geworden, auch wenn da nach wie vor die Hoffnung war, dass sich manchmal die Dinge entgegen jeder Vernunft entwickelten und selbst Wunder möglich waren.

Am Ende hatte sie ihrer Mutter versprechen müssen, sie fortan mindestens einmal täglich anzurufen, und Leni hatte sich vorgenommen, dies auch einzuhalten.

Doch zunächst galt es, Iida und Olli glaubhaft zu machen, weshalb sie erst jetzt, beinahe Mitternacht, von einem Ausflug am See zurückkam. Sie steckte den Schlüssel ins Schloss und drehte ihn herum, hielt die Luft an, als sie ins Haus eintrat. Es war ruhig und Leni hoffte schon, dass die Familie bereits schlief, doch dann kam Olli um die Ecke. Er sah sie ruhig an und augenblicklich bekam Leni ein schlechtes Gewissen, weil sie vergessen hatte, sich telefonisch bei ihm oder Iida zu melden, dass es später wurde.

»Tut mir leid«, fing sie an, doch Olli hob die Hände und winkte dann ab. »Du bist erwachsen, Leni, du kannst nach Hause kommen, wann du willst. Hattest du einen schönen Tag?«

Sie nickte. »Ich habe am See ein paar Leute kennengelernt und total die Zeit vergessen. Wir haben gegrillt und was getrunken.« Sie hob die Schultern. »Ich hätte anrufen können, aber es war so lustig, da hab ich nicht mehr dran gedacht.«

»Ich war auch mal jung, weißt du?« Olli verzog das Gesicht zu einem Lächeln, das seine Augen jedoch nicht erreichte.

Sie gingen gemeinsam in die Küche, wo Iida gerade dabei war, Tommys Essen für den nächsten Tag vorzukochen. Als sie sich umdrehte und ihr einen Blick zuwarf, erschrak Leni. Iida hatte knallrote, geschwollene Augen und sah aus, als stünde sie kurz davor, zusammenzuklappen. »Ich hab es Olli gerade gesagt. Am See waren ein paar Leute und da hab ich die Zeit vergessen. Tut mir leid.« Doch auch Iida war ihr nicht böse, schüttelte nur den Kopf und lächelte schwach. »Wenigstens hatte einer von uns heute einen schönen Tag.«

»War es anstrengend mit Tommy?«

Iida seufzte. »Nachdem die Spritze vom Krankenhaus nachgelassen hatte, war alles wie immer. Er hat den ganzen Tag im Wechsel gespuckt und gebrüllt.«

»Was dich ja nicht betroffen hat, weil du trotz allem für ein paar Stunden in der Praxis warst.« Olli sah seine Frau abwertend an. »Als ob es ein Drama wäre, die Praxis für ein paar Tage zu schließen, bis hier bei uns alles wieder im Lot ist.«

»Ich habe Patienten, die mich brauchen«, antwortete Iida schwach. »Außerdem war ich nur für zwei Stunden drüben, habe nur eine Notfallsprechstunde abgehalten.«

»In erster Linie hast du mal ein Kind, das dich braucht.« Ollis Stimme klang kalt und ohne jegliches Gefühl.

»Du bist doch sonst auch immer zur Arbeit gegangen, wenn es Tommy nicht gut ging. Warum verurteilst du mich dafür?« Iida sah aus, als bräche sie gleich wieder in Tränen aus.

»Weil du es selbst in der Hand hast. Du bist selbstständig, kannst allein entscheiden, wann du deine Praxis öffnest und wann nicht. Ich stehe in einem beruflichen Partnerschaftsverhältnis, kann meinen Partner also nicht ständig allein die gesamte Arbeit machen lassen.«

Leni spürte, dass die Situation kurz davor stand, zu kippen.

Sie schluckte, überlegte, ob sie es in ihrer Position wagen durfte, einen Einwurf zu machen, entschied sich dann, dass alles besser war, als zwischen zwei Streithähnen zu stehen und als Puffer zu dienen.

»Ich will mich ja nicht einmischen, weil mich das alles eigentlich nichts angeht, aber einfach so hier zu stehen und nichts zu sagen, während ihr euch streitet, fühlt sich falsch an, deswegen …« Sie verstummte, suchte nach Worten. »Was passiert ist … mit Elisa … ist schrecklich. Das alles hängt euch beiden total in den Knochen. Vielleicht ist Tommy deswegen so angeschlagen? Weil er spürt, dass etwas nicht in Ordnung ist? Gerade Babys sind extrem sensibel und saugen alles auf, was um sie herum passiert. Könnte es nicht sein, dass es Tommy deswegen so schlecht geht?« Leni sah Iida fest an. »Weil er spürt, dass es dir nicht gut geht?«

Olli sah Leni dankbar an. »Vielleicht hat sie recht, Schatz, die ersten Wochen nach Tommys Geburt war ja noch alles gut. Seine Beschwerden kamen im Laufe der Zeit, wurden schlimmer, umso größer deine Anspannung wurde.«

»Wollt ihr damit sagen, dass alles meine Schuld ist?« Iidas Stimme klang hysterisch.

»Nein!«, wandte Leni schnell ein. »Aber es könnte doch möglich sein, dass Tommys Geburt etwas bei dir ausgelöst hat. Erinnerungen an früher, als Elisa noch klein war. Vielleicht hat dich das runtergezogen, ohne dass du es bemerkt hast, und diese Stimmung überträgt sich nun auf Tommy. Und jetzt, nachdem Elisa gefunden wurde, steigert sich das alles noch.« Leni holte tief Luft, sah erst Olli und dann Iida an. »Möglich wäre es doch oder? Dass es Tommy nur deswegen so schlecht geht, weil er spürt, dass du unglücklich bist.«

Iida sah zu Boden, sagte einige quälende Sekunden lang gar nichts. Als sie wieder aufblickte, hatte Leni das Gefühl, tiefe Ablehnung in ihren Augen zu erkennen. Sie hob beschwichtigend die Hände. »Ich entschuldige mich, falls ich etwas Falsches gesagt haben sollte.«

Olli schüttelte den Kopf und sah seine Frau fragend an.

»Was Leni sagt, ergibt Sinn. Vielleicht sollten wir übers

Wochenende einfach mal alles hinter uns lassen, zur Ruhe kommen.«

Ein Ruck ging durch Iidas Körper. »Was meinst du?«

Ein Lächeln trat auf Ollis Gesicht. »Wir könnten in ein schönes Hotel an der Küste fahren. Zwei Tage lang die Seele baumeln lassen, uns nur auf unsere Familie konzentrieren.«

Iida schüttelte den Kopf. »Du denkst, wir lösen unsere Probleme in zwei Tagen? Meine Tochter ist tot, verdammt noch mal, was sollen zwei lächerliche Tage am Meer daran ändern?«

»Das ist genau das, wovon ich spreche«, rechtfertigte Olli sich. »Etwas Anstand von allem, wenn auch nur für zwei Tage, wären gut für uns. Einfach, um wieder zueinanderzufinden. Keine Praxis, kein Job, nur Tommy, du und ich. Wenn er spürt, dass bei uns der Druck ein klein wenig rausgeht, wird er vielleicht auch ruhiger.«

»Ich habe eine noch bessere Idee«, rutschte es Leni heraus, noch ehe sie sich bremsen konnte.

Iida und Olli sahen sie abwartend an. »Ich könnte Tommy die zwei Tage nehmen. Damit ihr wirklich Zeit habt, euch aufeinander zu konzentrieren. Ihr könntet reden, ausschlafen, spazieren gehen – all das tun, was euch in der letzten Zeit nicht möglich war. Ich habe hier bei euch so viel Freizeit, da wäre es mir eine Freude, euch ein bisschen davon zurückzugeben.«

Iida sah Leni an, als hätte sie ihr gerade eröffnet, dass sie noch an den Osterhasen glaube.

»Das kann nicht dein Ernst sein«, stieß sie schließlich aus. »Ich soll Tommy zwei Tage allein lassen? Was denkst du denn, wer ich bin? Eine Rabenmutter?«

Olli ging zu seiner Frau, nahm ihre Hände in die seinen, sah sie lächelnd an. Leni bemerkte, dass Iida sich bei der Berührung ihres Mannes versteifte, als wäre ihr diese unangenehm. »Schatz, diese Idee ist Gold wert. Und es wären ja nur zwei Tage. Der Arzt im Krankenhaus hat Tommy untersucht und nichts festgestellt, außer einem Elektrolytmangel durch das Erbrechen. Ansonsten ist Tommy seiner Meinung nach gesund. Es konnte also wirklich sein, dass es am ganzen Drumherum liegt, weshalb Tommy so unleidig ist. Da könnte eine kurze Verschnaufpause für uns alle wirklich Abhilfe schaffen – ob mit Tommy oder ohne – das überlasse ich dir.«

»Ohne mein Kind fahre ich nirgendwo hin.« Sie löste sich von ihrem Mann und sah Leni an. »Nicht, dass ich es dir nicht zutrauen würde, aber …« Sie brach ab. »Tommy ist alles, was ich noch habe. Eine Trennung, wenn auch nur für zwei Tage würde ich nicht durchstehen.«

Leni nickte verständnisvoll. »Ich wollte es nur angeboten haben, weil ich euch so dankbar bin, dass ihr mir so viel freie Zeit gewährt. Und ihr müsstet euch auch keine Sorgen machen, Tommy und ich kämen schon zurecht, ich könnte im Notfall innerhalb weniger Minuten im Krankenhaus sein, da ich meinen Führerschein dabei habe. Ihr müsstet mir für diese Zeit nur einen eurer Wagen zur Verfügung stellen.«

Iida lächelte gequält. »Trotzdem, nein danke, ich könnte Tommy niemals einfach zwei Tage lang allein lassen.« Sie sah Leni entschuldigend an. »Auch wenn ich weiß, dass er bei dir gut aufgehoben wäre.«

»Dann fahren wir eben mit Tommy«, sagte Olli leichthin. »Ihm täte eine schöne Meeresbrise sicherlich auch ganz gut.«

»Ich hab am Samstagvormittag Bereitschaftsdienst«, wandte Iida ein. »Den hab ich schon vor Wochen eingetragen, da kann ich jetzt nicht einfach einen Rückzieher machen. Es ist schon schlimm genug, dass ich die Praxis in letzter Zeit vernachlässigt habe.«

»Und wenn Tommy und ich vorfahren? Wir beide könnten es uns im Hotel schon ein wenig gut gehen lassen, stundenlang am Strand spazieren gehen, frische Luft atmen, dann wäre Tommy, bis du am Nachmittag bei uns bist, schon richtig schön müde und wir hätten etwas Zeit für uns.«

Leni sah gespannt zwischen Iida und Olli hin und her.

Olli schien es ernst zu meinen, er wollte diese Zwei-Tages-Auszeit wohl unbedingt und versuchte, sie seiner Frau so schmackhaft wie möglich zu machen. Er ging dabei äußerst hartnäckig vor und Leni hätte daher mit allen möglichen Reaktionen von Iidas Seite gerechnet nur nicht mit dieser.

Sie zuckte zusammen, als Iida plötzlich anfing zu schreien und einen Teller, den sie eigentlich in den Schrank stellen wollte, auf den harten Fliesenboden knallte.

»Verdammt noch mal, jetzt hab ich aber genug!« Sie sah Leni so böse an, dass ihr augenblicklich eiskalt wurde. Dann schob sie Olli von sich weg, verbarg das Gesicht in ihren Händen. Als Iidas Schultern zu zucken begannen, spürte Leni, wie ihre Eingeweide sich verkrampften. Sie hatte es doch nur gut gemeint, hatte niemandem schaden oder verletzen wollen.

»Mein Baby gehört zu mir. Nur zu mir«, schluchzte Iida leise. »Wie könnt ihr nur von mir verlangen, dass ich es zurücklasse?«

Leni sah hilflos zu Olli, aber der stand nur stocksteif da und starrte Iida an. Leni wusste nicht, was sie tun konnte, um gutzumachen, was sie angerichtet hatte, und zog es daher vor, die Küche zu verlassen und sich in ihr Gästezimmer zurückzuziehen. Als sie schon fast aus dem Zimmer war, spürte sie ein Kribbeln im Rücken. Sie drehte sich um und zuckte zusammen. Olli stand noch immer neben seiner weinenden Frau, hatte seinen Blick jetzt aber auf Leni gerichtet. In ihrem Magen begann es zu rumoren, als sie begriff, was an dieser Situation sie derart erschreckte:

Es war sein Gesichtsausdruck. Er wirkte kalt und fast schon bedrohlich, doch das Schlimmste waren seine Augen. Sie schienen trotz all des Kummers, der dieses Haus erfüllte, zu lächeln.

Allein in ihrem Zimmer fühlte Leni sich noch schlechter als zuvor. Irgendwie beklommen und ausgeliefert. Sofort fiel ihr der merkwürdige Traum von letzter Nacht ein, der Schatten neben der Hütte und dieser Geruch neulich, der sie an Anneliese erinnerte. Plötzlich fröstelte sie. Leni beschloss, das Zähneputzen und die abendliche Dusche heute ausfallen zu lassen und gleich zu Bett zu gehen. Sie war zwar nicht müde, aber körperlich vollkommen fertig, was am Schlafmangel der vergangenen Nacht liegen musste. Sie löschte das Licht und schlüpfte in Sekundenschnelle in ihr Schlafshirt, dann ging sie zum Fenster und sah zwischen den Vorhängen hindurch nach draußen. Sie atmete auf, als ihr klar wurde, dass alles in Ordnung war und sie nicht von unheimlichen Schatten verfolgt und beobachtet wurde. Sie legte sich ins Bett, zog die Decke bis zur Nasenspitze und schloss die Augen. Doch sobald sie versuchte, die Welt auszublenden und zur Ruhe zu kommen, hatte sie wieder Djamilas Worte im Kopf, sah Olli vor Augen, der sie seltsam anstarrte.

Seufzend schaltete sie das kleine Nachtlicht an und griff nach ihrem Buch. Doch selbst Laura und ihr wundervoller Teeladen in Oxford vermochten es heute nicht, sie abzulenken. Nach zehn Minuten gab sie schließlich auf und ließ ihren Gedanken, so düster sie auch waren, ihren freien Lauf.

Leni seufzte und spürte, wie sich ihr Magen zusammenzog, als sie an das dachte, was Djamila über Iida gesagt hatte. Ihr Herzschlag beschleunigte sich, als sie endlich begriff, worauf die Krankenschwester hinauswollte. Was sie ihr mit diesen Worten hatte verständlich machen wollen. Konnte es sein, dass Iida in Wahrheit gar keine aufopferungsvolle Mutter war? Dass sie ihre Kinder misshandelte?

Zuerst Elisa und jetzt Tommy?

Leni schüttelte den Kopf.

Klar kam es ihr merkwürdig vor, dass Iida sich gegenüber Tommy so gluckenhaft, beinahe besitzergreifend verhielt, doch war das nicht nachvollziehbar, nach allem, was Elisa zugestoßen war?

Außerdem, war es denn nicht so, dass es Kinder gab, die von Haus aus schusselig waren? Elisa hatte sich als Kleinkind mehrere Gehirnerschütterungen und Knochenbrüche zugezogen. So etwas konnte beim Spielen schon mal passieren, doch durfte man das der Mutter ankreiden?

Es war schlicht und ergreifend nicht machbar, sein Kind jede Sekunde des Tages zu bewachen. Konnte man also, wenn tatsächlich etwas Unvorhergesehenes geschah, dies der Mutter anlasten? Oder war es nicht schlichtweg so, dass Unfälle nun mal passierten? Und was Tommy anging: Wie sollte Iida für Tommys Erbrechen verantwortlich sein? Sie ging liebevoll mit ihm um, badete ihn täglich, umsorgte ihn, kochte für ihn, weil sie fertige Babynahrung für bedenklich hielt, mehr ging doch eigentlich gar nicht oder?

Leni seufzte. Und wenn Iida wirklich für Elisas frühere Verletzungen verantwortlich gewesen sein sollte, wie erklärte sich dann dieses enge Verhältnis, von dem Olli gesprochen hatte? Ein misshandeltes Kind würde doch wohl kaum so engen Kontakt zu der Person suchen, die für sein Leiden verantwortlich war?

Und hatte Uma nicht von irgendwelchen Anfällen gesprochen? Und von einem Herzproblem? Leni hatte sich zusammengereimt, dass Elisa Epileptikerin gewesen war, was das Zusammenleben mit dem Mädchen für Iida als alleinerziehende Mutter und Ärztin mit eigener Praxis bestimmt nicht einfach gemacht hatte.

Dennoch musste Leni zugeben, dass auch sie einiges an Iidas Gebaren nicht gerade nachvollziehbar fand.

Zum Beispiel, dass sie keine Hilfe annehmen wollte.

Dass sie viel zu sehr auf Tommy fixiert war und sogar ihren eigenen Mann aus der Kinderbetreuung ausschloss.

Doch sprachen diese Dinge nicht sogar eher dafür, was für eine Übermutter Iida Battilana war?

Wieder ein Ziehen in der Magengegend.

Leni seufzte. So ging das ständig, sobald sie über Iida und Tommy nachdachte. Es war fast, als hätte ihr Körper sich unabhängig von ihrem Verstand bereits ein eigenes Urteil über Iida gebildet.

Ein zaghaftes Klopfen ertönte und riss Leni aus ihren Gedanken.

Iida trat ein. Sie sah noch immer ziemlich mitgenommen aus.

»Es tut mir leid«, sagte sie und lächelte entschuldigend. »Ich wollte nicht so schreien, aber im Moment ist mir einfach alles zu viel. Tommy, mein Job, Elisa.« Sie seufzte tief. »Ein Wochenendausflug käme mir im Augenblick absolut falsch vor, verstehst du? Das hat nicht nur mit Tommy zu tun.«

Leni nickte verständnisvoll.

»Hinzu kommt noch, dass die Polizei Elisas Leiche nicht freigibt und ich die Beerdigung nicht ordentlich planen kann. Dabei wäre ein endgültiger Abschluss mit meiner Vergangenheit wahrscheinlich genau das, was ich jetzt am dringendsten bräuchte.«

Leni räusperte sich. »Es tut mir leid, was mit Elisa passiert ist. Dass du sie verloren hast. Und ich bin mir sicher, dass mit Tommy bald alles gut wird.«

Iida sah sie an und griff nach ihrer Hand. »Ich danke dir, du bist ein liebes Mädchen.« Sie wandte sich ab und Leni glaubte schon, dass Iida erneut in Tränen ausbrechen würde, doch stattdessen wirkte ihr Gesicht beinahe entspannt, als sie Leni erneut ansah. »Ich werde morgen wieder arbeiten gehen, zumindest für zwei Stunden am Vormittag. Ist es okay, wenn du Tommy währenddessen nimmst?«

»Ich bin doch auch da, Schatz«, erklärte Olli, der aus dem Nichts plötzlich in der geöffneten Tür stand und seine Frau anstarrte.

Iida zuckte zusammen. Dann veränderte sich ihre komplette Körperhaltung. »Leni nimmt ihn«, sagte Iida schließlich fest und stand auf. »Du sagtest vorhin ja selbst, dass es wichtig sei, dass du deinen Partner nicht ständig allein lässt.« Ihr Ton hatte etwas Provokantes, fast Bockiges, doch Leni meinte, auch noch etwas anderes herauszuhören.

Olli und seine Frau waren längst gegangen, als ihr endlich bewusst wurde, was genau sie in Iidas Stimme noch wahrgenommen hatte.

Leni wurde speiübel.

Dann begann sie zu zittern.

ANGST!

Iida Battilana schien sich aus irgendeinem Grund vor ihrem eigenen Mann zu fürchten …

Kaum zwei Stunden später lag Leni wieder wach in ihrem Bett. Sie hatte schlecht geträumt, konnte sich aber nicht genau erinnern, wovon. Was sie noch wusste, war, dass sie unmittelbar nach dem Aufwachen wieder dieses Parfüm in der Nase hatte, das sie an Anneliese erinnerte.

Ein Knacksen ließ sie zusammenfahren. Dann wieder eins. Innerhalb von Sekunden war Leni aus dem Bett und am Fenster, starrte angestrengt nach draußen. Als sie wieder glaubte, dass neben der Hütte jemand stand und zu ihr herübersah, beschloss sie, gegen ihre Panik anzukämpfen und sich davon zu überzeugen, dass sie einfach nur überreagierte. Sie schlüpfte in ihre Hausschuhe und verließ das Zimmer, machte sich nur mit Schlafshirt und Pantoffeln bekleidet auf den Weg in den Garten. Und obwohl ihr das Herz bis zum Hals schlug, schaffte sie es, sich gegen ihre Angst zu stellen und jeden Quadratzentimeter des Gartens abzusuchen.

Als sie wenige Minuten später wieder ins Haus trat, ging es ihr besser. Sie hatte nichts gefunden. Keinen Fremden, der sie beobachtete und nur darauf lauerte, sie anzufallen.

Alles war in bester Ordnung. Als sie an der Küche vorbeikam, sah sie Olli am Tisch sitzen, den kleinen Tommy fest an seine Brust gedrückt. Der Mann bemerkte sie erst, als sie schon fast vorbei war.

Lenis Herz setzte einen Moment aus, dann zwang sie sich zu einem Lächeln. Sie verzichtete auf eine Erklärung, weshalb sie so spät noch auf den Beinen war, winkte ihm nur kurz zu und verschwand in ihrem Zimmer.

Als Leni um Punkt acht Uhr in die Küche trat, saßen Olli und Iida am Tisch und taten, als wäre nie etwas zwischen ihnen vorgefallen. Leni wünschte beiden guten Morgen und erschrak, als sie bemerkte, wie rau und kratzig ihre Stimme klang.

»Du wirst doch wohl nicht krank werden«, sagte Olli und sah Leni besorgt an.

Sie schüttelte den Kopf. »Ich bin okay, hab wohl was Blödes geträumt.«

Olli schien sich damit zufriedenzugeben, denn er wandte sich wieder der Zeitung zu. Einige Minuten später legte er sie beiseite und sah von Iida zu Leni. »Wenn ihr zwei alles im Griff habt, mache ich mich auf den Weg zur Arbeit.«

Iida warf Leni einen halb bittenden, halb fragenden Blick zu, woraufhin sie nickte. »Schon gut, ich nehme Tommy, solange Iida in der Praxis ist.«

Olli nickte knapp, stellte seinen Teller in die Spüle und ging ohne ein weiteres Wort aus der Küche.

Als Iida zum Mittagessen nach Hause kam, fühlte Leni sich, als wäre sie von einem Lkw überrollt worden. Tommy hatte zwar immer mal wieder geweint und sich auch zweimal übergeben, doch ansonsten war es ein verhältnismäßig ruhiger Vormittag gewesen. Trotzdem fühlte Leni sich jeglicher Kraft beraubt, hätte am liebsten zwei Tage durchgeschlafen.

Während Iida sich um Tommys Essen kümmerte, hatte Leni sich angeboten, für das Mittagessen der Erwachsenen zu sorgen.

So standen sie jetzt beide in Eintracht an der Anrichte in der Küche und schnippelten jede für sich einen riesigen Berg Obst und Gemüse.

»Magst du mir erzählen, was dich so sehr bedrückt?«

Iidas Stimme fraß sich in Lenis Gehörgang und ließ sie zusammenzucken. Sie sah die Frau an und schluckte. Dann atmete sie tief durch. Ehrlichkeit schafft Vertrauen – das hatte ihre Mutter ihr von frühster Kindheit an eingetrichtert.

Sie sah Iida an. »Ich habe Olli und dir nicht die ganze Wahrheit über mich gesagt.«

Iida nickte nur und legte das Messer beiseite, wusch sich die Hände. Dann nahm sie Leni die Kartoffel und den Schäler aus den Fingern und führte sie zum Tisch, wies sie an, sich hinzusetzen. »Für die Wahrheit ist es nie zu spät«, sagte sie ernst und lehnte sich zurück.

Nach einem kurzen Augenblick des Zögerns setzte Leni alles auf eine Karte und fing an, zu erzählen. Von Annelieses Verschwinden, ihren Eltern, der Scheidung und dem Entschluss, hierherzukommen, um selbst nach ihrer Schwester zu suchen. Als sie fertig war, sah sie Iida an, hoffte mit jeder Faser ihres Körpers, dass die Frau sie nicht gleich jetzt, an Ort und Stelle, rauswerfen würde. Doch anstatt der Enttäuschung oder der Wut über das Verheimlichen dieses wichtigen Details saß Iida nur da und sah Leni warmherzig an. »Bist du damit einverstanden, dass ich mit meinem Mann darüber spreche? Ich finde, auch er hat ein Recht darauf, zu wissen, wer du wirklich bist.«

Leni schluckte. »Schon okay. Ich hätte von Anfang an mit offenen Karten spielen sollen.«

Iida nickte. Dann lächelte sie. »Ich hab mir gleich gedacht, dass es irgendwie komisch ist, wenn ein deutsches junges Mädchen in die finnische Einöde kommt und dort als Kindermädchen arbeiten will.« Sie seufzte. »Leider kann ich dir bei deiner Suche nach Anneliese nicht behilflich sein«, erklärte sie dann und seufzte. »Elisa hat mir damals nie etwas von einem deutschen Mädchen erzählt. Ehrlich gesagt habe ich zum ersten Mal von deiner Schwester gehört, als überall die Vermisstenflyer herumhingen.«

Leni nickte resigniert. »Das dachte ich mir schon. Aber ich habe ja noch Sofia an der Hand, das Mädchen, bei der Anneliese hier gewohnt hat, und Joona, der Typ, mit dem Lilia damals zusammen war.«

Iida verzog das Gesicht. »Lilia hat meine Kleine schikaniert, sie war kein nettes Mädchen. Und was Joona angeht …« Sie holte tief Luft, schien zu zögern. »Bitte sei vorsichtig, was ihn angeht. Böse Zungen behaupten noch immer, dass er etwas mit dem Verschwinden deiner Schwester und Lilia zu tun und seinen besten Freund auf dem Gewissen haben könnte.«

»Und was denkst du über diese furchtbare Sache?«, wollte Leni wissen und hoffte, dass sie sich nicht wieder verschloss.

Iida hob die Schultern. »Ich weiß es nicht, kann mir aber beim besten Willen nicht vorstellen, dass ein junger Mann drei seiner Freunde umbringt und entführt.«

»Dann denkst du nicht, dass Elisa mit am See war und ihr Schicksal mit dem der anderen Jugendlichen zu tun hat?«

Iidas Gesicht wurde blass. »Warum sollte ich? Meine Tochter wollte zum Einkaufen gehen und ist unterwegs verschwunden. Sie war absolut vertrauenswürdig, weshalb sollte sie mich angelogen und sich stattdessen mit Leuten getroffen haben, die sie nicht mochte? Immerhin war die Person dabei, die sie all die Jahre schikaniert hat – Lilia.«

»Was denkst du denn, was ihr zugestoßen sein könnte?«, wagte Leni sich weiter vor.

Iida schüttelte den Kopf. »Ich hoffe, dass ich irgendwann eine Antwort auf diese Frage bekomme.«

Lenis Augen füllten sich mit Tränen. »Ich wünsche es dir.«

»Und du?«, wollte Iida wissen. »Wie geht es jetzt bei dir weiter?«

Leni seufzte. »Ich werde machen, was ich am besten kann – weiter hoffen, dass Anneliese noch irgendwo da draußen ist.«

Iida kam zu ihr, nahm sie fest in die Arme, wirkte plötzlich seltsam erleichtert, fast zufrieden, was Leni ziemlich verwirrte, hatten sie doch gerade unter anderem über ihre tote Tochter gesprochen. »Geh und ruh dich aus«, murmelte Iida in Lenis Ohr und lächelte sie aufmunternd an, was ihr noch merkwürdiger vorkam. »Ich kümmere mich hier um alles und ruf dich dann, sobald das Essen fertig ist.«

Kapitel 18

Espoo/Helsinki
Juni 2018

Janne konnte nicht mehr zählen, wie oft Carl innerhalb der letzten beiden Tage versucht hatte, sie zu erreichen. Er hatte unzählige Nachrichten auf dem Handy hinterlassen, auf der dienstinternen Leitung angerufen, war am gestrigen Abend sogar bei ihr zu Hause vorbeigekommen, doch sie hatte ihm nicht aufgemacht. Natürlich wusste Janne, dass ein solches Verhalten kindisch war, doch sie war auch nur ein Mensch und konnte eben manchmal nicht aus ihrer Haut.

Sie kam nicht umhin, zuzugeben, dass sein Verhalten sie zutiefst verletzt hatte und schlimmer noch, einen enormen Vertrauensbruch darstellte. Nicht nur, dass Carl jetzt einen sehr privaten und intimen Teil ihrer Vergangenheit kannte, setzte er dieses Wissen nun auch gegen sie ein, indem er sie analysierte, ihr quasi ein Problem attestierte, wo gar keines war. Und daraus seine Schlüsse zog. Er hatte ihr noch bis Mittwoch nächste Woche gegeben, danach würde er alles daransetzen, dass man sie von dem Fall abzog, weil er sie aufgrund ihrer Vergangenheit für zu labil hielt und außerdem ihr Urteilsvermögen bezüglich Iida Battilana infrage stellte.

Beim Gedanken an die Ärztin zog sich Jannes Magen zusammen. Zumindest was sie anging – da musste Janne Carl recht geben – hatte sie sich höchstwahrscheinlich etwas zu viel von ihren Emotionen leiten lassen. Sie hätte nach dem Gutachten des Gerichtsmediziners zuerst mit Iida sprechen sowie Fakten und Beweise für eine mögliche Schuld an den Brüchen sammeln müssen, stattdessen hatte sie sich bereits vor dem Gespräch mit der Ärztin ein Urteil gebildet, was sich rückblickend tatsächlich mit ihrer Vergangenheit erklären ließ. Sie hatte nicht einmal in Betracht gezogen, dass es auch andere Hintergründe für die Knochenschäden geben konnte. Selbst als Carls Freund als Erklärung die Epilepsie angesprochen hatte, hatte sie noch immer Iida als Verursacherin vor Augen.

Sie hasste Carl dafür, dass sie seinetwegen jetzt an sich zweifelte. Bis vor zwei Tagen war sie absolut sicher gewesen, dass es ihr Bauchgefühl war, das sie in Bezug auf Iida sensibilisiert hatte. Jetzt war anstatt Sicherheit nur noch Frust übrig.

Frust auf Carl und auf sich selbst, weil ein Teil von ihr ahnte, dass er in einigen Dingen recht haben könnte.

Dieser Fall ging Janne nahe. Viel mehr, als gut für sie war. Sie aß kaum und wenn, dann nur ungesundes Zeug, durch das es ihr letztendlich noch beschissener ging. Sie genehmigte sich viel zu wenig Schlaf und Freizeit, kam am Morgen als Erste und ging als Letzte. Ihr komplettes Denken, Handeln und Fühlen drehte sich seit drei Jahren ausschließlich nur um diesen Fall. Natürlich hatte sie während dieser Zeit auch an anderen Fällen gearbeitet, doch ihr Innerstes, ihre Seele – falls es so etwas überhaupt gab – war stets fest mit dem Schicksal der drei vermissten Mädchen und dem toten Jungen verbunden gewesen. Das war auch der Grund gewesen, warum ihre letzte Beziehung in die Brüche gegangen war. Kein Mann machte es auf Dauer mit, seine Freundin immer nur zu einem geringen Teil bei sich zu haben, weil der Rest von ihr gedanklich einfach immer, selbst an den Wochenenden und in Urlauben, bei der Arbeit war. An manchen Tagen hatte Janne kein anderes Gesprächsthema mehr gefunden, musste selbst im Schlaf von der schrecklichen Tragödie am See gesprochen haben, bis Stephen – so hieß ihr Ex – es nicht mehr ertrug und sie von heute auf morgen verließ. Nicht, dass es ihr etwas ausmachte. Stephen und sie hatten ohnehin nicht viele Gemeinsamkeiten und sie hatte auch kein Problem mit dem Alleinsein, doch im Nachhinein störte es sie, dass auch in dieser Hinsicht Carl einen Nerv getroffen zu haben schien. Was er gesagt hatte, ergab Sinn und genau das war es, was Janne so sehr wurmte.

Allerdings lag er falsch, wenn er dachte, es würde ihr besser gehen, wenn sie den Fall entzogen bekam.

Damit half er ihr nicht, sondern goss nur zusätzliches Öl ins Feuer. Denn zusehen zu müssen, wie Kollegen den Fall weiterverfolgten und hoffentlich auflösten, an dem sie drei Jahre lang hart gearbeitet und alles gegeben hatte, kam einer Folter gleich. Zumindest sah Janne es so.

Ihr Magen zog sich zusammen und brachte sie dazu, an etwas anderes zu denken. Sie lugte in die Sandwichtüte vom Kiosk gegenüber und verzog das Gesicht. Dann wickelte sie das vor Fett triefende Steak-Baguette aus und biss hinein. Vielleicht sollte sie wenigstens in Bezug auf ihren Körper Carls Worte beherzigen. Was konnte es schaden, wenn sie sich etwas Gesundes für die Mittagspause von zu Hause mitbrachte, anstatt Tag für Tag Fast Food von gegenüber in sich hineinzustopfen? Außerdem wäre es bestimmt gesünder, zur Abwechslung Wasser zu trinken, anstelle ihres extremen Kaffeekonsums.

Janne seufzte.

Egal.

Selbst wenn Carl recht behielt, was sie betraf, hatte er dennoch nicht die Berechtigung, in ihre Privatsphäre einzudringen.

Als ihr Handy summte, nahm sie es zur Hand, sah aufs Display.

Wenn man vom Teufel … dachte sie und drückte ihn weg.

Dann aß sie den Rest ihres Sandwichs auf und nahm sich vor, das Beste aus der derzeitigen Situation herauszuholen. Okay, dann war sie eben nur noch wenige Tage an dem Fall beteiligt.

Doch bis es so weit war und man sie abzog, würde sie weiterhin alles geben. Dann brauchte sie sich zumindest im Nachhinein keine Vorwürfe zu machen, nicht alles versucht zu haben, konnte sich ruhigen Gewissens anderen Dingen zuwenden.

Janne seufzte.

Wenn sie es sich oft genug vorsagte, es sich vorstellte, vielleicht glaubte sie es dann ja eines Tages sogar selbst.

Janne hatte ihr Team zu einer außerplanmäßigen Konferenz versammelt. Sie hatte auf der Tafel an der Wand eine Art Diagramm erstellt, auf dem sowohl das Verbrechen von 1960 als auch das von 2015 eingezeichnet war. Sie hatte die Gemeinsamkeiten skizziert, die Unterschiede und die jeweiligen Verdächtigen daneben geschrieben. Schließlich sah sie in die Runde. »Ich möchte, dass wir in unsere Ermittlungen den damaligen Fall mit einfließen lassen, wenn auch vorerst nur gedanklich.«

Allgemeines Gemurmel erfüllte den Raum.

»Wenn es sich um denselben Täter von 1960 handelt, der darauf aus ist, Jugendliche zu töten, dann müsste dieser inzwischen steinalt sein«, erklärte Otis, ein junger Kollege aus der Recherche.

»Es könnte ein Nachahmungstäter sein«, gab Janne zu bedenken. »Allerdings hätte dieser ziemlich schlampige Arbeit abgeliefert, denn damals gab es keine Vermissten.«

Sie räusperte sich.

»Wir könnten versuchen, herauszufinden, ob die Opfer von heute in irgendeiner Verbindung zu dem Fall von damals standen. Ob zum Beispiel die Eltern der Opfer von unserem Fall in Kontakt zu dem damaligen Verdächtigen standen. Er und seine Familie hatten sehr darunter zu leiden, dass die Bevölkerung ihn selbst nach seinem Freispruch noch als Mörder behandelte. Es wäre im Bereich des Möglichen, dass wir es mit einer Tat aus Rache zu tun haben.«

»Und wie erklärst du das deutsche Mädchen unter den Vermissten? Oder dass bis heute nicht zu hundert Prozent bewiesen ist, dass Elisa ebenfalls am See war?«

Janne sah Otis an und runzelte die Stirn. »Anneliese könnte ein Zufallsopfer sein. Und was Elisa angeht – weshalb sonst haben wir ihre Überreste am selben Ort wie Lilias Leiche gefunden?«

»Allerdings starb Elisa über zwei Jahre früher als sie.«

Janne seufzte. »Das ist mir auch klar. Dennoch müssen wir davon ausgehen, dass beide Todesfälle und der letzte Vermisstenfall miteinander zusammenhängen. Immerhin sind Lilia und Anneliese zur selben Zeit vom selben Ort verschwunden und bisher haben wir nur Lilia gefunden. Ganz davon abgesehen, dass alle fünf Jugendlichen zusammen zur Schule in Espoo gingen und in dieser Gegend hier wohnten.«

Er nickte. »Okay, also wir suchen nach einem möglichen Zusammenhang zwischen dem Fall damals und den beiden jüngsten Fällen. Wobei wir aus heutiger Sicht davon ausgehen, dass Elisas Tod auf das Konto desselben Täters geht wie zuvor Lilias.«

»Das ist aber nur ein Aspekt unserer Ermittlungen der nächsten Tage. Des Weiteren werden wir als Team alle Akten der Fälle durchgehen, inklusive Protokolle, Fotos, Gutachten sowie alte und neue Luftbilder des Tatortes und des Leichenfundortes. Wir überprüfen außerdem – sofern möglich – alte Internetaktivitäten von allen Beteiligten der jüngsten Fälle, gehen dabei mindestens bis 2014 zurück, gleichen die Handyortungsprotokolle und Verbindungsnachweise miteinander ab, befragen notfalls das Umfeld der fünf Jugendlichen wieder und wieder, bis das fehlende Puzzleteilchen endlich auftaucht. Und mit Umfeld meine ich diesmal jeden einzelnen Menschen, der in irgendeiner Art und Weise mit den jungen Leuten zu tun hatte: Eltern, Verwandte, Nachbarn, Freunde, Bekannte, Lehrer, ehemalige

Klassenkameraden. Es ist schlichtweg nicht möglich, dass keiner von all diesen Leuten etwas gehört oder mitbekommen hat.«

»Du denkst, wir haben etwas übersehen?«, wollte Samuel, ein Kollege aus der Spurensicherung wissen.

Janne nickte und sah sich in der Runde um. »Ich denke es nicht nur, ich weiß es.«

Janne sah auf die Uhr im Armaturenbrett und seufzte.

Eigentlich hatte sie heute vorgehabt, früher nach Hause zu fahren, weil sie ihrem Team und sich selbst bis auf Weiteres eine Urlaubs- und Wochenendsperre auferlegt hatte. Deswegen wollte sie wenigstens den heutigen Abend dazu nutzen, zur Ruhe zu kommen und früh zu Bett gehen.

Stattdessen saß sie seit einer geschlagenen Stunde in ihrem Wagen vor dem Haus der Battilanas, nachdem sie zuvor eine gefühlte Ewigkeit vor Arasolas Laden und anschließend vor seiner Wohnanlage herumgelungert hatte – rückblickend betrachtet sinnlose Unterfangen, die sie weder weiterbrachten, geschweige denn autorisiert waren.

Sie verzog das Gesicht und grinste, als ihr bewusst wurde, wie bockig sie sich momentan verhielt.

Dennoch – es war ihr egal, wenn sie bei dieser Aktion gesehen wurde oder jemand sich beschwerte, im Grunde wusste sie selbst nicht genau, warum sie es vorzog, den Abend in ihrem Wagen zu verbringen und Leute zu beschatten, anstatt wie geplant Pizza zu essen und fernzusehen, bis sie müde wurde.

Plötzlich wurde ihr klar, dass es der Druck war, unter dem sie stand.

Mittwoch war ihr persönlicher Stichtag, bis dahin musste sie jede ihrer Möglichkeiten ausgelotet haben, jedem nur denkbaren Zusammenhang nachgegangen sein. Und dazu gehörten nun mal Joona und Iida.

Joona, weil er die vermissten Mädchen – Elisa in Klammern gestellt – zuletzt gesehen hatte, und Iida, weil Janne ihr auch nach Abwägen des Gesprächs mit Carl nach wie vor misstraute. Es war mehr als eine Parallele mit ihrer eigenen Vergangenheit, viel eher ein Bauchgefühl, das Janne zuflüsterte, dieser Frau keinesfalls zu trauen.

Die Frage war nur, inwiefern Iida Battilana mit beiden Fällen verwoben sein könnte.

War es möglich, dass Elisa ihretwegen gestorben war? Dass sie selbst die Leiche ihrer Tochter in dem Wald vergraben hatte, in dem ein Mörder Jahre später Lilia entsorgte?

Janne schüttelte den Kopf.

Das wäre zu viel des Zufalls.

Die Gedanken in ihrem Kopf vermischten sich zu einem zähen Brei.

Sie musste sich konzentrieren.

Gegen die Müdigkeit und die Erschöpfung ankämpfen.

So wie sie es immer tat.

Doch ihr Kopf fühlte sich an, als wäre er mit Kleister gefüllt.

Vielleicht war Iida Battilana nicht allein gewesen? Gab es jemanden, der ihr geholfen hatte?

Es war doch möglich, dass beide gesehen wurden, als sie Elisa begruben? War das der Schlüssel des Falls? Mussten die jungen Leute sterben, weil sie ein Verbrechen beobachtet hatten? Zur falschen Zeit am falschen Ort waren? Doch warum war Joona dann noch am Leben? Und die wichtigste Frage von allen: Traute sie Iida Battilana tatsächlich den Mord an der eigenen Tochter zu? Vom Misshandlungsvorwurf mal abgesehen – konnte eine Mutter überhaupt ihr eigenes Kind töten?

Und wenn es ein Unfall gewesen war? Doch warum sollte jemand nach einem Unfall sein Kind begraben und der Polizei erzählen, dass es vermisst werde?

Janne wurde klar, dass die ganze Sache auch anders herum

funktionierte und trotzdem keinen Sinn ergab. Wenn beispielsweise Elisa etwas beobachtet hatte, was sie nicht sehen durfte. Joona sie deswegen ermordete. Doch wie ließ sich bei dieser Möglichkeit Noels und Lilias Tod sowie Annelieses Verschwinden erklären?

Sie gähnte und warf einen letzten Blick zum Wohnzimmerfenster der Battilanas. Ihr Kopf brummte und sie spürte, dass eine Migräne im Anmarsch war. Heute würde sie sowieso keinen Schritt mehr weiterkommen, lief stattdessen Gefahr, sich immer weiter in haltlosen Mutmaßungen zu verlieren. Frustriert startete sie den Wagen, zuckte zusammen, als aus dem Nichts ein Schatten neben ihr auftauchte und heftig gegen die Seitenscheibe donnerte.

Kapitel 19

Espoo/Helsinki
Juni 2018

»Wir sind nur zu zweit?« Leni schüttelte verwirrt den Kopf. »Ich dachte, für heute wären bereits ein paar Leute angemeldet gewesen?«

Joona hob die Schultern. »Die haben abgesagt«, erklärte er und wuchtete Lenis Tasche aus dem Kofferraum seines Vans. »Sei froh. So hast du meine gesamte Fachkompetenz für dich allein.« Er zwinkerte ihr zu und Leni fragte sich, was es zu bedeuten hatte, dass er ihr gegenüber plötzlich wieder so überschwänglich freundlich war. Ein junger Mann mit den Stimmungsschwankungen einer hormongebeutelten Frau in den Wechseljahren, dachte Leni und grinste.

»Was ist lustig?«, wollte Joona wissen und brachte Leni in eine Zwickmühle.

»Nichts …«, stammelte sie schnell und wurde rot bis unter die Haarwurzeln. »Ich hab nur eben an jemanden denken müssen. Hat nichts mit dir zu tun.«

Er hob seine Augenbrauen empor, sagte aber nichts. »Dann bist du soweit?«

Leni nickte.

Als Ziel des heutigen Angelausflugs hatte Joona sich einen kleinen Weiher mitten im Wald ausgesucht und je weiter sie ins Dickicht vordrangen, desto mulmiger wurde es ihr.

»Was ist los?«, wollte er wissen, höchstwahrscheinlich weil er ihren besorgten Gesichtsausdruck bemerkt hatte.

»Ach nichts«, gab Leni zurück. »Ich frag mich nur, was auf mich zukommt, so ganz allein hier draußen.«

»Also Bären gibt es hier keine«, erklärte Joona. »Falls es das ist, was dir Angst macht. Vielleicht hast du Glück und uns läuft ein Rentier über den Weg.« Wieder zwinkerte er und jetzt war es an Leni, verärgert das Gesicht zu verziehen. »Veralberst du mich?« Sie schüttelte den Kopf und stapfte ihm schnaufend hinterher. »Ich hab übrigens weder Angst vor Bären noch vor anderem Getier. Mir ganz egal, was uns hier draußen begegnet.«

Er blieb stehen, drehte sich zu ihr um. »Bist du sauer auf mich?«

Leni schüttelte den Kopf. »Lass uns einfach weitergehen.«

Leise prustend setzte er sich in Bewegung und Leni hatte plötzlich das Gefühl, als würde er sie absichtlich provozieren wollen.

Als er nach etwa zehn Minuten Fußmarsch endlich stehen blieb und ihr die Hand reichte, damit sie einen kleinen Abhang hinuntergehen konnte, stockte ihr der Atem. Unterhalb der Anhöhe, auf der sie stand, erstreckte sich eine Wiese mit unzähligen verschiedenen Blumen und Gräsern, die bis zum Ufer des Weihers reichten. Das Wasser glitzerte Dunkelblau und augenblicklich fühlte Leni sich besser.

Sicherer.

Ein Ort wie dieser, dachte sie bei sich, ist viel zu traumhaft, als dass hier etwas Schlimmes geschehen könnte.

»Gefällt es dir?«, fragte Joona und musterte sie.

»Es ist wunderschön hier.«

Zufrieden stellte er die Tasche auf den Boden. Dann sah er Leni an. »Sollen wir gleich loslegen?«

Ihr Herzschlag beschleunigte sich. Hoffentlich bemerkte er nicht sofort, dass sie eigentlich gar keine Ahnung vom Angeln hatte. Sie musste es schaffen, wenigstens für eine oder zwei Stunden so tun, als wäre sie wegen ihres Hobbys mit ihm hier, erst dann wäre es weitestgehend unauffällig, wenn sie das Gespräch umlenkte und auf die Tragödie am See zu sprechen kam.

»Bei dir zuckt was.«

Leni erschrak, als Joona plötzlich neben ihr stand. Sie sah zu ihm, grinste. »Dann hole ich die Schnur jetzt mal ein.« Sie kurbelte, was das Zeug hielt, und hatte wenig später tatsächlich ihre erste Forelle am Haken.

Es tat ihr in der Seele weh, den Fisch am Haken zappeln zu sehen, doch sie gab sich Mühe, sich vor Joona ihr Unbehagen nichts anmerken zu lassen.

»Machen wir ein Foto?«, fragte er und grinste. Leni zog ihr Smartphone aus der Hosentasche und reichte es ihm. Dann fummelte sie den Haken aus dem Maul des Fischs und stellte sich in Pose.

»Was willst du mit ihm machen?«, fragte Joona und fixierte Leni, während er sie fotografierte.

Kurz überlegte sie, ihn zu bitten, das arme Tier schwimmen zu lassen, doch dann sprang sie über ihren Schatten. »Wir könnten ihn essen. Du hast doch einen Gaskocher dabei, hab ich gesehen.«

Joona verzog das Gesicht. »Erstens reicht der kleine Schisser nicht für uns beide, und zweitens mag ich keinen Fisch.«

Jetzt war es an Leni, in Gelächter auszubrechen. »Du als Angler isst keinen Fisch? So was hab ich ja noch nie gehört. Du hast wohl ein Problem beim Ausnehmen?«

Er nahm ihr ihre Reaktion nicht übel, hob nur gelangweilt die Schultern, setzte sich neben sie ins Gras.

»Das hat mein Vater mir madig gemacht. Er war es, der mir das Angeln beibrachte und dazu gehörte eben auch, meinen ersten selbst gefangenen Fisch auszunehmen und anschließend zu essen. Den Fisch zu töten, hat mir nichts ausgemacht. Das Essen war das Problem. Ich mochte den Geschmack von Fisch schon als kleiner Junge nicht, aber er hat mich dazu gezwungen, meinte, dass es falsch sei, ein Tier erst zu fangen und es dann nicht zu verspeisen.«

Leni verzog mitleidig das Gesicht. »Klingt irgendwie nicht sehr nett.«

Als sie sah, wie sich Joonas Gesichtsausdruck veränderte, klatschte sie sich in Gedanken mit der Hand an die Stirn.

»Tut mir leid, das hätte ich nicht sagen sollen. Bestimmt ist dein Vater ein ganz wunderbarer Mensch.«

Einen Augenblick sagte Joona gar nichts, dann sah er düster in ihre Richtung. »Nein, das ist er nicht. Er hat meine Mutter und mich verlassen, weil er nicht Manns genug war, für seine Familie einzustehen. Seinetwegen hat meine Mutter wenig später einen Schlaganfall erlitten, mit gerade etwas über vierzig, liegt seither im Pflegeheim.«

Leni starrte ihn einige Sekunden lang sprachlos an. Dann füllten sich ihre Augen mit Tränen. »Das tut mir sehr leid«, sagte sie mit brüchiger Stimme. »Mein Vater hat meine Mutter und mich auch verlassen. Ist noch gar nicht so lange her.«

Eine Weile sagte keiner von ihnen etwas, bis der Fisch im Gras zu zappeln anfing. Leni griff danach und warf ihn ins Wasser zurück. Als sie Joonas Blick sah, lächelte sie. »Du magst keinen Fisch und ich verlange ganz sicher nicht von dir, dass du ihn mir zubereitest.« Sie hob die Schultern. »Deswegen würde ich sagen, hatte mein Fang heute seinen Glückstag.«

Joona stand auf, ging zu seinen Sachen, zog eine Packung eingeschweißten Kuchen aus der Kühltasche und ein paar Sandwichpackungen. »Die hab ich im Supermarkt besorgt.« Er sah Leni fragend an. »Ich wusste nicht, ob du Vegetarierin bist, deswegen hab ich für dich nur Sandwichs mit Käse genommen.«

Sie grinste.

»Und wenn ich Veganerin wäre?«

Er musterte sie schmunzelnd, setzte sich wieder. »In dem Fall bekämst du den Kuchen.«

Sie lachte, streckte die Hand nach dem Käsebrot aus. »Ich esse zwar kein Fleisch, aber Käse mag ich gern, lieben Dank dir. Nebenbei bemerkt, ist Kuchen aber auch nicht vegan. Sind ja Eier drin.«

Eine Weile aßen sie stillschweigend, den Blick auf den Weiher gerichtet. Dann fasste Leni sich ein Herz. »Warum hat dein Vater euch verlassen?«, wollte sie wissen.

Joona sah sie kurz an, stieß dann einen abfälligen Grunzlaut aus. »Weil er ein Arschloch ist. Deswegen. Und weil er seinen eigenen Sohn für einen Mörder hält.«

Er sah einen Augenblick auf sein Sandwich, dann knüllte er es samt der Folie zusammen und warf es in Richtung seiner Sachen.

Er sah Leni an. Ernst. Beinahe vorwurfsvoll.

»Warum sagst du mir nicht einfach die Wahrheit, weshalb du tatsächlich hier bist?« Er schüttelte den Kopf. »Veranstaltest stattdessen diese Schmierenkomödie. Du bist auch nicht besser als all die anderen, die eine Tour bei mir gebucht haben und in Wahrheit nur den Freak sehen wollten, von dem man munkelt, dass er all diese Leute auf dem Gewissen hat.«

Leni zuckte zusammen, legte ihr Sandwich ebenfalls beiseite. »Was meinst du?«, stammelte sie nach einer Weile und hoffte, nicht aufgeflogen zu sein.

Joona sah zu ihr und stieß ein freudloses Lachen aus.

»Du willst mir sagen, dass du nicht wegen dem hier bist, was vor drei Jahren am Bodom-See geschah? Eines der verschwundenen Mädchen ist eine Deutsche, so wie du. Vielleicht kanntest du sie ja sogar.«

Leni spürte, wie seine Worte sie tief im Innern trafen, versuchte aber weiter, sich nichts anmerken zu lassen. »Ich weiß wirklich nicht, was du meinst. Ich hab deinen Laden zufällig auf Facebook entdeckt, mehr weiß ich auch nicht.«

Joona schluckte angestrengt. Dann stand er auf, packte seine Sachen zusammen, zog sein Portemonnaie aus der Gesäßtasche. Er fummelte ein paar Scheine daraus hervor, warf sie Leni achtlos in den Schoß. »Ist mir eigentlich auch egal, weshalb du hier bist. Ich hab langsam die Nase voll von Leuten wie dir. Da hast du deine Kohle zurück. Unser Abenteuer ist hiermit beendet.«

Sie sah ihn verwirrt an, begriff nicht, was sie falsch gemacht hatte.

»Und falls du es genau wissen willst: Ja, ich bin der Einzige, der von diesem Campingtrip zurückkehrte. Aber wie ich schon der Polizei sagte, habe ich niemandem etwas zuleide getan. Weder meinem Freund noch einem der Mädchen. Da war dieser Typ, der uns überfallen hat. Er ist dafür verantwortlich und nur weil die Polizei zu blöd ist, den Fall aufzulösen, sehen die Leute immer noch mich als den Schuldigen. Dabei ist es mein einziger Fehler, dass ich noch am Leben bin. Sofern man das, was ich habe, überhaupt noch ein Leben nennen kann.«

Als Leni eine knappe Stunde später das Rad in den Schuppen ihrer Gastfamilie sperrte, war sie noch immer verwirrt angesichts Joonas Gefühlsausbruch. Als sie sich heute Morgen um kurz nach neun vor seinem Laden getroffen hatten, war er freundlich gewesen. Ebenso wie die erste Stunde ihres Ausflugs. Sie begriff nicht, was an ihrer Frage nach seinem Vater so schlimm gewesen sein konnte, dass er derart ausgerastet war. Kurz war sie in Versuchung gewesen, ihm zu sagen, wer sie wirklich war, doch am Ende hatte sie sich dagegen entschieden. Irgendwas hatte sie davon abgehalten, es ihm heute zu sagen, eine innere Stimme vielleicht oder eine Art Bauchgefühl. Er hatte so überzeugend geklungen, so ehrlich und verzweifelt, doch irgendwas sagte Leni, dass da auch noch was anderes in seiner Stimme war. Angst.

Er hatte nicht geklungen wie jemand, der sein Gegenüber von seiner Unschuld überzeugen wollte, weil es ihn störte, dass die Leute ihn noch immer für einen Verbrecher hielten. Stattdessen hatte er sich für Leni so angehört, als fühlte er sich von ihr in die Enge getrieben. Die Frage war nur, warum?

Ahnte er, wer sie war? Doch Leni und Anneliese waren, was Fotos und Bilder auf Facebook anging, immer sehr vorsichtig gewesen. Bis heute gab es von Leni kein Foto auf Facebook, auf dem sie von vorne zu sehen war. Und auch Anneliese hatte damals ganz sicher auf ihrer beider Privatsphäre geachtet. Woher also sollte er wissen, wie sie aussah?

Dass Anneliese ihm von ihrer Zwillingsschwester erzählt hatte, lag im Bereich des Möglichen. Aber hatte sie ihm auch ein Foto ihr gezeigt?

Leni schluckte. Selbst wenn, sagte sie sich dann. Sie war damals viel pummeliger gewesen, hatte eine andere Frisur und Haarfarbe getragen, sah heute um einiges älter und weiblicher aus. Sie konnte sich beim besten Willen nicht vorstellen, dass er sie wiedererkennen würde, selbst wenn Anneliese ihm damals ein Foto von ihr gezeigt haben sollte.

Woran also lag es dann, dass er so aus der Fassung geraten war?

Sagte er die Wahrheit?

Verletzte es ihn, dass die Leute ihn als etwas sahen, das er nicht war?

Ein Monster?

Und wenn sein Vater die Familie verlassen hatte, weil er für viele Menschen noch immer als schuldig galt, dann war seine Reaktion auf ihre Frage nur mehr als verständlich.

Oder war sein Verhalten einfach nur pure Berechnung?

Doch inwiefern sollte von ihr eine Bedrohung ausgehen, die berechnendes Verhalten erforderte?

Als sie ins Haus ging, wurde sie zum ersten Mal von einer Ruhe empfangen, die sie im Haus der Battilanas so nicht kannte. Als sie in Richtung Küche lief, hörte sie Tommys Brabbeln und es klang friedlich, beinahe zufrieden. Leise ging sie weiter, blieb schließlich im Türrahmen stehen, beobachtete gerührt die Szene, die sich ihr bot. Oliver stand in der Mitte des Raums und ließ seinen Sohn auf seinen Arm sanft auf und ab hüpfen. Dabei genoss er es sichtlich, wie Tommy seinen Kopf in den Nacken legte und ein süßes Babylachen ausstieß. Als er Leni sah, streckte er ihr seine dicken Ärmchen entgegen.

Leni spürte, wie alle Anspannung von ihr abfiel, und eilte auf das Kind zu. Olli lächelte, als sie Tommy in die Arme nahm und ihn liebevoll begrüßte. »Es scheint ihm heute gut zu gehen«, sagte sie erfreut.

Olli nickte. »Iida ist einkaufen, deswegen habe ich mit Tommy einen langen Spaziergang unternommen, der ihm wirklich gut bekommen ist.« Plötzlich verdüsterte sich sein Gesicht. »Allerdings hat es mich einiges an Überredungskunst gekostet, Iida zu überzeugen, dass Tommy bei mir besser aufgehoben ist, während sie sich durch den Supermarkt kämpft.« Er nahm ihr Tommy aus den Armen, küsste ihn zärtlich auf die Stirn. »Aber jetzt ist erst mal Mittagsschlaf angesagt.«

Leni schenkte sich ein Glas Wasser ein und trank ein paar Schlucke, überlegte währenddessen, was sie den Rest des Tages anstellen sollte. Dann entschied sie sich dafür, ein wenig auszuruhen und am Abend alle Anrufe nachzuholen, die sie auf die lange Bank geschoben hatte. Ihre Freundin saß sicher schon auf heißen Kohlen und ihrer Mutter hatte sie sowieso versprochen, sich täglich zu melden. Außerdem konnte es nicht schaden, Sofia, Umas Tochter, anzurufen und sie in Bezug auf Lilia und Elisa auszufragen.

Sie wollte gerade in ihr Zimmer gehen, als Iida vom Einkaufen zurückkam. Sie lächelte entspannt, als Leni ihr entgegenkam. »Willst du etwas essen?«

Leni lehnte ab. »Ich habe es heute Vormittag wohl etwas übertrieben«, erklärte sie und grinste. Sie hatte ihren Gasteltern natürlich nicht erzählt, dass sie sich mit Joona treffen wollte, sondern ihnen stattdessen etwas von einer Radtour mit ihren neuen Bekannten von neulich vorgelogen.

In ihrem Zimmer fragte sie sich, ob es ihr nur so vorkam, dass Iida ihr gegenüber netter und entspannter wirkte, seit sie ihr gebeichtet hatte, wer sie wirklich war?

Dann schüttelte sie den Kopf. Sicher war das nur Einbildung, alles andere ergab überhaupt keinen Sinn.

Was allerdings ebenfalls keinen Sinn ergab, war die Tatsache, dass man Iida überhaupt nicht mehr anmerkte, ob und wie Elisas Tod sie belastete.

Oder war Leni wegen ihrer eigenen Probleme und der Sorge um Tommy einfach nur blind für die Emotionen anderer?

Fiel es ihr deswegen so schwer, Joona zu durchschauen?

Sie legte sich aufs Bett, schloss die Augen, spürte, wie der Schlaf seine Arme nach ihr ausstreckte und ihre Gliedmaßen schwer wie Blei werden ließ.

Als sie wieder wach wurde, war es stockdunkel im Zimmer, was daran lag, dass sie am Morgen vergessen hatte, das Rollo hochzuziehen. Sie hörte Tommys Wimmern, seufzte leise, tastete dann nach ihrem Handy auf dem Nachtkästchen und erschrak, als ihr klar wurde, dass es bereits später Abend war und sie beinahe den ganzen Tag verschlafen hatte. Sie zog das Rollo hoch, öffnete das Fenster, lehnte sich hinaus. Wieder stieg ihr der Geruch nach Blüten in die Nase, der sie so sehr an Anneliese erinnerte, dass sie erschauerte. Dann ließ ein Knacksen sie zusammenzucken, doch am Ende war es nur ein streunendes Kätzchen, das sich im Gebüsch versteckt hatte.

Kurz erwog sie, ihre geplanten Anrufe zu tätigen, entschied sich dann aber der Uhrzeit wegen für WhatsApp-Nachrichten und verschob das Telefonat mit Sofia auf den morgigen Sonntag.

In der Küche traf sie wieder auf Olli, der mittlerweile gar nicht mehr entspannt wirkte und Leni traurig ansah. »Ich hab mich wohl zu früh gefreut«, erklärte er. »Tommy weint und spuckt schon den ganzen Nachmittag.«

Leni taten die Worte des Mannes in der Seele weh und sie fragte sich, wie sie es fertig gebracht hatte, auch nur anzunehmen, Iida könnte vor diesem Mann Angst haben. So wie es aussah, war Olli einfach nur ein Vater, der seinen Sohn über alles liebte und sich fragte, was er tun konnte, um ihm zu helfen.

»Du hast aber lange geschlafen«, sagte Olli zu Leni und lächelte. »Jetzt wirst du Schwierigkeiten haben, heute Nacht Schlaf zu finden.«

Leni winkte ab. »Ich hab so viel Defizit auszugleichen …« Sie brach ab, als sie Ollis Gesichtsausdruck sah. »Es tut mir leid«, sagte sie schnell. »Das sollte nicht heißen, dass es wegen Tommy …« Sie hätte sich ohrfeigen können, weil sie einfach immer losplapperte, ohne nachzudenken.

»Schon gut«, sagte Olli. »Es stimmt ja auch. Und wie du hörst, ist alles wieder beim Alten.«

Er sah Leni an. »Du siehst mitgenommen aus. Willst du erzählen, was dich belastet? Hat es etwas … mit deiner Schwester zu tun?«

Sie holte tief Luft.

»Iida hat dir von Anneliese erzählt und davon, weshalb ich wirklich hier bei euch bin?«

Er nickte und sah Leni abwartend an.

»Bist du mir deswegen böse?«

»Gott, nein«, sagte Oliver schnell. »Ich bin nur wegen Tommy etwas neben der Spur. Aber lass dich von mir nicht runterziehen. Sag einfach frei heraus, was dich bedrückt. Vielleicht kann ich dir ja helfen?«

»Ich rieche das Parfüm von Anneliese. Oder zumindest einen Duft, der mich an sie erinnert. Und jetzt frage ich mich, ob ich mir das auch nur einbilde oder ob es real ist.«

Olli sah Leni fragend an. »Was meinst du mit auch?«

Sie hob die Schultern. »Seit ich hier bin, träume ich wieder von ihr. Und manchmal fühlt es sich an, als würde mich jemand beobachten. Ist es verrückt, wenn ich mir einrede, dass es meine Schwester ist, die auf mich aufpasst? Vielleicht kann ich ja deswegen ihren Duft riechen?«

Olli dachte einen Moment nach, sah Leni dann an. »Oder es gibt eine andere logische Erklärung dafür«, begann er vorsichtig. »Könnte doch sein, dass hier in der Nähe etwas blüht, das tatsächlich Bestandteil des Parfüms deiner Schwester ist. Und vielleicht gaukelt dieser Duft deinem Unterbewusstsein etwas vor, das dich glauben lässt, dass Anneliese hier bei dir ist.«

Olivers Worte taten Leni weh, doch sie wusste natürlich, dass er recht hatte, das, was er sagte, im Bereich des Möglichen lag.

»Was ist denn mit Tommy?«, wechselte Leni das Thema, weil es sie beklommen machte, ein derartiges Gespräch über Anneliese zu führen.

Er hob die Schultern. »Wie immer. Eine Stunde nachdem ich ihn gefüttert und hingelegt habe, ging es los. Ich weiß wirklich nicht, was ich noch machen soll.«

Leni sah Olli nur an und überlegte, was sie sagen konnte.

»Es ist so schlimm, was ihr durchmachen müsst«, sagte sie schließlich und legte all ihr Mitgefühl in diese Worte. »Und ich finde es bewundernswert, wie Iida das alles wegsteckt. Zuerst die arme Elisa, die so furchtbar krank war. Dann die jahrelange

Ungewissheit um ihr Verschwinden. Und jetzt auch noch der kleine Tommy.«

Olli stieß die Luft aus, senkte den Blick. Als er wieder aufsah, starrte er Leni mit aufgerissenen Augen an, wirkte dabei seltsam abwesend. »Wenn du etwas essen willst, es steht noch was vom Abendbrot im Kühlschrank«, murmelte er schließlich. Dann sprang er auf und verließ überstürzt den Raum.

Kapitel 20

Espoo/Helsinki
Juni 2018

Als Janne ins Büro kam, herrschte bereits rege Betriebsamkeit. Fast ihr gesamtes Team war da und arbeitete auf Hochtouren an all den Aufgaben, die sie am gestrigen Tag so großzügig verteilt hatte. Sie selbst hatte den halben Vormittag damit zugebracht, auszuschlafen, anschließend ausgiebig und in aller Ruhe gefrühstückt, sich sogar einen gesunden Snack für die Mittagspause zubereitet, um so lange wie möglich bei Kräften zu bleiben. Anlass dafür war Carl gewesen, der sie am gestrigen Abend während ihrer unplanmäßigen Beobachtungstour überrascht hatte. Zuerst war sie wütend geworden, als sich herausstellte, wer genau da an die Scheibe ihres Wagens hämmerte. Doch nach Carls Erklärung erkannte sie, dass sie daran nicht ganz unschuldig war, und beschloss, es dabei zu belassen. Vorerst zumindest. Schließlich war sie es gewesen, die ihn den ganzen gestrigen Tag ignoriert hatte, sodass ihm nichts anderes übrig geblieben war, als auf ihren Feierabend zu warten und ihr bis zu ihrer Wohnung zu folgen, um sie dort zur Rede zu stellen.

Nur dass sie eben nicht nach Hause, sondern nach Helsinki gefahren war, um Arasola zu beschatten und danach die Battilanas.

Carls Vorschlag, in die nächste Kneipe zu fahren und über alles zu sprechen, eventuell eine Kleinigkeit zu essen, hatte Janne abgelehnt und ihn stattdessen gebeten, sie in ihre Wohnung zu begleiten. Dort war sie über ihn hergefallen, zornig und hungrig zugleich.

Im weiteren Verlauf des Abends hatte Janne ihn ehrlicherweise über ihre Pläne der nächsten Tage unterrichtet und dass es nicht mit der Chefetage abgesprochen war, dass sie den kompletten Fall neu aufrollte.

Sein Angebot, einen Teil seines Teams in Helsinki für die Mitarbeit zu reaktivieren, hatte sie dankend abgelehnt. Sie selbst war es schließlich gewesen, die sich um den Fall gerissen hatte. Jetzt Hilfe von außerhalb anzunehmen, wäre einer Kapitulation gleichgekommen.

Janne rechnete es Carl hoch an, dass er nicht auf sein Ultimatum zu sprechen kam. Sie wusste, dass es nichts änderte, dass sie miteinander schliefen, doch allein die Tatsache, dass er sowohl ihre Entscheidung als auch ihre Meinung respektierte und sie nicht unnötig unter Druck setzte, zeigte ihr, dass er sie nicht nur als Frau, sondern auch als Polizistin ernst nahm, sich wirklich Sorgen um sie zu machen schien.

Sie schlüpfte aus ihrer Jacke, warf sie achtlos über die Lehne ihres Stuhls, setzte sich. Dann verfasste sie eine Rundmail an ihr Team mit der Bitte um eine kurze Besprechung am Nachmittag. Gerade als sie sich den Stapel mit den Ermittlungskopien aus den Sechzigern vornehmen wollte, klingelte das Telefon.

Genervt nahm sie den Hörer ab, bellte ihren Namen in die Muschel. Als es ihr endlich gelang, das panische Gestammel am anderen Ende der Leitung nachzuvollziehen, erstarrte sie. Dann räusperte sie sich.

»Ich mache mich sofort auf den Weg«, erklärte sie und beendete das Gespräch, wählte sofort im Anschluss Carls Nummer. Keine Sekunde später hatte sie ihn schon an der Strippe. »Das glaubst du jetzt nicht«, rief sie atemlos in den Hörer und fuhr sich aufgeregt durch das kurze Haar. »Gerade eben habe ich einen Anruf von Iida Battilana erhalten.« Janne legte eine dramatische Pause ein, atmete tief durch. »Sie hat ihren Sohn als vermisst gemeldet.«

Carl traf wenige Minuten nach Janne am Haus der Battilanas ein und sie war ihm wirklich dankbar, dass er sich spontan bereit erklärt hatte, sie zu begleiten. »Das darf doch alles nicht wahr sein«, begrüßte sie ihn und stieß ein genervtes Stöhnen aus. »Als ob wir nicht schon genügend um die Ohren haben.«

»Na ja, du darfst es ihr nicht übel nehmen, dass sie dich angerufen hat. Schließlich hattet ihr in der letzten Zeit öfters Kontakt, sodass es nahe liegt, weshalb du ihre erste Wahl bist.«

Janne wollte ihm schon eine passende Antwort um die Ohren hauen, ließ es dann aber. Schweigend liefen sie die Einfahrt hinauf auf die Tür zu, wo Iida bereits auf sie wartete. Sie sah blass aus, hatte dunkle Schatten unter den Augen, wirkte aber eher wütend als besorgt.

Janne und Carl ließen sich von der Frau auf den aktuellen Stand der Dinge bringen. Iida war wie immer am frühen Morgen aufgewacht und hatte sich sogleich in der Küche daran gemacht, das Frühstück zuzubereiten. Anschließend hatte sie eine Tasse Kaffee getrunken, sich irgendwann gewundert, weshalb sie trotz der höchsten Stufe des Lautsprechers am Babyfone nicht den kleinsten Mucks aus Tommys Zimmer hörte. Als sie schließlich nachgesehen hatte, war da nur ein leeres Kinderbett gewesen. Kein Tommy. Und auch kein Oliver. Erst in dem Moment sei ihr so richtig bewusst geworden, dass ihr Mann ebenfalls verschwunden war. Im gesamten Haus habe sie die beiden gesucht, ihren Mann auf seinem Handy angerufen, das sie am Ende im Schlafzimmer entdeckt hatte, wo es auf dem Nachtkästchen lag und stumm vor sich hin vibrierte.

»Warum haben Sie uns erst so spät angerufen?«, wollte Carl wissen.

Iida sah ihn verwirrt an. »Weil ich dachte, dass Oliver mit Tommy unterwegs ist. Unser Sohn ist ein Schreibaby und verlangt uns beiden eine Menge ab. Gestern war es wieder ziemlich schlimm, was an unser beider Nerven zerrte. Und weil ich mich am Abend und die halbe Nacht um unser Kind gekümmert habe, dachte ich, dass Oliver einen Spaziergang mit Tommy macht, damit ich ausschlafen kann.«

»Und was hat sie dazu veranlasst, sich jetzt Sorgen zu machen?«, fragte Janne und versuchte, ihre Stimme mitfühlend klingen zu lassen.

Iidas Atmung beschleunigte sich.

»Tommy ist krank. Er braucht regelmäßig seine Medizin und viel Ruhe.« Sie holte tief Luft. »Mein Sohn braucht mich, weil ich am besten weiß, was im Falle eines Anfalls zu tun ist.«

»Der Kleine ist ebenfalls Epileptiker?«, fragte Janne lauernd.

Iida schüttelte den Kopf. »Nein. Er leidet unter anfallsartigen Magen- und Darmbeschwerden, die mit Schmerzen und Erbrechen einhergehen. Diese Anfälle kommen beinahe täglich und das Einzige, womit ich ihm dann helfen kann, sind krampflösende Medikamente.«

Janne nickte nachdenklich. »Und Sie glauben, dass Ihr Mann nicht damit klarkommt, wenn Tommy seine Beschwerden kriegt?«

Iida schüttelte heftig den Kopf. »Darum geht es gar nicht. Es sieht ihm nur einfach nicht ähnlich, wegzugehen, ohne mir eine Nachricht zu hinterlassen oder sein Handy mitzunehmen. Ganz davon abgesehen, dass er wissen dürfte, was für Sorgen ich mir mittlerweile mache.«

»Wie lange genau sind beide inzwischen verschwunden?«

Iida dachte einen Augenblick nach, dann hob sie hilflos die Schultern. »Ich bin um sieben Uhr aufgestanden, da waren beide schon nicht mehr da. Wie lange sie zu dem Zeitpunkt bereits unterwegs waren, weiß ich nicht.«

»Hat ihr Kindermädchen etwas mitbekommen?«, fragte Janne.

Kopfschütteln. »Leni ist erst durch den Lärm wach geworden, den ich bei meiner Suche nach Oliver und Tommy verursacht habe.«

»Also wäre es theoretisch möglich, dass Ihr Mann und Ihr Sohn schon in der Nacht verschwunden sind?«

Iida nickte. »Ich habe kurz nach halb drei noch mal nach Tommy gesehen und mich dann hingelegt. Bis dahin war noch alles in bester Ordnung.«

»Und wann braucht Ihr Sohn seine Medikamente?«

»Ich gebe sie ihm nicht regelmäßig, sondern nur bei Bedarf, wenn es ihm nicht gut geht.«

»Aber dann wäre es ja theoretisch möglich, dass alles in bester Ordnung ist. Oliver könnte einen kurzfristigen Ausflug mit dem Jungen unternommen haben, um Sie am heutigen Tag zu entlasten. Dass Leute ihre Handys vergessen, ist auch keine Seltenheit. Und solange es Tommy gut geht, besteht kein Grund für ihn, nach Hause zu kommen. Wahrscheinlich ist ihm gar nicht bewusst, dass er stattdessen etwas tut, das Ihnen Anlass zur Sorge gibt.«

Carl lächelte Iida aufmunternd an. »Sie werden sehen, heute Abend sind alle wieder zu Hause und Sie lachen drüber.«

Die Frau schüttelte den Kopf und stand auf. »Ich möchte Ihnen gerne etwas zeigen«, sagte sie dann.

Janne und Carl standen auf. Während sie Iida ins Kinderzimmer folgten, wechselten sie einen Blick. Carl schmunzelte, als er sie ansah, und Janne rollte mit den Augen. Es ärgerte sie maßlos, dass er ihre Ungeduld amüsant fand und am liebsten hätte sie sowohl ihm als auch Iida ihre Meinung gegeigt. Denn während sie hier ihre Zeit verplemperte, lief da draußen immer noch derjenige frei herum, der Elisa, Noel und Lilia auf dem Gewissen hatte.

»Tommys Sachen sind weg.«

Es dauerte einen Moment, ehe Janne die Bedeutung dieser Worte klar wurde. Sie starrte Iida an. »Was haben Sie da gesagt?«

»Seine Sachen. Die meisten davon sind verschwunden. Genau wie sein Lieblingsschnuller, der kleine Stoffhase, mit dem er jede Nacht schläft, einige Fläschchen und der dazu gehörige Flaschenwärmer samt des Bäuchleintees, das Breipulver und die Babykekse.« Sie hielt inne, schien zu überlegen. Dann rannte sie aus dem Zimmer, stand nur wenige Sekunden später außer Atem vor Carl und Janne. »Es fehlen auch einige Hygiene-Artikel.« Sie schüttelte den Kopf. »Warum sollte mein Mann das alles zu einem Spaziergang mitnehmen? Das ergibt doch überhaupt keinen Sinn? Ganz davon abgesehen, hat er die Tropfen nicht mitgenommen, die Tommy bekommt, wenn er spucken muss.«

Janne stieß die Luft aus. »Hatten Sie gestern einen Streit?«

Iida riss die Augen auf. »Ist das wichtig? Ich meine, würde das rechtfertigen, dass er einfach unser Kind schnappt – unser krankes Kind wohl bemerkt – und abhaut? Ohne mir auch nur eine Nachricht dazulassen, damit ich mir keine Sorgen machen muss?«

Carl räusperte sich. »So war das von meiner Kollegin nicht gemeint«, erklärte er dann.

»Es wäre nur hilfreich zu wissen, ob da etwas war, das Ihren Mann wütend gemacht hat. Etwas, das diese Reaktion ein Stück weit nachvollziehbar macht.«

Iida seufzte. »Klar hatten wir unsere Probleme, wer hat die nicht? Vor allem seit Tommy auf der Welt ist, gibt es häufig Streit, weil Oliver der Ansicht ist, wir müssten bei jeder Kleinigkeit mit Tommy ins Krankenhaus fahren, obwohl ich Ärztin bin und genau weiß, was ich zu tun habe, wenn es meinem Sohn nicht gut geht.«

»Ging es Tommy gestern gut?«

»Es war wie immer. Nach dem Essen fingen seine Schmerzen an. Deswegen hab ich mein Programm abgearbeitet, in der Hoffnung, es würde diesmal ohne Medikamente gehen, weil auch das ein ewiger Streitpunkt bei uns ist. Oliver wirft mir vor, mit Medikamenten um mich zu schmeißen.«

»Was meinen Sie mit Programm?«, wollte Carl wissen.

»Ich hab Tommy Tee gekocht. Ihn gebadet. Seinen Bauch massiert. Ihm ein Lied vorgesungen. Ich hab wirklich alles versucht, um ihn zu beruhigen.«

»Aber es half nicht?« Carls Worte klangen wie eine Frage, doch Janne wusste, dass es sich dabei um eine Feststellung handelte.

Iida seufzte. »Am Ende blieb mir nichts anderes übrig, als ihm etwas Krampflösendes zu spritzen, weil mir klar wurde, dass es für die Tropfen längst zu spät war. Es handelt sich dabei um ein pflanzliches Mittel, welches für die Akutbehandlung nur hilft, wenn man es gleich zu Beginn der Beschwerden einsetzt.«

Carl stieß die Luft aus, sah Janne düster an. Dann wandte er sich Iida zu. »Haben Sie noch Familie, bei der Ihr Mann sich aufhalten könnte?«

Die Frau schüttelte resigniert den Kopf.

»Meine Eltern starben, als ich noch ganz klein war und Olivers Familie lebt im Norden von Norwegen. Dort hat es jetzt vielleicht sechs Grad. Ich kann mir beim besten Willen nicht vorstellen, dass er mitten in der Nacht aufbricht, um mit unserem Kind Hunderte von Kilometern in die Kälte zu fahren.«

»Haben Sie im Schrank Ihres Mannes nachgesehen, ob dort auch etwas fehlt?«

Iida schluckte, dann nickte sie. »Ich glaube, dass einige Shirts fehlen und eine dunkle Jeans.«

»Könnte er bei Freunden untergekommen sein?«

Iida überlegte, verneinte dann. »Dann hätte mich einer von ihnen kontaktiert.«

»Vielleicht gibt es jemanden im Leben Ihres Mannes, von dem Sie nichts wissen.«

Iida sah Janne an, verzog das Gesicht. »Er besitzt eine eigene Firma, die er zusammen mit einem ehemaligen Kollegen gegründet hat. Dieser Mann ist der Einzige von Olivers Freunden, den ich bis jetzt nicht persönlich kennengelernt habe.«

»Also haben Sie ihn auch nicht angerufen und gefragt, ob er etwas von Ihrem Mann gehört hat?«

Iida wurde knallrot im Gesicht. »Doch. Beim Durchsuchen von Olivers Handy fand ich seine Kontaktdaten. Leider hat auch er nichts von ihm gehört oder gesehen.«

Als sich leise Schritte näherten, wandten Janne und Carl gleichzeitig den Blick zur geöffneten Kinderzimmertür. Es war Leni, die ins Zimmer kam. Die junge Frau sah besorgt aus. »Gibt es etwas Neues von Tommy?«, wollte sie wissen und schien mit ihren Worten etwas in Iida auszulösen, denn die Frau brach plötzlich in Tränen aus.

Janne reichte Leni die Hand und stellte sie und Carl einander vor. Dann sah sie die junge Frau fragend an. »Was sagen Sie dazu? Ist es schon einmal vorgekommen, dass Iidas Mann so lange mit dem Kind weg war?«

Leni schüttelte den Kopf. »Ein paar Minuten im Garten vielleicht. Oder für einen kurzen Spaziergang im Wald.« Sie sah Janne aufrichtig an. Dann warf sie Carl einen Blick zu. Und zuletzt Iida.

Janne fiel auf, dass der Blick, den sie Tommys Mutter zuwarf, skeptisch wirkte, beinahe misstrauisch, so als wüsste sie etwas über die Frau, das sie zutiefst verunsicherte, ja sogar verstörte.

»Sonst ist Ihnen nichts aufgefallen?«

Leni zögerte. Dann schien es, als suchte sie nach den richtigen Worten. Schließlich seufzte sie und nickte. »Gestern Abend kam er mir irgendwie komisch vor.«

Iida riss den Kopf hoch und starrte Leni an. »Was meinst du damit?«

Die junge Frau atmete tief durch. »Er wirkte unendlich verzweifelt und irgendwie abwesend, fast wie weggetreten. Und es muss etwas mit Tommy zu tun gehabt haben, denn als ich anmerkte, wie furchtbar es für dich sein müsse, nach Elisa noch ein zweites krankes Kind großzuziehen, sprang er auf und rannte aus dem Zimmer.«

Nachdem Janne sich von Iida noch die Kontaktdaten von Olivers Firma und seiner Familie hatte geben lassen, stand sie jetzt mit Carl wieder bei ihrem Wagen und wusste nicht so recht, was sie sagen sollte.

Carl war es, der das Schweigen schließlich brach. »Was sagst du?«

Sie hob die Schultern. »Irgendwie merkwürdig das Ganze. Warum sollte ein Vater, ohne dass es Streit gab, seinen Sohn entführen?«

»Ach, da fallen mir schon ein paar Gründe ein«, gab Carl zurück. »Er könnte eine andere Frau haben, will aber nicht auf sein Kind verzichten. Oder er hat etwas ausgefressen und befindet sich auf der Flucht – das Kind ist sein Druckmittel. Vielleicht bestraft er seine Frau für etwas. Oder alles hat eine harmlose Ursache und er will seine Angebetete wirklich nur für einige Tage entlasten.«

Janne schluckte. »Oder er glaubt, den Jungen beschützen zu müssen.«

»Und verrätst du mir auch, wovor?«

Janne sah Carl unbehaglich an. Dann senkte sie den Blick, hoffte, dass er sie nicht wieder vorschnell verurteilte, doch diesmal überraschte er sie.

»Auch das wäre eine Möglichkeit.« Er lächelte sie an, drückte dann auf den Türöffner seines Wagens, warf einen Blick auf die Uhr. »Was schlägst du vor? Da es sich um den leiblichen Vater des Kindes handelt, ist es nicht ganz einfach, ihm eine böswillige Entführung zu unterstellen.«

»Nicht ganz einfach, aber keineswegs unmöglich«, erwiderte Janne. »Ich schlage vor, dass wir bis heute Abend oder morgen früh warten. Nach Berücksichtigung des Gesundheitszustandes des Jungen könnten wir dann eine Suchaktion anleiern, die sich zuerst mal auf das Offensichtliche beschränkt. Wir überprüfen seine Kontoauszüge und die Kreditkartenabrechnungen, vielleicht hat er dort eine Spur hinterlassen. Dann klappern wir die Motels hier in der Gegend ab.« Sie unterbrach sich, überlegte kurz, sah Carl schließlich fest an. »Ich habe keine Kinder und weiß daher nicht, wie es sich anfühlt, sich um das Leben seines Kindes zu sorgen, muss mich also von meinem Bauchgefühl leiten lassen. Und dieses sagt mir, dass Oliver nicht beabsichtigt, seine Frau zu bestrafen, in dem er ihr das Kind entzieht. Dafür muss es einen anderen Grund geben. Einen wichtigen Grund, der ihm keine andere Wahl lässt, als diesen einen Schritt zu tun, den er heute getan hat.« Janne hielt inne, dann schluckte sie. Ihre Gedanken rasten. Dann sah sie zu Carl. »Ich bin mir zu neunundneunzig Prozent sicher, dass er sich hier in der Umgebung aufhält. Irgendwo ganz in der Nähe, wo er notfalls innerhalb weniger Minuten im Krankenhaus ist.«

Kapitel 21

Espoo/Helsinki
Juni 2018

Der Tag mit Iida allein war der Schlimmste seit ihrer Ankunft in Finnland gewesen. Natürlich verstand sie den Gemütszustand der Frau, dass sie sich Sorgen um Tommy machte, doch irgendwie kam es Leni so vor, als ginge Iidas Verhalten weit darüber hinaus. Da war nicht nur Angst in ihrem Blick, sondern vielmehr sah es so aus, als stünde Iida kurz davor, einen Wutausbruch zu bekommen. Sie tigerte im Haus herum, versuchte im Stundentakt, Olli in der Firma oder bei Freunden zu erreichen. Außerdem hatte sie bereits alle Hotels in der Gegend abtelefoniert, beim Onlinebanking nach Bezahlaktivitäten ihres Mannes gesucht und stand in regelmäßigem Kontakt mit Janne Göös, die sie nach wie vor zu beruhigen versuchte, indem sie ihr klarmachte, dass das Kind immerhin in der Obhut seines Vaters war.

Leni schien es, als wäre es vor allem diese Tatsache, die Iida so zu schaffen machte. Dass Tommy bei seinem Vater war und sie deswegen keine Kontrolle über ihr Kind hatte. Oder über beide.

Sie hatte bei ihrem letzten Telefonat mit der Polizei etwas über einen Vertrauensbruch gestammelt und war dabei in Tränen ausgebrochen. Doch unmittelbar nach Beendigung des Gesprächs hatte sie wieder so wütend wie vorher ausgesehen, beinahe, als hätte sie diesen Gefühlsausbruch nur gespielt.

»Das Kind braucht doch seine Medizin«, hatte Iida anschließend zu Leni gesagt und sie dabei angesehen, als erhoffte sie sich Zustimmung von ihr.

Leni schauderte bei der Erinnerung daran, als sie angemerkt hatte, dass es Tommy ja auch gut gehen und Oliver alles im Griff haben könne.

Iidas Gesichtsausdruck hatte Bände gesprochen und Leni war überzeugt gewesen, dass Iida sie nun hinauswerfen würde. Doch dann war sie einfach nur in die Küche gegangen und hatte angefangen, Babybrei für Tommy zu kochen, hatte währenddessen Schlaflieder gesummt.

Leni seufzte und legte sich auf ihr Bett. Ihr Entschluss stand fest. Gleich morgen früh würde sie Iida davon in Kenntnis setzen, dass sie ihre Anstellung hier im Haus aufgeben und in eine Pension ziehen würde. Sie war wegen Anneliese hier und die Sache mit Tommy nahm inzwischen überhand, sodass sie mittlerweile an nichts anderes mehr denken konnte, als an das Wohl des Kindes. Seltsamerweise empfand sie, seit Olli und Tommy verschwunden waren, ein Gefühl der Wärme. Sie spürte einfach intuitiv, dass der Kleine jetzt in Sicherheit war.

Ein Klopfen ließ sie zusammenzucken, dann trat Iida ein, ein schwaches Lächeln auf dem Gesicht. »Ich wollte mich entschuldigen«, erklärte sie und stellte einen Teller mit Kuchen auf Lenis Nachtkästchen. »Du warst heute den ganzen Tag auf dich allein gestellt, doch ich …« Sie brach ab, drehte sich weg. Als sie wieder zu Leni sah, glitzerten Tränen in ihren Augen. »Ich weiß, dass es blöd ist, dass ich mir Sorgen mache, denn Tommy ist bei seinem Vater und der würde nie etwas tun, das ihm schaden könnte. Aber da gibt es eine Seite an Oliver … Die gab es auch früher schon, als wir noch jünger waren. Er hatte Probleme, seine Aggressionen unter Kontrolle zu halten.« Sie schnappte nach Luft. »Und gerade in den letzten Tagen war er des Öfteren aus heiterem Himmel unberechenbar aggressiv. In solchen Momenten habe ich schon oft gedacht, dass ich meinen Mann eigentlich gar nicht richtig kenne.«

»Hast du das der Polizei gesagt?«, wollte Leni wissen.

Iida schüttelte den Kopf. »Er ist doch mein Mann. Ich kann nicht einfach … Ich will nicht schlecht über ihn reden.«

»Aber diese Information hätte die Polizei benötigt. So was ist wichtig!«, beharrte Leni.

Iida nickte düster. »Das weiß ich jetzt auch. Es ist nur … Ich dachte die ganze Zeit, dass er irgendwann nach Hause kommt.« Sie blickte auf ihre Armbanduhr und sah dann Leni an. »Mittlerweile denke ich aber, dass er nicht mehr wiederkommt.«

Leni holte tief Luft.

»Hast du eine Idee, weshalb er so etwas tun sollte? Ich meine, wäre dies der Fall, würde es sich um Kindesentführung oder zumindest um Kindesentzug handeln.«

Iida schluckte. »Tommy und ich sind wie zwei Teile eines Ganzen. Er ist mein Baby, mein Ein und Alles. Vielleicht hat es Oliver nicht länger ertragen … dieses Gefühl, nicht dazuzugehören.«

Leni sah Iida irritiert an. »Er ist Tommys Vater, dein Mann, warum sollte er so etwas Verrücktes denken?«

Doch Iida ging gar nicht auf Lenis Frage ein, lächelte nur verklärt. »Tommy ist mein Baby«, sagte sie schließlich nur und ging zur Tür. Dort drehte sie sich noch einmal zu Leni um. »Und mein Baby gehört zu mir!«

Wieder allein in ihrem Zimmer griff Leni nach dem Teller und beäugte den Kuchen. Er sah lecker aus – Schokoladenkuchen mit einer dicken Schicht Vanillecreme zwischen den einzelnen Böden – trotzdem brachte Leni es nicht über sich, ein Stück davon zu versuchen. Ihr Magen fühlte sich wie zugeknotet an, ihr Hals war eng und sie ärgerte sich, dass sie das Gespräch mit Iida nicht dazu genutzt hatte, ihr zu sagen, dass sie baldmöglichst kündigen würde.

Die Frau hatte sie eben ziemlich kalt erwischt, vor allem als sie ihr eröffnet hatte, dass Oliver als aggressiv galt. Sie selbst hatte davon während ihres Aufenthaltes nichts bemerkt, ganz im Gegenteil, war Oliver ihr stets als der ruhigere Part innerhalb seiner Beziehung mit Iida vorgekommen.

Plötzlich erinnerte sich Leni wieder an den gestrigen Abend. Oliver hatte abwesend und verschlossen gewirkt, fast verzweifelt, was sich noch verstärkt hatte, als sie …

Leni schnappte nach Luft, als ihr klar wurde, dass es ihre Worte waren, die Oliver gestern Abend dazu veranlasst hatten, aus der Küche zu stürmen.

Sie schluckte. Was genau hatte sie zu ihm gesagt? Dass es ihr leidtat, was Iida und er wegen Tommy durchmachten, vor allem nach dem, was mit Elisa …

Leni sprang von ihrem Bett hoch, klappte ihr Notebook auf dem Schreibtisch auf, schaltete es an.

Ihr Herz schlug hart gegen ihre Rippen.

War es möglich, dass sie mit ihrem Bauchgefühl richtig lag?

Konnte es tatsächlich nur ein trauriger Zufall sein, dass Elisa so schwer krank gewesen war und Jahre später auch Iidas zweites Kind unter rätselhaften Symptomen litt?

Hatte Oliver Tommy mitgenommen, um ihn zu beschützen?

Vor seiner eigenen Mutter?

Als das Notebook hochgefahren war, flogen Lenis Finger über die Tastatur. Sie tippte und las und tippte, bis sie endlich fündig wurde.

Entsetzt starrte sie auf den Artikel vor sich auf dem Bildschirm. »*Grausame Mutterliebe*« stand da in fetten Buchstaben über einem Artikel, den die Suchmaschine ihr anhand ihrer Keywords ausgespuckt hatte.

Sie klickte sich zurück, las ihre Worte, die sie Google zum Verarbeiten vorgegeben hatte. Kinder mutwillig zum Erbrechen bringen – stand da und eine Seite weiter vorne – Herzrhythmusstörungen und Krampfanfälle mit Medikamenten auslösen.

Beides war laut Google möglich, mit Medikamenten, zu denen Iida als Ärztin definitiv Zugang hatte.

Ein Lufthauch hinter ihr ließ Leni zusammenfahren, doch als sie sich umdrehte, war niemand da. Sie starrte wieder auf den Bildschirm und schluckte. Klickte sich zu dem Artikel zurück. Las ihn erneut.

Münchhausen Stellvertreter Syndrom – eine psychische Erkrankung, die Mütter zu Monstern machte.

Leni schüttelte den Kopf.

Konnte des Rätsels Lösung so grauenvoll sein?

War Elisa damals gar nicht krank, sondern lediglich ein Opfer der Verrücktheit ihrer Mutter gewesen?

Hatte Iida ihre Tochter vielleicht sogar getötet?

Und war diese Irre jetzt dabei, ihrem Baby ganz genau dasselbe anzutun?

Doch was hatte das alles mit ihrer Schwester zu tun?

Ergab das überhaupt Sinn?

Wenn Iida ihre Tochter getötet hatte, weshalb hatte man sie dann am selben Ort wie Lilia gefunden?

Leni stand auf, ging zum Fenster, sah hinaus. Sie musste unbedingt mit Janne Göös darüber sprechen, doch zuerst brauchte sie Beweise, um ihre Entdeckung wenigstens ansatzweise begründen zu können.

Die Praxis!

Ein Stromschlag fuhr durch Lenis Körper. Sie musste es irgendwie schaffen, unbemerkt an Iidas Schlüssel zu kommen, und dann abwarten, bis diese tief und fest schlief. Eine Idee manifestierte sich in ihrem Kopf. Sie ging zu Iida ins Wohnzimmer. »Ich hab Kopfschmerzen und würde gerne ein wenig zur Ruhe kommen, doch irgendwie geht mir die Sache mit Tommy nicht aus dem Kopf. Kann ich bitte eine Schlaftablette haben?«

Iida sah sie besorgt an und stand dann auf. »Ich hab, glaub ich, was im Badezimmerschrank.«

Leni lief ihr nach und hielt angespannt die Luft an. »Wenn du nichts da hast«, stieß sie schließlich hervor, »könnte ich auch schnell in die Praxis rüberlaufen und mir was holen. Du musst mir nur sagen, wo ich die Tabletten finde.«

Iida schüttelte den Kopf und wühlte in den Fächern des Spiegelschranks herum. Dann drehte sie sich um und reichte Leni einen Tablettenstreifen mit kleinen gelben Dragees. »Die nimmst du vor dem Zubettgehen«, sagte sie und sah Leni ernst an. »Aber bitte nicht mehr als eine. Die Dinger hauen einen Elefanten von den Socken.«

»Danke dir«, sagte Leni und lächelte Iida erleichtert an. »Ich glaube, ich mache mir noch einen Tee, bevor ich ins Bett gehe. Willst du auch einen?«

Iida hob die Schultern. »Kann wahrscheinlich nicht schaden, ein bisschen runterzukommen. Im Küchenschrank muss irgendeine Sorte mit Lavendel, Hopfen und Passionsblume sein. Schmeckt nicht besonders, hilft aber ganz gut.«

Leni machte sich auf den Weg in die Küche und versuchte, sich ihre Aufregung nicht anmerken zu lassen. Was sie vorhatte, war falsch, aber sie wusste nicht, was sie ansonsten hätte tun können. Mit klopfendem Herzen stellte sie zwei Tassen bereit, befüllte den Wasserkocher, kramte besagte Packung Tee aus dem Schrank hervor und horchte dann in den Gang, um sich zu vergewissern, dass Iida wieder im Wohnzimmer war. Schließlich entnahm sie dem Streifen zwei der kleinen Pillen und zerbröselte sie mit dem Stiel eines Kochlöffels auf der Arbeitsplatte. Dann wischte sie das Pulver in die Tasse, die sie für Iida vorgesehen hatte, gab einen Teebeutel hinzu und füllte alles mit kochendem Wasser auf.

Auf dem Weg ins Wohnzimmer zögerte sie, doch dann kam ihr Tommy in den Sinn und die Wut gewann Oberhand. Iida saß auf dem Sofa, ihren Laptop auf dem Schoß. Leni stellte die eine Tasse vor ihr auf den Tisch. »Willst du Honig rein?«, fragte sie und hoffte, dass man ihrer Stimme die Anspannung nicht anmerkte.

Iida verneinte, den Blick auf den Bildschirm gerichtet. »Danke, ich bin nur gerade beschäftigt, will noch mal die Kreditkartenabrechnungen durchsehen und was heute so abgebucht wurde.«

Leni atmete erleichtert auf. »Dann lass dir den Tee schmecken. Ich gehe in mein Zimmer und lese noch ein bisschen.«

Jetzt sah Iida doch auf, fixierte ihr Gesicht. »Nicht vergessen! Nur eine Tablette davon!«

Leni wurde mulmig. Trotzdem nickte sie. »Dann gute Nacht.«

Iida seufzte. »Das wünsche ich dir auch. Ich für meinen Teil werde kein Auge zumachen, solange mein Baby nicht wieder bei mir ist.«

Es war kurz vor elf Uhr, als Leni sich traute, einen Fuß vor die Tür ihres Zimmers zu setzen. Im Haus war es still. Die einzige Geräuschquelle war das leise Surren der Spülmaschine in der Küche. Auf Zehenspitzen tappte sie ins Wohnzimmer, wo Iida unter einer Wolldecke leise schnarchte.

Trotz ihres schlechten Gewissens grinste Leni.

Dann schlich sie in die Küche, wo sich das Schlüsselboard befand. Sie erkannte den Schlüssel wegen des Anhängers in Form eines Äskulapstabs auf Anhieb. Sachte nahm sie ihn vom Board und schlich am Wohnzimmer vorbei zur Haustür. Iida schien dank der Pillen tief und fest zu schlafen, was Leni Gelegenheit verschaffte, sich in der Praxis gründlich umzusehen. Sie hatte sich einige Namen von Medikamenten aufgeschrieben, doch ihr besonderes Interesse galt der Gruppe Emetikum – den sogenannten Brechmitteln.

Außerdem wollte sie nachsehen, ob Patientenakten von Elisa und Tommy existierten.

Als sie aus dem Haus trat, atmete sie tief durch. Die Luft war kühl und klar, genau richtig, um den Kopf für eine Aktion wie diese freizubekommen. Während sie durch den Garten eilte, dachte sie darüber nach, wie dankbar sie war, dass es um diese Jahreszeit an diesem Fleckchen Erde niemals vollkommen dunkel wurde. Sie atmete erleichtert auf, als sie endlich vor dem mit Efeu überwucherten Vordach des Flachbaus stand, in dem sich die Praxis befand.

Sie wollte gerade den Schlüssel ins Schloss stecken, als da wieder dieser Duft war. Blumig süß und frisch zugleich.

Anneliese!

Leni drehte sich um.

Nichts.

Sie schluckte.

Was hatte Olli gestern zu ihr gesagt?

Dass hier in der Nähe etwas blühen könne, dessen Essenz Annelieses Parfüm beinhaltete.

Allerdings ging dieser Geruch weit über eine Ähnlichkeit hinaus.

Das, was sie jetzt roch, WAR Anneliese.

Die Gewissheit kam mit einem Schlag, zwang sie, für einen kurzen Augenblick innezuhalten, verursachte ihr wackelige Knie.

Und zwar Annelieses natürlicher Duft, das wurde Leni jetzt klar.

Benommen schüttelte sie den Kopf.

Was ging hier nur vor?

Als es hinter ihr knackste, zuckte sie zusammen.

Hatte Iida sie doch gehört?

Sie vielleicht sogar durchschaut?

Wie konnte sie …

Ein scharfer Schmerz durchzuckte Leni.

Dann sackte sie in sich zusammen.

Was passierte hier?

Der Schlüssel zu Iidas Praxis glitt ihr aus den Fingern, dann vermischten sich wirre Gedanken mit Angst und Panik.

Sie musste hier weg.

Es irgendwie schaffen …

Jemand griff in ihre Haare, riss heftig daran. Dann presste ihr der Angreifer einen stinkenden Lappen auf Mund und Nase.

Aus letzter Kraft strampelte Leni gegen die drohende Atemnot an, doch es war vergebens.

»Warum?«, stammelte sie in den Lappen, obwohl die Antwort gleichgültig war.

Sie hatte schon längst verloren, es nur viel zu spät erkannt.

»Du hättest niemals herkommen dürfen«, wisperte eine Stimme dicht neben ihrem Ohr.

Dann versank sie in der Dunkelheit.

Kapitel 22

Espoo/Helsinki
Juni 2018

Genüsslich trank Janne den ersten Schluck Kaffee an diesem Morgen. Sie hatte sich vorgenommen, bis auf Weiteres ihrem Magen zuliebe zu Hause auf ihr heiß geliebtes Getränk zu verzichten und stattdessen mit Kamillentee den Tag zu beginnen. Soweit so gut, dachte Janne, blöd nur, dass ich ohne Kaffee so gut wie überhaupt nicht in die Gänge komme.

Sie trank die Tasse aus und wollte sich gerade eine weitere Portion einschenken, als Ellin, die Telefonistin ihren Kopf in die Gemeinschaftsküche steckte. »Du hast diese Ärztin auf Leitung eins. Scheint dringend zu sein. Sie ist angefressen, weil du nicht ans Handy gehst und nicht zurückrufst.«

Janne seufzte, warf einen sehnsuchtsvollen Blick auf die noch halb volle Kanne in der Maschine und stellte ihre Tasse in die Spüle. »Ich mach mich auf den Weg in mein Büro. Sag ihr, dass ich in zwei Minuten zurückrufe.«

An ihrem Schreibtisch ging sie ihre Notizen noch mal durch. Sollte Iidas Mann sich auch heute nicht wieder zu Hause blicken lassen, mussten sie vom Tatbestand des Kindesentzugs ausgehen und eine Suchaktion nach Mann und Kind einleiten. Das neben der aktuellen Ermittlung ergäbe das totale Chaos.

Janne griff nach dem Hörer und wählte Iidas Nummer. Die Frau musste direkt neben dem Telefon gestanden haben, denn sie ging unmittelbar nach dem ersten Klingeln an den Apparat.

»Guten Morgen«, sagte Janne freundlich. »Gibt es schon etwas Neues?« Sie verzichtete bewusst darauf, sich dafür zu entschuldigen, nicht früher angerufen oder auf Iidas Anrufe reagiert zu haben und die Frau schien sich auch nicht dran zu stören, denn sie kam sofort auf den Punkt. »Er ist immer noch nicht zurück. Und so langsam mache ich mir wirklich Sorgen!«

Janne stutzte beim Klang von Iidas Stimme, denn sie klang weder sonderlich besorgt noch panisch, sondern eher extrem zornig.

»Haben Sie schon bei Ihrer Kreditkartengesellschaft angerufen?«

»Wir haben Onlinebanking. Da kann ich sofort sehen, wenn Oliver eine seiner Karten einsetzt.«

»Und?«

»Nichts. Keine Kontobewegung seit gestern. Er muss genügend Bargeld eingesteckt haben.«

»Haben Sie es in der Firma versucht?«

»Ich hab überall angerufen. Bei seinen Eltern, bei Freunden, seinem Partner. Keiner hat ihn gesehen oder etwas von ihm gehört.«

»Dann werde ich ein paar Leute drauf ansetzen, die Hotels im Umkreis von fünfzig Kilometern abzuklappern. Irgendwo muss er ja sein.«

»Können Sie sich sparen«, erklärte Iida. »Ich habe den gesamten gestrigen Abend dazu genutzt und den heutigen Morgen seit sechs Uhr.«

Janne kam nicht umhin, sich ein Schmunzeln zu verkneifen. »Die Hotels geben nicht einfach Informationen zu ihren Gästen heraus, Iida, die Arbeit hätten Sie sich sparen können.«

»Soll das heißen, Oliver könnte doch irgendwo da untergekommen sein?«

»Klar. Er muss auch nicht seinen echten Namen angeben, wenn er bar bezahlt. Gerade kleinere Motels haben oft nur formlose Anmeldeformulare, verlangen nicht mal Ausweispapiere.«

Iida seufzte. »Warum tut Oliver mir das an?«, fragte sie schließlich und Janne spürte einen winzigen Anflug von Mitgefühl.

»Ich weiß es nicht. Sie kennen Ihren Mann am besten. Sagen Sie es mir.«

»Dann gehen Sie jetzt den offiziellen Weg und überprüfen die Unterkünfte in der Umgebung?«

»Ich setze ein paar Leute darauf an«, erklärte Janne. »Sobald ich etwas weiß, melde ich mich.«

»Vielleicht könnten Sie die Medien hinzuziehen? Irgendjemand muss Oliver doch gesehen haben. Ein Mann mit einem Baby – das fällt doch auf.«

»Wollen Sie wirklich, dass ich Ihren Mann in eine solche Situation bringe?«, fragte Janne verwundert. »Er ist erst seit gestern Morgen verschwunden, in den letzten fünfundzwanzig Jahren nicht aktenkundig geworden. Der einzige Eintrag, den ich von ihm habe, stammt aus seiner Teenagerzeit.«

Iida am anderen Ende der Leitung atmete heftig ein und aus und Janne spürte, dass sie etwas auf dem Herzen zu haben schien. »Was ist los, Iida?«

»Oliver war in den letzten Tagen merkwürdig aggressiv. Er hat sich mir gegenüber nicht immer respektvoll verhalten und teilweise hatte ich das Gefühl, mir Sorgen machen zu müssen.«

»Wie meinen Sie das?« Janne runzelte die Stirn. »Hat er Ihnen Gewalt angetan?«

»Das nicht«, erklärte Iida. »Aber ich denke, dass nicht mehr viel gefehlt hat. Irgendwas in unserer Beziehung hat sich verändert und ich weiß nicht, warum.«

»Halten Sie Ihren Mann für eine Gefahr für das Baby?«

Zögern.

Dann erneut heftiges Atmen. »Ich weiß es nicht.«

»Warum haben Sie das nicht schon gestern erwähnt?«

Stille am anderen Ende der Leitung. Dann ein leises Schluchzen. »Er ist doch mein Mann. Ich kann doch nicht einfach … will nicht …« Iida brach ab.

»Frau Battilana«, begann Janne und stoppte sich, als sie merkte, dass sie dabei war, die Beherrschung zu verlieren. »Bitte holen Sie mir Leni ans Telefon. Wenn auch sie der Meinung ist, dass Oliver sich in den letzten Tagen seltsam aggressiv benommen hat und somit eine Gefahr für Tommy darstellen könnte, dann werde ich sofort eine Pressemitteilung rausgeben und mich eigenhändig auf die Suche nach Ihrem Sohn begeben.«

Iida begann zu weinen.

Janne gab ihr ein paar Sekunden, um sich zu sammeln, dann räusperte sie sich. »Iida, bitte holen Sie Leni an den Apparat!«

Janne hörte, wie Iida sich schnäuzte und schließlich tief durchatmete. »Das kann ich leider nicht«, sagte sie dann kleinlaut. »Leni ist verschwunden. Und mit ihr der Schlüssel zu meiner Praxis.«

»Wann genau haben Sie Leni das letzte Mal gesehen?«, fragte Janne und sah sich in Iidas Küche um. In dem Raum herrschte das totale Chaos. Überall standen Töpfe herum, leere und volle Gläser mit einer undefinierbaren orangefarbenen Masse.

»Ich habe Tommys Brei gekocht«, erklärte Iida, als hätte sie ihre Gedanken erraten. »Es lenkt mich ab, verstehen Sie?«

Janne nickte und sah Iida fragend an.

»Das war gestern Abend«, sagte die Frau. »Leni kam zu mir, das muss so gegen neun Uhr gewesen sein. Sie wollte eine Schlaftablette haben und hat uns dann einen Beruhigungstee gekocht.«

»Danach haben Sie sie nicht wieder gesehen?«

Kopfschütteln.

»Ich war im Wohnzimmer am Laptop, habe immer wieder mal beim Onlinebanking nachgesehen und es bei den Hotels versucht. Ich dachte, ich würde kein Auge zubekommen, doch irgendwann muss ich doch tief und fest eingeschlafen sein. Und als ich heute Morgen wach wurde, hab ich zuerst Kaffee getrunken, dann für Tommy gekocht und als ich Leni gegen halb acht wecken wollte, war sie bereits nicht mehr da.«

»Ist Ihnen etwas aufgefallen?«, fragte Janne.

»Das Bett war kalt, Dusche und Waschbecken trocken. Sie musste zu dem Zeitpunkt also schon länger weg gewesen sein.«

»Sind ihre Sachen noch da?«

Iida nickte.

»Zumindest soweit ich das beurteilen kann. Es fehlen nur ihre Hausschuhe und ihr blauer Morgenmantel. Der hängt sonst immer an der Badezimmertür.«

»Sie ist mit Hausschuhen unterwegs?« Janne starrte die Frau perplex an.

Iida nickte. »Seit Leni hier ist, hab ich sie nur in zwei Paar Schuhen gesehen. Ihre Sneakers, die vorne an der Eingangstür stehen, und diese seltsamen Schlappen, die aussehen wie eine blaue Policebox aus Dr. Who. Leni hat mir erzählt, dass sie die von ihrer Schwester zum Geburtstag bekommen hat. Sie trägt sie immer noch, obwohl sie ihr mittlerweile viel zu klein sind.«

Janne schluckte. »Dann ist ihr Kindermädchen mit Morgenmantel und Hausschuhen unterwegs ...« Sie seufzte. »Sagten Sie nicht etwas davon, dass der Schlüssel Ihrer Praxis ebenfalls verschwunden ist?«

Iida nickte. »Allerdings erschließt sich mir der Sinn des Ganzen nicht. Was sollte Leni in meiner Praxis zu suchen haben? Und warum ist sie jetzt weg?«

Janne nickte nachdenklich. »Dürfte ich mich in Lenis Zimmer mal umsehen?«

»Natürlich.« Iida sah sie erwartungsvoll und ängstlich zugleich an. »Was denken Sie? Hat ihr Verschwinden etwas mit Tommy und Oliver zu tun?« Sie hob die Hände, ließ sie dann wieder fallen. »Ich verstehe das alles einfach nicht. Was geht hier nur vor?«

Als Janne endlich allein im Zimmer des Mädchens war, atmete sie tief durch.

So langsam wusste auch sie nicht mehr, was sie von dieser Sache halten sollte. Zuerst verschwand ein Mann mit seinem Baby, ließ seine Frau im Ungewissen zurück.

Tags drauf fehlte auch vom Kindermädchen der Familie jede Spur, welches zufällig die Schwester eines schon seit Längerem vermissten Mädchens war.

Und wieder war Dreh- und Angelpunkt Iida Battilana, Mutter von Elisa Battilana, deren Überreste sie vor wenigen Tagen geborgen hatten. Seufzend blickte Janne sich um, wusste nicht so recht, wonach sie suchen sollte, bis sie den Laptop auf dem Schreibtisch sah. Sie setzte sich, fuhr das Gerät hoch, scrollte sich durch den Verlauf. Plötzlich stutzte sie. Laut des Geräts war Leni den ganzen gestrigen Tag nicht online gewesen. Eine junge Frau von Anfang zwanzig, allein in einem fremden Land?

Sie sah sich im Zimmer um, entdeckte auf dem Nachtschrank das Smartphone. Das Gerät hatte einen Sicherheitspin. Frustriert schnappte sie sich den Laptop, steckte auch das Handy ein und ging zu Iida in die Küche. »Ich muss Sie bitten, in der Nähe zu bleiben«, sagte sie und versuchte, nicht allzu misstrauisch zu klingen. »Zeigen Sie mir bitte noch, wo genau sich Ihre Praxis befindet?«

Iidas Mundwinkel zuckten beinahe unmerklich, aber Janne war es dennoch nicht entgangen. Die Frau war nervös. Und sie hatte etwas zu verbergen – so viel stand fest.

»Haben Sie etwas gefunden?«, fragte Iida mit Blick auf den Laptop unter Jannes Arm.

»Nichts Besonderes«, erwiderte Janne vage. »Ist nur eine Routineuntersuchung.«

Iida nickte und Janne schien es, als wirkte sie erleichtert.

»Wenn ich jetzt bitte die Praxis sehen dürfte.«

Iida zuckte zusammen, ging dann aber Janne voraus in Richtung Tür. »Soll ich den Ersatzschlüssel mitnehmen?«, fragte sie und drehte sich zu Janne um. »Allerdings war ich schon drin und es ist alles genauso, wie ich es zurückgelassen habe.«

»Ich möchte nur einen kurzen Blick hineinwerfen«, sagte Janne.

Auf dem Weg durch Garten und Vorgarten achtete Janne peinlichst auf jede Kleinigkeit, doch weder fielen ihr irgendwelche Kleidungsfetzen auf, die in Büschen hingen, noch sonst irgendwas. Auch vor und in der Praxis schien alles in Ordnung zu sein.

»Ich mache mich auf den Weg zum Präsidium, muss kurz etwas mit der Technik besprechen. Ich rufe Sie dann in spätestens einer Stunde an, dann überlegen wir gemeinsam, wie wir bezüglich Ihres Mannes und Leni vorgehen können.« Sie sah Iida durchdringend an. »Deswegen auch meine Bitte, in der Nähe zu bleiben, damit ich Sie jederzeit erreichen kann.«

»Das krieg ich in weniger als einer Viertelstunde hin«, erklärte Jannes Kollege aus der Technik und grinste sie an. Dann warf er einen Blick auf Lenis Notebook und Smartphone. »Willst du drauf warten?«

Janne verneinte. »Ich hab im Büro zu tun, gehe noch mal ein paar Aktenstapel durch. Meldest du dich, wenn du was hast?«

Wieder an ihrem Schreibtisch wählte Janne Carls Nummer und brachte ihn in wenigen Sätzen auf den aktuellen Stand der Dinge.

Eine Weile herrschte Schweigen am anderen Ende der Leitung, schließlich räusperte er sich. »Ich mache mich sofort auf den Weg, wenn du nichts dagegen hast.«

Janne schloss erleichtert die Augen. »Ich kann jede helfende Hand brauchen.«

Dann wandte sie sich dem ersten Ordner zu, versank in Notizen und Fotos, bis ein Klopfen sie aus der Arbeit hochschrecken ließ.

Der junge Techniker streckte seinen Kopf zur Tür rein. »Darf ich?«

Janne warf einen Blick auf die Uhr. »Respekt. Das waren zwölf Minuten.«

Er grinste, stellte den Laptop neben den Aktenberg, klappte ihn auf. »Die junge Dame hat gestern Abend Detektiv gespielt.« Er zeigte auf die verschiedenen Googlelinks und schluckte. »Ich nehme an, es geht hierbei um die Battilanas?«

Janne nickte düster, während sie die Links anklickte und sich durch die Seiten scrollte.

Jannes Kollege seufzte. »Unter dem Aspekt empfinde ich das Verschwinden der jungen Dame als mehr als bedenklich.«

»Wem sagst du das?« Janne tippte auf die Überschrift eines Artikels mit dem Namen: *Grausame Mutterliebe* und lehnte sich zurück. »Wenn wir also Lenis gestrigen Abend rekapitulieren, hat die junge Frau im Internet recherchiert, ob man ein kleines Kind – in unserem Fall Tommy Battilana – mutwillig krank machen kann. Der kleine Junge leidet an unerklärlichem Erbrechen, musste neulich wegen eines Elektrolytmangels sogar im Krankenhaus behandelt werden. Tommy ist Iidas zweites Kind. Und auch das erste Kind der Frau – einer Ärztin mit Zugang zu Medikamenten – litt an einer schweren Erkrankung. Leni stieß bei ihren gestrigen Recherchen auf die Diagnose Münchhausen Stellvertreter Syndrom, einer psychischen Erkrankung, bei der Eltern, in den meisten Fällen die Mutter, ihre Kinder mutwillig krank machen. Und heute ist sowohl Leni verschwunden als auch der Praxisschlüssel zu Iidas Behandlungsräumen.«

Janne stieß die Luft aus. »Ich gehe jetzt mal davon aus, dass

Leni gewartet hat, bis Iida eingeschlafen ist, sich dann den Schlüssel geschnappt hat und in die Praxis wollte, um nachzusehen, ob Iida dort über einen größeren Vorrat an Brechmitteln verfügt. Und wahrscheinlich wollte sie prüfen, ob es von Elisa und Tommy eine Patientenakte gibt.«

Sie hielt inne, überlegte angestrengt. »Stellt sich nun die Frage, ob Leni fündig geworden und deswegen verschwunden ist oder ob sie von jemandem überrascht wurde, noch bevor sie sich Zutritt zur Praxis verschaffen konnte.«

»Wenn Iida Battilana Leni dabei überrascht hat, dann hätte sie den Schlüssel stillschweigend wieder an sich genommen und keinem was davon erzählt.«

Janne nickte.

»Aber wenn Leni diesbezüglich fündig geworden wäre, dann hätte sie doch zu uns kommen können.«

»In Hausschuhen und Morgenmantel? Außerdem ist sie zu Fuß unterwegs. Es fehlt kein Auto der Battilanas und auch keines der Räder.«

»Und wenn sie bei Iidas Mann ist? Und die beiden sich jetzt gemeinsam etwas überlegen?«

»Womit ich wieder auf den Aufzug der jungen Dame komme. Meinst du nicht, dass sie sich zuerst was angezogen hätte?«

Janne seufzte frustriert. »Du hast recht. Es sieht ganz danach aus, als hätte sie jemand auf dem Weg zur Praxis überrascht und mitgenommen. Die Frage ist nur, wer? Ich glaube nicht, dass es Iida war.« Janne stutzte. »Oder vielleicht doch? Sie könnte es auch gewesen sein, die den Online-Verlauf bei Lenis Notebook gelöscht hat.«

»Oder Leni hat das selbst gemacht, weil sie nicht wollte, dass jemand auf diese Sache stößt, ehe sie genügend Beweise hat.«

»Was ebenfalls impliziert, dass Leni gegenüber Iida Battilana misstrauisch war.«

Janne schlug mit der Hand auf die Tischplatte.

»Was ist denn hier los?«, fragte Carl, der unbemerkt ins Zimmer gekommen war. »Ich hab übrigens geklopft, aber mich scheint keiner von euch gehört zu haben.«

Janne sagte nichts, schob stattdessen den Laptop ins Carls Richtung.

»Wir haben ihre gestrigen Online-Aktivitäten wieder. Am besten klickst du dich mal durch die Links und sagst uns, was du davon hältst.«

Einen Moment war es still in Jannes Büro, dann räusperte er sich. »Das sieht gar nicht gut aus«, murmelte er schließlich und kratzte sich am Hinterkopf. »Am besten sehen wir zu, dass wir Iida Battilana herschaffen und geben eine Pressemitteilung wegen ihres Mannes heraus.«

»Glaubst du, dass er Leni in seiner Gewalt hat?«

Er überlegte einen Augenblick, hob dann die Schultern. »Klar, möglich wäre es. Aber genauso könnte Iida selbst hinter allem stecken. Die große Frage ist jetzt nur, wenn es stimmt, was diese Leni da herausgefunden hat, könnte Iida ihrer Tochter damals dasselbe angetan haben? Und falls ja, in welcher Verbindung steht das dann zu dem Fall am See?«

»Genau das ist es, was mir Kopfzerbrechen bereitet.«

Ein leises Knurren ertönte, das sich innerhalb von Sekunden zu einem lauten Röhren ausdehnte. Janne lief knallrot an, als Carl und der Techniker sie angrinsten. »Ich hab nicht gefurzt, falls es das ist, was ihr denkt. Das war nur mein Magen, der beleidigt ist, weil er heute erst einen Kaffee hatte.«

Carl schmunzelte. »Oder weil er heute nur fettes Essen bekommen hat.«

»Wieder falsch«, murmelte Janne und kramte in ihrer Schublade, zog schließlich triumphierend eine kleine Papiertüte hervor. »Ich hab mir heute was von zu Hause mitgebracht. Vollkornsandwich mit Frischkäse und Gurkenscheiben.« Sie öffnete die Tüte, hielt sie dem Techniker hin. »Willst du eins?«

Er äugte angewidert in die Tüte und schüttelte den Kopf. »Ich hatte was von drüben, aber trotzdem danke.«

Sie sah zu Carl, der sie mit einer Mischung aus Belustigung und Staunen anstarrte. »Du hast dir was mitgebracht?«

Janne grinste. »Es gibt da jemanden ... Dieser Typ hat mir gesagt, dass es gut wäre, wenn ich etwas mehr auf mich achten würde.« Sie nahm eines der Brote aus der Tüte, biss hinein. »Gesund essen und so«, erklärte sie mit vollem Mund und musste sich das Kichern verkneifen, als sie den verwirrten Gesichtsausdruck des Technikers bemerkte. Janne schluckte hinunter und biss erneut von ihrem Sandwich ab, als sie plötzlich ein Gedankenblitz durchfuhr.

Sie starrte von Carl zu ihrem Kollegen, warf das Sandwich achtlos auf den Tisch, durchwühlte den Aktenberg, auf der Suche nach zwei ganz bestimmten Ordnern. »Was ist los?«, fragte Carl. Seine Stimme klang besorgt.

»Gibt mir ein paar Sekunden«, gab Janne kurz angebunden zurück. Dann atmete sie auf, zog einen Stapel Fotos aus einer Mappe, reichte sie Carl. »Was siehst du auf diesen Fotos?«

Er starrte von dem Bild zu Janne und wieder zurück. »Ich weiß nicht, was du ...«

»Sag mir einfach, was du da siehst!«, unterbrach sie ihn.

»Das sind Fotos von den Tatorten damals und heute.«

»Und jetzt sag mir, was dir auffällt. Es gibt einen Unterschied.«

Wieder wandte Carl seinen Blick auf die Bilder.

»Dass die jungen Leute in den Sechzigern noch keine besonders moderne Campingausrüstung hatten?« Er studierte das Foto erneut. »Und dass die Jugendlichen von 2015 ein Alkoholproblem hatten?« Er tippte auf die zahlreichen Sixpacks, die überall in und um die Zelte herum am Boden verteilt lagen.

Janne nickte. »Und was liegt in den Zelten der jungen Leute von 1960?« Sie tippte auf diverse Tüten, Dosen und Keksverpackungen.

»Ich verstehe, worauf du hinauswillst«, murmelte Carl. »Kann ich die Listen haben, mit den Gegenständen, die an den Tatorten gefunden wurden?«

Janne reichte sie ihm und grinste wie ein Honigkuchenpferd.

Carl versank in den Notizen, gab nur hin und wieder einen Zischlaut von sich. Als er fertig war, hatten seine Augen wieder dieses Funkeln, das Janne so sehr mochte. »Du bist ein Genie«, sagte er und sah sie bewundernd an. »Warum ist das weder meinen noch deinen Leuten aufgefallen?«

Janne hob die Schultern. »Ich bin auch nur wegen meines Fresspakets von zu Hause drauf gekommen.«

»Hab ich was verpasst?«, rief der Techniker aus und sah leicht angesäuert von Janne zu Carl.

Janne grinste. »Ich habe endlich gefunden, wonach ich die ganze Zeit unterbewusst gesucht habe. Es sind die Lebensmittel. Das waren sie immer.« Sie machte eine dramatische Pause, holte tief Luft, lachte beim Anblick ihres Kollegen, der sie anstarrte, als hätte sie nicht mehr alle Latten am Zaun. »Was ist das Allerwichtigste, wenn du übers Wochenende zum Campen in die Einöde fährst?«

Der Mann zog die Augenbrauen empor. »Ein Zelt?«

Janne stieß ungeduldig die Luft aus. »Und außerdem?«

»Eine Luftmatratze, der Gaskocher, Gas natürlich, Besteck und Geschirr.«

Janne schüttelte den Kopf. »Das alles nützt dir gar nichts, wenn du nicht …?« Sie brach ab, sah ihren Kollegen fordernd an.

»Genügend Lebensmittelvorräte dabei hast«, beendete Carl das Spiel und lachte, als er Jannes entrüsteten Gesichtsausdruck sah. »Ist doch so.«

Janne nickte. »Bei den Jugendlichen von 1960 haben die damaligen Ermittler neben persönlichen Sachen auch einiges an übergebliebenen Vorräten gefunden. Allerdings fehlen diese am

Tatort von 2015. Die Spusi hat etliches an leeren und noch vollen Alkoholflaschen wie Bier, Wein und Schnaps sichergestellt. Softdrinks wie Wasser oder Cola waren nicht darunter und auch keine Dosensuppen, Grillzeug, Kekse oder Chips. Zur Katastrophe kam es bereits am ersten Abend bzw. in der Nacht, wo also sind die restlichen Lebensmittel für die nächsten Tage?«

Sie wedelte mit den Fotos in der Luft. »In keiner der Taschen der Jugendlichen wurde irgendwas Essbares gefunden. Geschweige denn ein alkoholfreies Getränk. Das ist nicht nur seltsam, das stinkt zum Himmel!«

Eine knappe Stunde später hatte Janne ihr Team im Konferenzraum versammelt und alle auf den neuesten Stand gebracht. Zuvor hatte sie einen jungen Kommissariatsanwärter losgeschickt, um Iida Battilana herzubringen.

Sie wollten gerade eine Strategie entwickeln, wie sie am effektivsten vorgehen konnten, als es an der Tür klopfte. Sven Korhonen trat ein und sah ziemlich bedröppelt aus. »Iida Battilana hat nicht aufgemacht und ist auch nicht erreichbar.«

Ein ungutes Gefühl machte sich in Jannes Magengrube breit. »Sie ist weg? Obwohl ich ihr gesagt habe, dass sie erreichbar bleiben soll?« Sie seufzte. »Na prima, wir haben ja sonst nichts zu tun.« Mit einer Handbewegung wies sie den jungen Mann an, sich zu ihnen zu setzen, doch er war noch nicht fertig. »Da ist noch etwas …« Erklärte er zögernd. »An der Pforte wurde ein Brief für Sie abgegeben. Von einem Mann mit einem Baby, wie ich herausgefunden habe.«

Janne riss die Augen auf. »Iidas Mann ist hier?«

Sven schüttelte den Kopf. »Er war hier. Und ich habe ihn nicht mehr erwischt, weiß es nur von Ellin, die heute wegen Krankheit einer Kollegin auch am Empfang sitzt. Der Mann ist zu ihr hingegangen, hat ihr den Brief durch den Schlitz geschoben und war schon wieder weg, bevor sie richtig schalten konnte.«

Wütend riss Janne den Brief auf, überflog die säuberlich und von Hand geschriebenen Zeilen. Schließlich sah sie fassungslos in die Runde. »Iidas Mann hat Tommy tatsächlich in seiner Obhut. Er schreibt, dass er das Kind vor seiner Mutter beschützen müsse, da er glaube, dass Iida dafür verantwortlich sei, dass es Tommy immer so schlecht gehe. Er will sich mit mir treffen, heute Nachmittag, allerdings nur, wenn ich ihm zusichern kann, dass Tommy im Falle seiner Festnahme nicht der Mutter ausgehändigt wird.«

»Meldet er sich noch mal?«

Janne nickte. »Hier steht, dass er noch mal anruft. Um Punkt vierzehn Uhr.«

Janne sah zur Uhr. »Noch siebenundzwanzig Minuten. Zeit genug, bis dahin die andere Geschichte durchzugehen.« Sie holte tief Luft, sah Carl an. Der räusperte sich, blickte reihum. »Wenn wir davon ausgehen, dass vier Jugendliche zum Campen fahren, es innerhalb des ersten Abends zur Tragödie kam, dann müssten also noch Lebensmittelvorräte am Tatort zu finden gewesen sein. Das waren sie aber nicht, was uns zum Schluss bringt, dass jemand sie gebraucht hat. Und zwar dafür, um zwei junge Mädchen mit Lebensmitteln zu versorgen, bis es ihm selbst wieder möglich ist. Und diese Tatsache trifft einzig auf einen Jugendlichen zu, der mit am See war – Joona Arasola.« Er hielt inne, sah zu Janne, um ihr das Wort zu übergeben.

Sie stand auf, ging zu dem Zeitstrahl, den sie bereits vor der Konferenz auf die Tafel skizziert hatte. »Vier junge Leute fahren übers Wochenende zum Campen. Doch aus irgendeinem Grund kommt es bereits am ersten Abend zu einem Vorfall, der Joona veranlasst, seinen Freund niederzuschlagen – wobei es sich wie gesagt beim Tod von Noel auch um einen Unfall handeln könnte –, anschließend bringt Joona die beiden Mädchen irgendwohin, versorgt sie mit Lebensmitteln aus den mitgenommenen Vorräten. Die Frage ist also, warum tut er das? Was ist an jenem Abend vorgefallen, das einen jungen und bis dahin unauffälligen Mann zu so einer Verzweiflungstat treibt? Warum entführt er zwei seiner Freundinnen? Und warum erzählt er uns, sie seien von einem Irren überfallen worden?«

»Weil er wusste, dass die Polizei ihn trotz allem zuerst als Zeugen und Verdächtigen behandeln wird«, wandte Carl ein. »Und er konnte sich bereits im Vorfeld denken, dass wir ihn die erste Zeit überwachen. Das ist auch der Grund, weshalb er sich, um seiner Geschichte Glaubhaftigkeit zu verleihen, selbst eine Verletzung zufügte.«

Janne nickte und sah Carl dankbar an. »Und sein Plan ging auf. Er wurde operiert, anschließend befragt und einem Psychologen vorgestellt. Er hat sich niemals auch nur in minimalen Punkten seiner Aussagen widersprochen. Bestand den Lügendetektortest mehrfach. Selbst die Frage, ob er seinen Freund getötet und die Mädchen entführt hat, beantwortete er zweimal mit Nein, ohne dass das Gerät ausschlug. Wie schafft jemand so etwas?«

»Psychopathen kriegen das hin«, kam es von einem der hinteren Stühle.

Janne nickte. »Nur verfügt Joona Arasola laut unseres psychiatrischen Gutachtens über kein einziges dieser Merkmale, welche auf eine solche Persönlichkeitsstruktur hinweisen.«

»Du sagtest eben, dass Noels Tod auch ein Unfall gewesen sein könnte. Und Lilia starb durch eine Infektion. Ihr Körper wies keinerlei Anzeichen von Gewalteinwirkung auf. Und was Elisa angeht, wissen wir noch immer nicht zu hundert Prozent, ob sie mit am See war und wodurch sie zu Tode kam.«

Janne nickte in die Runde. »Ganz genau. Es wäre also durchaus möglich, dass Joona diese Mädchen zwar entführt und versteckt hat, jedoch nicht aus mörderischen Absichten heraus.

Vielmehr sieht das alles wie eine Verzweiflungstat aus. Erinnert an eine Kurzschlussreaktion.«

»Und wie kommt es dann, dass wir die Mädchen nicht gefunden haben?«, wandte Otis ein. »Jemand, der verzweifelt ist und schnell nach einer Lösung für seine Probleme sucht, macht Fehler. Außerdem hatte er keine Zeit, sich einen großartigen Plan auszudenken. Er kann die Mädchen also nur irgendwo in der Nähe versteckt haben, doch dann hätten wir sie ja gefunden.«

»Oder er wusste, dass wir in einem solchen Fall zuerst in unserem vorgegebenen Radius suchen. Dann hat er die Mädchen einfach nur ein paar Kilometer außerhalb dieses Radius verstecken müssen.«

»Woher soll ein Teenager so was wissen?«

»Aus dem Internet«, sagte Janne frustriert. »Es gibt nichts, was man nicht übers World Wide Web herausfinden kann.«

Carl stand auf und kam zu Janne an die Tafel. »Okay, wir wissen also, dass an jenem Tag am See etwas passiert ist, wegen dem Noel starb und Joona die beiden Mädchen entführte und versteckte. Es muss also etwas sein, wegen dem er mit Noel in Streit geriet, was beim Tod des Jungen endete. Anschließend brachte er die Mädchen weg, versorgte sie zuvor aber mit den übrig gebliebenen Vorräten, was impliziert, dass er Lilia und Anneliese nicht töten wollte. Lilia starb erst viel später durch eine Infektion, Anneliese ist weiterhin vermisst. Und Elisas Leiche fand man am selben Ort wie Lilias Leiche, nur dass Elisa bereits vor drei Jahren starb. Ziehen wir also in Betracht, dass Elisa ebenfalls am See war, weil ihre Leiche am selben Ort wie Lilias gefunden wurde und außerdem, dass Iida mit hoher Wahrscheinlichkeit unter dem Münchhausen Stellvertreter Syndrom leidet, dann wäre es doch möglich, dass Elisa der Auslöser des Dramas am See war.«

Janne starrte Carl fassungslos an. Dann klatschte sie sich mit der flachen Hand an die Stirn. »Genauso könnte es gewesen sein. Anneliese hat sich mit Elisa angefreundet und sie vielleicht dazu überredet, mit zum See zu kommen. Sie waren also wie bereits vermutet zu fünft und nicht zu viert. Und mit Sicherheit war Lilia nicht gerade begeistert, Elisa mit dabei zu haben, vor allem nachdem sie wusste, dass Anneliese das Mädchen mochte, sie sie also nicht wie üblich schikanieren konnte. Doch Lilia wäre nicht Lilia gewesen, wenn sie nicht das Beste aus der Situation gemacht hätte. Sie füllte Elisa deswegen ab, um das stille Mädchen, die Außenseiterin, mal aus der Reserve zu locken.« Janne hob die Schultern, als einige der Kollegen sie zweifelnd anguckten. »Die Jugend von heute tickt doch genau so.«

»Wäre möglich«, stimmte Carl ihr zu. »Und falls Elisa damals ebenfalls von Iida durch Medikamente krank gemacht wurde, könnte es theoretisch möglich sein, dass eben diese Medikamente auf den Alkohol, den das Mädchen konsumierte, reagiert hat. Je nachdem, was für Medikamente das waren, liegt es im Bereich des Möglichen, dass Elisa entweder an einem Herzstillstand gestorben oder an ihrem eigenen Erbrochenen erstickt ist. Egal wie, wäre dieses Szenario genau die Art Katastrophe, die vier junge Leute so weit bringt, die Nerven zu verlieren.«

Eine Weile herrschte Stille im Konferenzraum, dann erklang leises, aber zustimmendes Gemurmel.

Janne sah dankbar zu Carl. »Und wie geht es jetzt weiter?«

Er hob die Schultern. »Das liegt ganz bei dir. Von mir hast du volle Rückendeckung.«

»Bis Mittwoch?«

»Was diesen Fall betrifft, hat sich an meiner Meinung nichts geändert.«

Janne grinste. »Was diesen Fall angeht, brauche ich allerhöchstens noch einen halben Tag.«

Das Telefon klingelte und augenblicklich herrschte Ruhe. Janne ging an den Apparat und wie vermutet war es Iidas Mann. »Können wir uns treffen?«, kam er sofort auf den Punkt. »Ich bin in der Lobby des Krankenhauses gleich ein paar Straßen von Ihnen entfernt.«

»Geht es Tommy gut?«, schoss Janne zurück.

»Er schläft wie ein Murmeltier«, sagte Iidas Mann. Janne hörte aus seiner Stimme heraus, wie glücklich er darüber war. »Seit ich Tommy und seine Mutter getrennt habe, hat er sich weder erbrochen noch vor Schmerzen geschrien. Er isst alles, trinkt und alles ist genauso, wie es sein soll.«

Janne seufzte leise. »Wie lange wissen Sie es schon?«, fragte sie dann.

»Dass meine Frau psychisch krank ist?« Er machte eine Pause, atmete tief durch. »Ich habe es schon seit Längerem geahnt, aber so richtig bewusst wurde es mir erst nach einem Gespräch mit Leni neulich abends.«

»Ist sie bei Ihnen«, wollte Janne wissen.

»Wer?« Oliver Nieminen-Battilana schien verwirrt. »Was meinen Sie?«

»Ich spreche von Leni, Ihrem Kindermädchen. Ist sie bei Ihnen?«

»Natürlich nicht«, sagte Oliver und klang dabei so aufrichtig, dass Janne instinktiv spürte, dass er die Wahrheit sagte.

»Warum fragen Sie mich das?«

»Weil Leni seit heute Morgen vermisst wird. Sie hat genau dasselbe wie Sie über Iida herausgefunden, wollte in der Praxis Ihrer Frau nach Beweisen suchen und dabei wurde sie, wie es aussieht, überfallen und verschleppt.«

»Damit habe ich nichts zu tun«, sagte Oliver im Brustton der Überzeugung. »Im Gegenteil, ich mag Leni sehr, sie war es, dank der mir erst so richtig klar wurde, mit wem ich verheiratet bin.«

»Sie wissen, dass all das nichts daran ändert, dass es falsch war, einfach abzuhauen? Sie hätten auch zu uns kommen können.«

»Das tue ich doch in genau diesem Augenblick«, sagte Oliver. »Ich rufe Sie an, weil ich mich stellen werde. Allerdings wollte auch ich zuerst genügend Beweise sammeln.«

»Die beiden Tage mit Tommy ohne irgendwelche Beschwerden reichen sicherlich nicht aus, um Ihrer Frau das Kind wegzunehmen.«

»Das weiß ich. Deswegen habe ich auch einen guten Freund gebeten, sich Tommy mal genauer anzusehen. Ihm fielen die winzigen Injektionswunden an der Fußsohle meines Sohnes auf, deswegen hat er eine Blutuntersuchung vorgeschlagen.«

»Und dieser haben Sie zugestimmt?« Janne kam nicht umhin zuzugeben, dass sie diesen Mann mochte.

»Was hätte ich denn sonst für eine Wahl gehabt? Sollte ich weiterhin zusehen, wie meine Frau unseren Sohn langsam umbringt?«

»Was kam bei dem Test raus?«

»Es konnten Spuren von Norfenefrin nachgewiesen werden. Das ist ein Mittel zur Kreislaufstabilisierung und wird vor allem dann eingesetzt, wenn man einem Patienten das Brechmittel Apomorphin verabreichen muss, weil dieses zum Kollaps führen kann.« Der Mann stockte und schnappte nach Luft. »Tommy ist also gar nicht wirklich krank«, fuhr er schließlich fort. »Iida hat das Erbrechen mutwillig und mit voller Absicht bei ihm ausgelöst, weil sie unter dem Münchhausen by Proxy – auch Stellvertreter Syndrom genannt – leidet. Und keine Ahnung … vielleicht hat sie so was ja auch schon bei Elisa gemacht und das arme Mädchen ist deswegen gestorben.«

Janne schluckte und spürte, wie die kleinen Härchen in ihrem Nacken sich aufrichteten. Sie war ganz nah dran, diesen gesamten verdammten Fall noch heute endgültig aufzuklären.

»Wäre es in Ordnung für Sie, wenn ich Sie von einem Kollegen abholen lasse? Der wird hier alles in die Wege leiten, was nötig ist, um Ihre Frau erst mal von Tommy fernzuhalten.

Wobei mir gerade einfällt – wissen Sie zufällig, wo Iida sich aufhalten könnte? Die ist nämlich ebenfalls seit vorhin verschwunden, obwohl ich sie noch heute Morgen gebeten habe, in der Nähe zu bleiben.«

Oliver am anderen Ende der Leitung seufzte. »Ich weiß es nicht. Ehrlich gesagt weiß ich nicht einmal mehr, ob ich meine Frau überhaupt je gekannt habe.«

»Kein Problem«, sagte Janne schnell. »Machen Sie sich keine Sorgen, wir finden sie.«

»Dann kommt jetzt gleich jemand, der uns abholt?«, kam es erleichtert vom anderen Ende der Leitung.

»Mein Kollege aus Helsinki wird sich um Sie und Ihren Sohn kümmern«, versprach Janne und beendete das Gespräch. Als sie sich umdrehte und Carls empörten Gesichtsausdruck bemerkte, musste sie lachen. »Das ist die Rache für Mittwoch«, erklärte sie und gab ihm vor all ihren Kollegen einen Kuss auf die Wange. »Dass du mir gut auf die beiden aufpasst, während ich versuche, dein Ultimatum heute schon zu erfüllen.«

Während Carl auf dem Weg zum Krankenhaus war, nutzte Janne die Zeit, um mit ihrem Team noch mal auf Leni zu sprechen zu kommen. »Wenn Oliver Leni nicht hat, bleiben nur Iida und Joona übrig. Iida kann es meiner Meinung nach nicht sein, weil sie uns freiwillig von dem fehlenden Praxisschlüssel erzählt hat. Das hätte sie sicher verschwiegen, wenn sie Leni in ihrer Gewalt hätte. Stattdessen denke ich, dass sie erst heute Morgen bemerkt hat, dass ihr Kindermädchen verschwunden ist. Sie hat überall nach ihr gesucht, dabei festgestellt, dass lediglich Lenis Morgenmantel und ihre Hausschuhe fehlten. Dann bemerkte sie den Verlust ihres Praxisschlüssels. Schnüffelte daraufhin im Online-Verlauf von Lenis Notebook, begriff, dass das Mädchen ihr auf die Schliche gekommen war. Hätte sie damit zu tun, wäre sie sofort abgehauen. Stattdessen löschte sie den Verlauf, rief bei mir an und alles nahm seinen Lauf. Ihr einziger Fehler war, nicht damit zu rechnen, dass wir gute Techniker haben und ich den Laptop mitnehmen könnte. Deswegen ist sie auch erst nach meinem Besuch bei ihr verschwunden, weil es zuvor keinerlei Anlass dazu gab.«

»Und wer hat dann jetzt diese Leni?«, fragte ein Kollege von der Spusi.

Janne lächelte listig. »Es bleibt nur noch Joona übrig. Zufällig weiß ich aus erster Hand, dass sie sich mit ihm treffen wollte, um ihn wegen der Tragödie am See auszufragen. Und wie wir wissen, ist Leni eine sehr clevere junge Frau. Vielleicht hat sie ihn durchschaut. Oder er fühlte sich einfach nur dadurch, dass sie hier war und bei den Battilanas wohnte, bedroht. Immerhin hat er es geschafft, jahrelang ein Geheimnis zu hüten, und wollte nun nicht riskieren, ihretwegen aufzufliegen.«

»Und wo suchen wir nach dem Mädchen?«

Janne grinste inzwischen wie ein Honigkuchenpferd, als sie in die Gesichter ihrer Kollegen blickte. »Die Mädchen«, sagte sie schließlich und grinste noch breiter. »Es sind zwei. Leni ist auf der Suche nach Anneliese und davon überzeugt, dass sie noch am Leben ist. Inzwischen denke ich, dass sie recht haben könnte. Joona Arasola mag ein Entführer sein und ein Idiot, wie er im Buche steht, doch eines ist er laut zweier Lügendetektortests ganz sicher nicht – ein Mörder!«

»Wir haben damals alle Bunkeranlagen überprüft sowie Fischerhütten und Ferienhäuser im Umkreis von dreißig Kilometern. Erst viel später haben wir unseren Suchradius auf fünfzig Kilometer ausgeweitet. Es wäre also durchaus möglich, dass Joona die Mädchen zuerst außerhalb dieser dreißig Kilometer versteckt und sie später noch mal umquartiert hat.«

Sven tippte auf einen grauen Fleck auf der Karte vor ihnen und verzog das Gesicht. »Das ist Kruunuvuori, ein verlassenes ehemaliges Villenviertel ähnlich einer Geisterstadt außerhalb von Helsinki. Habt ihr damals dort nachgesehen?«

»Nicht, dass ich wüsste«, sagte Janne. »Kruunuvuori liegt erstens außerhalb unseres Suchradius und zweitens tummeln sich doch dort die Touris. An diesem Ort kann man niemanden über einen längeren Zeitraum verstecken.«

Sven schüttelte den Kopf. »Im Viertel selbst vielleicht nicht, weil dieses tatsächlich für Touristen zugänglich ist. Allerdings gibt es einige Kilometer außerhalb in einer kleinen Waldlichtung noch ein ehemaliges Wellnessressort, das zu Kruunuvuori gehört. Das Hotelgelände ist abgeriegelt und von außen nicht einsehbar. Jedoch führt ein unterirdischer Fluchtweg vom Hotel aus in den Wald hinein.« Sven grinste gewinnend, als er Jannes Gesicht sah. »Tröste dich, davon wissen nur ganz wenige Leute. Um genau zu sein, nur die ehemaligen Besitzer und Personal sowie deren Angehörige.«

»Und woher weißt du davon?«

»Meine Mutter hat dort als Zimmermädchen gearbeitet.«

»Dann weißt du sicher auch, wie es dort drin aussieht?«

»Klar«, sagte Sven. »Wenn ich so irre wäre und jemanden für längere Zeit von der Außenwelt abschotten müsste, dann dort. Das Gelände ist Niemandsland, weil der Besitzer sich damals geweigert hat, es an den Staat zu verkaufen, und gestorben ist, ehe er es verhökern konnte. Die Stadt Helsinki hat keine Handhabe, das Gebäude abreißen zu lassen, weil das Nachlassgericht einen Anwalt beauftragt hat, nach Erben zu suchen. So was zieht sich unter Umständen über Jahre.«

»Okay«, Janne nickte. »Selbst wenn Arasola davon wusste, bestand für ihn dennoch die realistische Gefahr, dass eines Tages ein Erbe gefunden wird und sein Versteck auffliegt. Es ist also wahrscheinlich, dass er sie inzwischen woandershin gebracht hat.«

Sven seufzte. »Es würde sich trotzdem lohnen, mal hinzufahren und nachzusehen.«

Janne nickte. »Das übernehmen wir beide am besten jetzt sofort.«

Ein Leuchten trat in die Augen des jungen Mannes.

Janne sah sich zu ihren Kollegen des Rechercheteams um. »Ihr habt währenddessen die ehrenvolle Aufgabe, herauszufinden, wie es um die finanziellen Verhältnisse von Joona bestellt ist. Ob es ein Objekt gibt, für das er Miete oder eine Hypothek bezahlt, das nichts mit seinem Laden oder seiner Wohnung zu tun hat. Das kann ein Lagerraum sein, eine Halle – ganz egal. Außerdem will ich die genauen Familienverhältnisse wissen. Ob es Großeltern, Tanten, Onkel gibt, die in jüngster Vergangenheit verstorben sind. Vielleicht hat er etwas geerbt. Oder wenn nicht er, dann ein Elternteil. Fragt auch beim Grundbuchamt nach, ob irgendwelche Objekte auf ihn eingetragen sind. Überprüft dabei aber nicht nur seinen Namen, sondern auch die Mädchennamen der Mutter oder Großmutter. Irgendwo muss es etwas geben, das wir bisher übersehen haben. Oder das wir nicht sehen konnten, weil es erst passiert ist, nachdem Joona nicht mehr als Verdächtiger galt und wir keine Handhabe mehr hatten, ihn zu überprüfen – so zum Beispiel die Scheidung seiner Eltern.«

»So was dauert aber Tage«, wandte Sven ein und verzog das Gesicht. »Und wir brauchen dafür einen richterlichen Beschluss.«

»Drauf geschissen«, sagte Janne und sah grimmig in die Gesichter ihrer Kollegen. »Diesmal gehen wir den nicht offiziellen Weg, schließlich geht es darum, zwei Mädchen zu retten. Wenn wir sie erst mal gefunden haben, kräht kein Hahn mehr nach irgendeinem dämlichen Beschluss.«

Kapitel 23

Juni 2018

Ihr Kopf schmerzte, als sie erwachte und ihr war schrecklich kalt. Sie schluckte gegen den Brechreiz an, wandte all ihre Kraftreserven auf, ihre Augen zu öffnen. Ein Lichtblitz schoss durch ihren Schädel. Stöhnend presste sie ihre Handinnenflächen gegen die Schläfen, biss die Zähne zusammen, um nicht loszuschreien. Der Schmerz war atemberaubend. Dann versuchte sie es erneut. Öffnete die Augen erst einen winzigen Spalt breit, atmete gegen das Stechen im Kopf an. Dann noch ein Stückchen mehr, bis sie erste Umrisse ihrer Umgebung wahrnahm. Benommen sah sie sich um, fragte sich, weshalb in ihrem Kopf nur gähnende Leere herrschte, sie weder wusste, wo sie sich befand, noch, wie sie hergekommen war. Der Raum, in dem sie sich befand, war beinahe dunkel, einzig die feinen Schlitze in der dicken Holztür ließen ein klein wenig Licht von draußen herein. Sie kniff die Lider ein wenig zusammen, erkannte schließlich ein Regal an der Wand gegenüber, einen Schrank und einen Sessel in der Ecke neben dem Bett, auf dem sie lag.

Plötzlich ließ ein Gedankenblitz sie erzittern. Tommy!

Sie hatte Iidas Schlüssel genommen und nachsehen wollen, ob sie in der Praxis Medikamente fand, die zu den Beschwerden passten, die Tommy hatte.

Wieder ein Erinnerungsfetzen.

Sie war aus dem Haus durch den Garten gegangen, bis zur Praxis, doch genau in dem Moment, als sie hatte aufsperren wollen …

Sie stöhnte.
Was war dann passiert?
Ein Geräusch.
Dann … Annelieses Duft.
Eine Stimme.
Du hättest nie herkommen dürfen!
Leni begann zu weinen.
Jemand hatte sie überfallen.
Hinterrücks und feige einfach niedergeschlagen.
Dann war da dieser Gestank gewesen.
Und das Gefühl, keine Luft mehr zu bekommen.
Zu ersticken.
Und dann?
Nichts dann.
Jetzt war sie hier. Hier in diesem düsteren Raum.
War es Iida gewesen, die sie niedergeschlagen hatte und sie hier festhielt?
Weil sie herausgefunden hatte, was sie wusste?
Weil sie verhindern wollte, dass rauskam, was sie ihrem eigenen Kind antat?
Aber Iida hatte tief und fest geschlafen.
Oder hatte es nur so aussehen sollen, als schliefe sie?
Steckte am Ende doch Oliver dahinter?
Wollte er verhindern, dass herauskam, wer seine Frau wirklich war?
Er liebte Iida, wollte sie beschützen. Doch warum hatte er dann Tommy weggebracht?
Das alles ergab keinen Sinn und verursachte Leni nur noch mehr Kopfschmerzen und stärkere Übelkeit.
Ein Knarzen ertönte.
Es klang, als stiege jemand eine alte Holztreppe hinunter.
Dann leise, vorsichtige Schritte, die genau vor der Tür zu ihrem Verschlag verharrten.

Leni begann zu zittern.

Wer auch immer ihr das antat, stand jetzt, in genau diesem Augenblick vor der Tür.

Sie atmete tief durch, sammelte all ihren Mut und ihre Kraft, setzte sich auf dem Bett auf. »Bitte«, sagte sie und wunderte sich, wie fest und stark ihre Stimme trotz allem klang. »Wer auch immer da draußen ist, lassen Sie mich gehen.«

Stille.

»Ich weiß, dass Sie da sind«, versuchte sie es erneut.

Nichts.

Ihr Herz hämmerte hart gegen ihren Brustkorb, schnürte ihr den Atem ab.

Lähmende Angst ergriff von ihr Besitz, brachte sie beinahe um den Verstand. Was für ein Mensch tat einem anderen etwas so Grauenvolles an?

Das konnte nur ein Wahnsinniger sein.

Plötzlich wurde Leni von einer Welle des Zorns erfasst, die sie sich selbst nicht erklären konnte.

Alles in ihr vibrierte, sie sah rot, konnte nicht mehr länger an sich halten.

»Sie haben mich verletzt und betäubt, brachten mich hier gegen meinen Willen an diesen beschissenen Ort. Nun haben sie verdammt noch mal auch den Anstand, sich zu zeigen, damit ich weiß, welchem Arschloch ich diese ganze Scheiße zu verdanken habe!«

Sie brach in Tränen aus.

Als sie hörte, wie ein Schlüssel ins Schloss geschoben wurde, erstarrte sie.

Sank zurück auf die Matratze, wünschte mit jeder Faser ihres Seins, sich in Luft auflösen zu können, um dem zu entgehen, was jetzt auf sie zukommen würde.

Ein Lichtstrahl fiel ins Zimmer und sie schloss intuitiv die Augen. Wollte nicht mehr wissen, wer …

»Hallo Leni«, sagte eine Stimme, die ihr vage bekannt vorkam, und riss sie aus ihren Gedanken.

Verblüfft sah sie auf.

»Du?«, stammelte sie entsetzt, dann wurde ihr schwindelig.

Nicht vor Entsetzen.

Und auch nicht vor Wut.

Stattdessen wurde ihr Innerstes von Erkenntnis überschwemmt.

»Warum?«, fragte sie schließlich nur und sah den schlaksigen Jungen vor sich fassungslos an.

Joona hob die Schultern. »Weil du mir keine Wahl gelassen hast. Du bist hierhergekommen. Hast alles durcheinandergebracht. Die Polizei aufgescheucht. Was hätte ich tun können, außer dich ebenfalls von der Bildfläche verschwinden zu lassen?« Er kam zu ihr ans Bett, reichte ihr ein Glas Wasser und eine Tablette.

»Für was ist das?«, fragte sie.

»Gegen die Kopfschmerzen«, sagte Joona und verzog entschuldigend das Gesicht. »Ich musste dir ein paar überbraten, damit du keinen Lärm verursachst, während ich dich in mein Auto bringe.«

Leni starrte angewidert auf die Tablette. »Warum sollte ich gerade dir vertrauen? Wer weiß, was du mir da unterjubeln willst.«

»Das ist Paracetamol«, erklärte er. »Nicht mehr und nicht weniger. Das Beruhigungsmittel spritze ich dir später.«

Leni stach von ihrem Bett hoch. »Du willst mich ruhigstellen? Nur über meine Leiche.«

Joona sah sie traurig an. »Nur so lange, bis ich weiß, was ich mit euch anstelle.«

Er seufzte.

»Du hättest wirklich nicht herkommen sollen. Alles lief so gut, bis du gekommen bist. Diese Sache mit Elisa … irgendwann hätten die Bullen schon herausgefunden, dass das nichts mit mir zu tun hat.«

Ein Gefühl der Kälte erfasste Leni, dann stockte ihr der Atem.

»Was hast du vorhin gesagt?«

Joona sah sie verwirrt an.

»Wegen Elisa? Was ihr passiert ist, war nicht unsere Schuld. Aber alles, was danach kam, ist ihretwegen geschehen.«

Leni schüttelte hektisch den Kopf. »Nein! Du sagtest ›euch‹. ›Was ich mit euch anstelle‹. Wer ist noch hier?«

Joona sah Leni erstaunt an. »Ich hab dich für schlauer gehalten.« Er räusperte sich. »Lilia ist tot. Elisa auch. Wer bleibt also noch?«

Leni erstarrte. »Meine Schwester? Anneliese ist hier?«

Joona schluckte. »Warum sollte sie das nicht sein? Ich musste sie doch beschützen ...« Er seufzte.

Leni sah Joona mit einer Mischung aus Panik und Abscheu an. »Beschützen? Vor wem? Etwa vor dir selbst? Oder zumindest vor dem Teil, der die anderen auf dem Gewissen hat?«

Joona sah Leni verletzt an. »Wie ich bereits mehrfach sagte: Ich habe keiner Menschenseele etwas zuleide getan. Zumindest nicht bis heute.« Er stieß die Luft aus. »Du bist es, die mich in eine Situation bringt, der ich niemals ausgesetzt sein wollte. Wegen dir muss ich mir jetzt etwas einfallen lassen, was ich mit Anneliese und dir anstelle.«

Leni sah Joona an. »Aber du hast diesen Jungen umgebracht. Deinen Freund, der am See dabei war. Und Lilia. Und Elisa ist auch tot. Das warst alles du.« Sie schluckte, begriff einfach nicht, was hier vorging. Wie es aussah, war Joona tatsächlich verrückt geworden und verdrängte, was er getan hatte.

»Ich habe niemanden umgebracht«, sagte er plötzlich fest. »An Noels Tod ist Lilia Schuld.« Seine Augen füllten sich mit Tränen.

»Lilia ... sie war ... ein Miststück. Ich hab sie erst durchschaut, als deine Schwester kam. Lisa ist einfach nett gewesen. Zu allen, auch zu Elisa, die von Lilia immer fertiggemacht wurde. Ich hab mich auf Anhieb in deine Schwester verliebt. Mir war nur nicht klar, dass sie genauso für mich empfunden hat. Lilia hatte die Idee, zum Campen zu fahren. Und sie hat deine Schwester überredet, Elisa mitzubringen. Ich dachte zuerst, sie wollte sie wieder quälen und demütigen, doch sie hatte was anderes mit ihr vor. Hat sie abgefüllt, ihr einen Joint aufgedrängt.« Er brach in Tränen aus. »Wir wussten alle, dass Elisa krank ist und Medikamente einnehmen muss«, stammelte er nach einer Weile. »Aber Lilia war das egal. Sie fand es lustig, ein Mädchen, das noch nie zuvor Alkohol getrunken und geraucht hatte, aus der Reserve zu locken.« Er schüttelte den Kopf. »Irgendwie war es das auch. Lustig meine ich. Elisa hat zum ersten Mal etwas von sich preisgegeben. Zum Beispiel, dass ihr das Verhältnis zu ihrer Mutter oft die Luft abschnürte, sie sich eingesperrt fühlte und deswegen froh sei, mit diesem Ausflug so was wie ein Exempel zu statuieren. Es war wirklich okay, bis sie zu kollabieren anfing.« Joona war aufgestanden, hob die Hände, ließ sie dann wieder fallen. »Elisas Körper zuckte unkontrolliert, sie lief blau an, röchelte nur noch.« Er sah Leni mit weit aufgerissenen Augen an. »Und dann war es irgendwann vorbei. Ich weiß nicht, ob Elisa da schon tot war oder ob man ihr noch hätte helfen können, doch Lilia wollte nicht. Sie geriet vollkommen außer Kontrolle, als Elisa reglos am Boden lag, schrie herum, dass wir sie wegschaffen müssten, weil wir sonst alle dafür zur Verantwortung gezogen würden.«

»Aber es war ein Unfall«, sagte Leni. »Ihr konntet nichts dafür. Elisa stand unter Medikamenteneinfluss. Das konntet ihr nicht wissen.«

»Wir wussten es«, sagte Joona. »Alle wussten, dass sie krank war. Wir hätten sie weder mitnehmen noch ihr Alkohol geben dürfen.«

»Okay, das war falsch, aber getrunken hat ihn Elisa von allein.«

Joona nickte. »Schon klar. Wir wollten ja auch Hilfe rufen, damit man noch etwas für Elisa tun kann, doch Lilia war überzeugt, dass es dafür längst zu spät war. Noel sagte, dass es egal sei, dass er trotzdem die Polizei und den Notarzt informieren würde, da rastete sie vollkommen aus.« Er hob die Schultern. »Sie ist auf ihn zugestürzt, hat ihn angeschrien, wild auf ihn eingeprügelt – da ist es passiert.«

»Was?«, fragte Leni.

»Er ist vor ihr zurückgewichen und dabei gestolpert, mit dem Kopf auf einen riesigen Stein gekracht.«

»Das war ein Unfall?«

»Den Lilia mehr oder weniger provoziert hat.«

»Dennoch ein Unfall.«

»Ja, aber das hat nichts an der Situation verändert, sie nur noch verschlimmert.«

Er seufzte, wischte sich mit einer fahrigen Bewegung die Tränen von der Wange. »Sicher kannst du dir vorstellen, wie deine Schwester auf alles reagierte. Sie war total hysterisch, weil sie Elisa dazu überredet hat, mitzukommen, gab sich die Schuld für alles, stammelte, sie müsse die Polizei rufen. Lilia hat versucht, sie zu beruhigen, damit wir in Ruhe nachdenken und uns eine Lösung einfallen lassen konnten, damit wir alle heil aus der Sache raus kämen, doch Lisa hatte schon das Handy in der Hand. Alles ging drunter und drüber, ich konnte gar nicht so schnell gucken, wie Lilia deiner Schwester im Affekt eine Flasche auf den Kopf donnerte, damit erst mal Ruhe ist.«

Leni sah Joona fassungslos an. »Das war alles Lilia?«

Er nickte.

»Aber … sie ist auch tot und sie wurde vermisst.«

Joona stieß ein langes Seufzen aus. »Lilia hat mich angefleht, sie nicht der Polizei auszuliefern. Sie hat gesagt, dass niemand uns die Schuld für Elisas Tod gebe, weil niemand weiß, dass sie überhaupt bei uns war. Und dass wir uns eine Geschichte einfallen lassen, die Noels und Annelieses Tod erklärt. In dem Moment wurde mir erst so richtig klar, was für ein Mensch Lilia ist. Sie wollte deine Schwester umbringen, damit sie und ich davonkommen.«

»Dann hast du sie nur deswegen weggeschafft? Damit sie meiner Schwester nichts antun kann?«

»Ich hatte nur die Wahl, entweder Lilias Plan durchzuziehen oder mir selbst etwas einfallen zu lassen. Deswegen habe ich zusammen mit Lilia zuerst den Stein entsorgt, auf den Noel geknallt ist. Anschließend haben wir Elisas Körper und Anneliese im Kofferraum meines Wagens eingesperrt. Es war Lilias Idee, etwas weiter wegzufahren, damit die Polizei Elisas Tod nicht mit uns in Verbindung bringt. Deine Schwester wollte sie woanders hinschaffen, um die Spuren zu verwischen. Ich hab die ganze Zeit überlegt, was ich tun kann, um sie davon abzuhalten, deiner Schwester Schaden zuzufügen, also hab ich Lilia vorgeschlagen, Anneliese in Kruunuvuori zu verstecken, bis uns eingefallen ist, was wir mit ihr machen. Gott sei Dank war sie einverstanden, deswegen habe ich alle Vorräte zusammengepackt, bin mit ihr zum Versteck gefahren und hab am Ende beide eingesperrt.«

Er sah Leni verbittert an. »Ich wusste einfach nicht, was ich sonst hätte tun sollen, verstehst du?«

»Du hättest die Polizei rufen können.«

»Das habe ich nicht fertiggebracht«, sagte er. »Lilia war meine Freundin und sie vertraute mir. Und ich wusste, dass sie zumindest für Noels Tod zur Verantwortung gezogen würde. Das wollte ich ihr nicht antun. Nicht, nachdem ich sowieso ein schlechtes Gewissen hatte, weil ich deine Schwester mochte, aber mit Lilia zusammen war. Ich hab einfach nicht mehr klar denken können.«

»Also hast du sie beide eingesperrt? Ihnen die Vorräte dagelassen, bist zum Zeltplatz zurück und hast dir diese Verletzung selbst zugefügt, dir die Geschichte von dem Mann, der euch überfallen hat, nur ausgedacht?«

Joona nickte.

»Ich hatte ja nichts getan, musste also auch keine Angst vor den Befragungen der Polizei haben.«

»Warum ist Lilia gestorben?«

»Sie war manipulativ, hat die ganze Zeit über versucht, mich zu zwingen, sie gehen zu lassen und deine Schwester zu töten. Im Gegenzug wollte sie meine Geschichte von dem Überfall am Zeltplatz weiterführen, der Polizei weismachen, dass sie bis zu ihrer Flucht wirklich von einem Irren festgehalten worden war, der Anneliese getötet hatte und sie als Nächstes umbringen wollte.«

»Aber du hast sie nicht gehen lassen.«

»Ich hätte niemals tun können, was Lilia verlangt, weil ich kein Mörder bin. Allerdings war mir auch klar, dass ich unter diesen Umständen keine von beiden gehen lassen konnte. Und schon gar nicht Lilia. Sie war gefährlich, wütend und ich muss zugeben, dass ich Angst vor ihr hatte. Sie war zu allem bereit, wäre bis zum Äußersten gegangen. Deswegen habe ich ihr auch irgendwann nicht mehr helfen können, als sie krank wurde. Sie ist an einem Blinddarmdurchbruch gestorben. Mein Plan war, sie dort zu begraben, wo wir Elisa hingebracht hatten. Ich dachte, wenn ihre Leiche bisher nicht gefunden wurde, dann besteht auch bei Lilia keine Gefahr. Blöderweise hab ich in dieser Nacht ein Auto in der Nähe gehört, musste also schnell ein Versteck finden und hab sie unter den Büschen versteckt, Schnee darüber geschaufelt. Ich wollte irgendwann wiederkommen und es zu Ende bringen, hab mich aber nicht mehr hingetraut, aus Angst, jemand könnte mich sehen.«

»Dafür kannst du belangt werden«, rutschte es Leni raus, noch ehe sie sich bremsen konnte. »Dass Lilia gestorben ist, war unterlassene Hilfeleistung und Freiheitsberaubung mit Todesfolge.«

»Denkst du, das weiß ich nicht? Ihr Tod hat alles erst wieder aufgewühlt. Wegen ihr haben sie Elisa gefunden und sind wieder auf mich aufmerksam geworden. Dann kamst du und alles wurde noch schlimmer. Weil du ja auch unbedingt bei den Battilanas unterkommen musstest. Hast du gewusst, dass, seit du da bist, mich die Bullen noch öfter genervt haben als zuvor? Dass sie mich wieder und wieder nach Elisa befragten? Du musst sie darauf gebracht haben, dass ihr Verschwinden mit dem angeblichen Überfall am See zu tun haben könnte.«

»Ich habe nach Anneliese gesucht, weil ich gespürt habe, dass sie noch am Leben ist. An dich hab ich zwar auch gedacht, dass du etwas damit zu tun haben könntest, aber ich wusste eben nicht, wie das alles mit Elisa zusammenhängt.«

»Und warum stand dann neulich nachts diese Polizistin vor eurem Haus? Und einen Tag später hatte sie sogar einen Kollegen dabei.«

Plötzlich wurde Leni klar, worum es ging.

»Du denkst, das hatte mit dir zu tun?« Sie schüttelte den Kopf. »Iida Battilanas Sohn ist verschwunden. Deswegen war die Kripo bei uns. Und dass diese Polizistin nachts vorm Haus stand, kann nur bedeuten, dass sie Iida bereits vor mir durchschaut hat. Oder zumindest vermutete, dass sie mit drinhängt.« Sie atmete tief durch. »Elisa ist ganz sicher nicht wegen euch gestorben. Weder wegen des Alkohols noch wegen irgendeinem blöden Joint. Ihre Mutter leidet am Münchhausen Stellvertreter Syndrom. Sie ist die Irre, die den kleinen Tommy und wahrscheinlich auch Elisa mutwillig krank machte, sodass sie bei euch am See gestorben ist. Ihr konntet gar nichts dafür, hättet einfach nur Hilfe rufen müssen, dann wäre niemandem etwas passiert.«

Sie brach ab, musterte Joona, der aussah, als bräche er jeden Augenblick zusammen.

»Und nun?«, fragte sie, nur um irgendwas zu sagen. »Was willst du mit Anneliese und mir machen? Sicher hat Iida schon mitbekommen, dass ich verschwunden bin, und die Polizei muss nur eins und eins zusammenzählen.«

Er sah sie an, hob die Schultern. »Ich bin kein Mörder. Aber ich kann auch nicht einfach zulassen, dass die Polizei mich wegsperrt. Nicht, nach allem, was ich auf mich genommen habe, um deine Schwester zu schützen. Außerdem habe ich eine kranke Mutter im Pflegeheim, die mich braucht, und zwei Hunde.« Er seufzte, schüttelte den Kopf. »Manchmal muss man eben auch Dinge tun, die einem schwerfallen.«

Lenis Herz schlug so hart gegen ihre Rippen, dass es sich anfühlte, als würde es jeden Augenblick aus ihrer Brust springen.

»Die Polizei wird wissen, dass du es warst.«

Er sah sie resigniert an. »Vielleicht auch nicht. Anneliese hat man bis jetzt nicht gefunden, warum sollte sich das ändern? Ich werde sie irgendwo vergraben, wo man sie nicht so schnell findet. Und du bist schließlich hierher gekommen, um sie zu suchen. Bestimmt können alle nachvollziehen, wie verzweifelt du warst, nachdem du sie nicht gefunden hast. Du bist zum See gefahren, an die Stelle, wo Anneliese zuletzt war, und bist ins Wasser gegangen. Ich denke, das ist die beste Lösung für alle. Dann sieht dein Tod wie Selbstmord aus und Anneliese bleibt nach wie vor verschwunden.«

Wieder allein in dem stickigen Zimmer drehte sich alles in Lenis Kopf. Irgendwo in diesem Haus war Anneliese und wahrscheinlich wusste sie nicht einmal, dass sie ebenfalls hier war. Schreien war zwecklos, denn Joona hatte ihr, bevor er gegangen war, den Mund mit Tape zugeklebt und sie an Händen und Füßen gefesselt. Er hatte gesagt, dass er Vorkehrungen treffen und bald wiederkommen würde, um die Sache ein für alle Mal aus der Welt zu schaffen. Sie hatte ihm seine Verzweiflung angesehen, die Abscheu, die er für sich selbst empfinden musste, den Widerwillen, gegenüber seiner bevorstehenden Tat.

Du bist kein Mörder.

Du bist noch nicht einmal ein schlechter Mensch – mit diesen Worten hatte sie versucht, ihn dazu zu bringen, ihre Schwester und sie gehen zu lassen, doch er hatte sie nur traurig angesehen.

War es möglich, dass vermeintliche Ausweglosigkeit einen Menschen zum Monster werden ließ?

Leni schloss ergeben die Augen.

Es musste so sein.

Lilia war das beste Beispiel dafür. Anstatt für einen Fehler einzustehen, hatte sie aus einem Unglück eine Katastrophe gemacht, die Menschenleben kostete. Annelieses und das ihre mit eingeschlossen.

Plötzlich wurde ihr speiübel. Dann begann die Umgebung vor ihr zu verschwimmen. Das musste die Wirkung dieser Tabletten sein, die Joona ihr vor dem Tapen in den Mund gestopft hatte.

Sie wimmerte gegen das Klebeband an, hoffte, dass sie sich nicht übergeben musste.

Als sie Schritte vernahm, spannte sie ihre Muskeln instinktiv an, stemmte sich gegen die Fesseln an Händen und Füßen.

Ihr komplettes Bewusstsein, ihr Innerstes, ihr Geist – alles war auf den vor ihr liegenden Überlebenskampf eingestellt.

Wenn sie doch nur Anneliese ein letztes Mal sehen und in die Arme schließen könnte.

Ihre Augen füllten sich mit brennenden Tränen.

Nicht weinen, dachte sie panisch, wenn ihre Nase zuschwoll, würde sie jämmerlich ersticken.

Ob das besser als ertrinken war?

Sie wusste es nicht.

Wollte es keinesfalls herausfinden.

Sie legte all ihren Willen und ihre Kraft in den Gedanken, nicht zu weinen, sich zusammenzureißen.

Vergebens.

Angst und Verzweiflung waren übermächtig.

Ihr gesamter Körper bebte, als sie in heftiges Schluchzen ausbrach.

Sie spürte sekündlich, wie der Sauerstoff weniger wurde, sie kaum noch Luft bekam.

Ein Hämmern ertönte.

Dann ein Schrei.

Anneliese?

Etwas oder jemand schlug mit Wucht gegen das Türblatt zu ihrem Zimmer.

Dann wurde es dunkel um sie.

Kapitel 24

Espoo
Juni 2018

Carl lächelte, als er auf Janne zukam. Er nahm ihre Hand, zog sie zu sich heran. Es schien ihm egal zu sein, dass ihre Kollegen Stielaugen bekamen und einige leise miteinander tuschelten. Sie konnte nicht anders, ließ sich erleichtert an seine Brust sinken. »Ich hab sie gefunden, alle beide.« Sie sah zu Carl auf. »Und das noch, bevor dein blödes Ultimatum abgelaufen ist. Vielleicht solltest du mich öfters unter Druck setzen, wenn ich bei einem Fall nicht weiterkomme.«

Er sah sie ernst an. »Was ich getan habe, tut mir leid. Und es kommt auch nicht wieder vor. Du hattest recht, mit allem, was du gesagt hast. Weder hätte ich deine Akte lesen noch dir irgendwelche Vorschriften machen dürfen. Du bist erwachsen, eine erstklassige Polizistin, mit einem herausragenden Bauchgefühl ausgestattet. Hör bitte nicht noch mal auf einen Trottel wie mich, der dir das madig machen wollte.« Er küsste sie auf die Wange und Janne wehrte sich nicht. Überraschenderweise war es ihr egal, was die Kollegen über sie beide tuschelten, was sie über sie dachten. Wichtig war nur, dass Carl hier war, hinter ihr stand und auch künftig zu ihr stehen würde. Der Rest würde sich ergeben. Im Laufe der Zeit.

»Ihr wart in Kruunuvuori?«, unterbrach Carl ihre Gedanken. Sie nickte.

»Allerdings haben wir außer ein paar leeren Lebensmittelverpackungen nichts gefunden. Die Spurensicherung ist momentan vor Ort, will Beweise sicherstellen, damit wir das Abschlussprotokoll fertig kriegen.«

»Sie waren also dort?«

Janne nickte. »Laut Anneliese sogar ziemlich lange. Joona hat Lilia und sie in zwei alten Speisekammern im Keller eines Nebengebäudes des Hotels untergebracht.«

Carl sog die Luft scharf ein. »Weil die keine Fenster haben und auch ansonsten gut abgeschottet vom Rest des Gebäudes sind.«

Janne nickte. »Dort haben wir damals nicht gesucht, weil es außerhalb unseres Suchradius liegt und auch niemand von uns daran gedacht hat.«

»Aber gefunden habt ihr die Mädchen woanders?«

Janne grinste. »Ich hab ein bisschen Druck bei den Ämtern und bei der Bank des jungen Mannes gemacht. Dem Manager dort hab ich einen alten Wisch vorgelegt und gesagt, wenn seinetwegen zwei Mädchen zu Schaden kämen, brächte ich ihn wegen Behinderung einer Ermittlung in den Knast.«

Carl schmunzelte.

»Dafür könntest du aber ziemlich Ärger bekommen.«

Janne hob die Schultern. »Was sollen sie machen? Mich nach Helsinki versetzen?«

Er lachte.

»Und wie kamst du drauf, wo Joona die Mädchen versteckt hält?«

»Auf seinen Kontoauszügen hab ich nur ausgehende Beträge für seine Wohnung und den Laden gefunden, also wusste ich schon mal, dass er nicht dafür bezahlt. Den Rest haben die Kollegen vom Rechercheteam übernommen. Sie haben die kompletten Familienverhältnisse durchleuchtet und kamen irgendwann auf die Mutter des Jungen, die vor etwas über eineinhalb Jahren einen alten Bauernhof und ein wenig Geld geerbt hat.«

»Den sie nicht verkaufen konnte, weil sie zu dem Zeitpunkt schon im Heim lebte und Joona die Vormundschaft übertragen hat.«

Janne nickte. »Und da sein Vater aus Schuldgefühlen seiner Exfrau gegenüber für die Kosten der Heimunterkunft aufkommt, musste Joona den Hof ebenfalls nicht verkaufen. Er hat das Haus von dem Bargelderbe renoviert, für Lilia und Anneliese je einen schalldichten und isolierten Kellerraum mit Waschbecken, Tageslichtlampen und Toilette hergerichtet, die beiden einmal pro Woche mit Lebensmitteln versorgt.«

Carl starrte Janne perplex an.

»Die Mädchen mussten jahrelang in einer Art Gefängniszelle hausen? Mutterseelenallein?«

Janne nickte. »Er hat die Räume so konzipiert, dass beiden kein Kontakt zueinander möglich war. Wahrscheinlich wollte er so vermeiden, dass Anneliese und Lilia sich miteinander verbünden und gegen ihn absprechen konnten.«

»Warum hat er sie überhaupt entführt? Ich meine, immerhin war Lilia doch seine Freundin.«

»Er hat Leni erzählt, dass er Anneliese vor Lilia beschützen musste, weil die bereit gewesen wäre, Anneliese ohne zu zögern zu töten, nur um selbst heil aus der Sache rauszukommen.«

»Das ist dann aber ein ziemlich kranker und fehlgeleiteter, fast schon perverser Beschützerinstinkt.«

Janne nickte. »Natürlich ist es irre. Trotzdem schien er es nur gut gemeint zu haben. Zumindest am Anfang. Wobei ich auch bei ihm ein psychisches Problem vermute, denn ganz normal ist es nicht, zwei Menschen einfach ihrer Freiheit zu berauben – und das über Jahre hinweg.«

»Na ja, das Schwierige an einer solchen Tat sind nicht die Umstände und das Danach, sondern das Überschreiten der persönlichen Moralgrenzen, was dann am Ende dazu führt, überhaupt so weit zu gehen.« Carl überlegte. »Ich vermute, dass auch ein Stück weit Angst vor Lilia dabei war. Wenn das Mädchen eine derartig niedrige Hemmschwelle hatte, dass sie zwei Tote unter den Tisch kehren und ein Mädchen töten wollte, dann kann ich mir vorstellen, wie sie auf ihren Freund reagiert hat, der sie über lange Zeit einsperrte. Ich könnte mir gut vorstellen, dass sie bei jeder sich bietenden Gelegenheit auf ihn losgegangen ist und notfalls auch seinen Tod in Kauf genommen hätte.«

Janne grinste. »Stimmt, Frauen können auch zu gefährlichen Furien werden. Wahrscheinlich hat er eine Waffe benutzt, um sie in Schach zu halten. Er ist Sportschütze und Jäger, besitzt einen Waffenschein.«

»Hast du Anneliese schon befragt?«

Janne seufzte. »Ich hab es versucht. Allerdings ist das arme Mädchen schwer traumatisiert. Sie hat über drei Jahre nur Joona zu Gesicht bekommen, hatte Angst, dass er sie eines Tages doch töten würde.«

»Dann war er aggressiv zu ihr?«

»Nein. Er hatte zwar eine Waffe, hat sie aber nie damit bedroht. Deswegen vermute ich ja, dass er die für Lilia brauchte.«

»Also hat er diese beiden Mädchen aus zwei unterschiedlichen Gründen weggesperrt? Die eine, um zu verhindern, dass es weitere Tote gibt. Und weil er selbst auch Angst vor ihr hatte. Und Anneliese, weil er sich für sie verantwortlich gefühlt hat.«

Janne nickte. Dann schluckte sie und sah Carl an. »Dass das Mädchen noch lebt, ist ein Wunder. Wir haben Joona im Sommer 2015 tagelang überwachen lassen. Während dieser Zeit waren Anneliese und Lilia auf sich allein gestellt, hatten nur die Vorräte, die vom Campen übrig waren. Wenn ich Anneliese richtig verstanden habe, dann wäre sie damals beinahe gestorben. Joona kam wohl mehr oder weniger in letzter Sekunde, um Lilia und sie wieder aufzupäppeln.«

»Und Lilias Tod?«

»Er hat Leni erzählt, dass es eine Blinddarmentzündung war, an der sie starb. Weil Joona keine Hilfe geholt hat.«

»Und wo ist er jetzt?«

Janne stieß die Luft aus. »Er liegt im Koma.«

Carl sah sie fragend an.

»Er hat sich aufgehängt, lebte aber noch, als wir ihn im Keller des Bauernhauses gefunden haben. Allerdings steht es in den Sternen, ob er jemals wieder ganz gesund wird oder überhaupt zu sich kommt.«

»Wieso um alles in der Welt hat er das getan?«

»Weil er wusste, dass er wegen Freiheitsberaubung mit Todesfolge belangt wird. Und vielleicht auch, weil er erkannt hat, dass er kein Mörder ist und auch niemals einer werden könnte.«

Carl zog seine Augenbrauen empor.

»Er hat Leni gesagt, dass er plane, sie und Anneliese umzubringen. Vielleicht hat er letztendlich erkannt, dass er das niemals fertig brächte? Und er wusste natürlich, dass wir nach Leni suchen würden, irgendwann auf ihn kämen. Ich denke, er hat einfach keinen Ausweg mehr gesehen.«

Carls Gesicht verdüsterte sich. »Und Noel? Was ist mit ihm passiert?«

Janne schilderte ihm in wenigen Sätzen, was sie kurz vorher von Leni erfahren hatte, ließ auch die neuesten Entwicklungen bezüglich Iida Battilana nicht aus.

»Sie hat ihre Praxis abgefackelt?«

»Ja, weil sie wusste, dass wir sie durch die dokumentierten Medikamentenbestellungen belangen können.«

»Und jetzt?«

Janne boxte Carl spielerisch in die Seite. »Wir sind gerade dabei, ihren Pharmavertreter ausfindig zu machen. Der Rest ist dann nur noch reine Formsache. Außerdem haben wir die Blutergebnisse von Tommy sowie das Gutachten vom Freund seines Vaters.«

»Beides wurde ohne das Einverständnis der Mutter erstellt und wird vor Gericht nicht zugelassen.«

»Das muss es auch nicht«, erklärte Janne verschmitzt.

Carl grinste. »Du hast ein Geständnis?«

Sie nickte. »Ich hab ihr gesagt, dass sie, wenn es auf einen Prozess hinausläuft, bei dem ihre Schuld an Elisas Tod und Tommys Gesundheitszustand durch Beweise festgestellt wird, ihren Sohn nie wiedersieht.«

»Und Leni?«, fragte Carl. »Geht es ihr gut?«

Janne nickte. »Sie hat ein ziemlich starkes Beruhigungsmittel im Blutkreislauf und eine Platzwunde am Kopf, ist ansonsten aber okay.«

Sie zog Carl mit sich, drückte auf den Aufzugknopf.

»Wo fahren wir hin?«, wollte er wissen, als sie auf dem Weg nach unten waren.

Janne schmunzelte. »Ich muss dir was zeigen.«

Janne griff nach Carls Hand, als sie eine knappe halbe Stunde an die Tür zu Lenis und Annelieses Krankenzimmer klopfte. Als sie ein schwaches *Herein* vernahm, drückte sie die Klinke hinunter und zog Carl mit sich ins Zimmer.

Lächelnd ging sie auf Lenis Bett zu, drehte sich zu Carl um und dann wieder zu Leni. »Das ist die junge Frau, von der ich das wichtigste Kapitel meines Lebens gelernt habe – niemals aufzugeben, ganz egal, was auch passiert.« Sie sah lächelnd zu Anneliese, die blass und verstört wirkte, aber froh zu sein schien, bei ihrer Schwester zu sein.

»Du kannst stolz auf Leni sein und glücklich darüber, eine solche Schwester zu haben«, sagte sie und musste sich beherrschen, nicht in Tränen auszubrechen. »Sie war die Einzige, die all die Jahre daran geglaubt hat, dass du noch am Leben bist. Und ihretwegen habe ich begriffen, dass nichts Falsches daran ist, wenn man auch als Erwachsener noch an Wunder glaubt.«

Sie löste sich aus Carls Griff, ging zu Anneliese, beugte sich zu ihr hinab, strich ihr eine Strähne aus der Stirn. »Es wird eine Weile dauern«, flüsterte sie ihr ins Ohr. »Aber ich verspreche dir, mit Lenis Hilfe wird alles irgendwann wieder so wie früher sein.«

Sie richtete sich auf, sah zu Leni, die sie müde und ängstlich zugleich ansah. »Tommy geht es gut, du musst dir keine Sorgen um ihn machen.« Janne lächelte, als sie sah, wie die junge Frau sich entspannte. »Er ist bei seinem Vater und da wird er auch bleiben.«

Als sie mit Carl zusammen zur Tür ging, spürte sie ein Brennen im Rücken und drehte sich um.

Doch anstatt Leni war es Anneliese, die sie ansah. »Wie geht es Joona? Wird er es schaffen?«, fragte sie mit erstaunlich fester Stimme.

Janne schluckte. Erst in diesem Augenblick wurde ihr klar, wie diese junge Frau es geschafft hatte, während ihrer dreijährigen Gefangenschaft nicht den Verstand zu verlieren. Sie und Leni sahen zwar unterschiedlich aus, hatten aber eines gemeinsam: Sie waren so stark wie niemand sonst, den Janne kannte.

»Das weiß der Himmel«, antwortete sie und trat aus dem Zimmer.

Epilog

Drei Monate später …

Lächelnd blickte Leni aus dem Fenster in den Garten hinaus, wo Anneliese und ihre Mutter gemeinsam die Wäsche aufhängten und miteinander lachten. Es ging ihrer Schwester von Tag zu Tag besser, auch wenn ihr selbst langsam bewusst wurde, dass sie wohl niemals wieder ganz die Alte sein würde. Sie beide würden niemals wieder so unbedarft und frei wie früher sein. Zu viel war passiert. Katastrophen, die sich nicht rückgängig machen ließen, deren dunkle Schatten noch heute über Anneliese und ihr lauerten, ihnen noch immer in den Nächten die ein oder andere dunkle, schlaflose Stunde bescherte. Doch gemeinsam, das hatte Janne Göös damals im Krankenhaus auf den Punkt gebracht, würden sie es schaffen, das alles irgendwann hinter sich zu lassen.

Leni seufzte, als sie an diese Zeit zurückdachte. Und an den Tag vor zwei Wochen, an dem sie erfahren hatten, dass Joona im Koma gestorben war.

Anneliese war trotz allem, was er ihr angetan hatte, traurig gewesen, hatte um ihn geweint, weil auch er am Ende nur ein Opfer gewesen war.

Opfer einer Aneinanderreihung mehrerer Katastrophen, die ihn schlussendlich zu einer Verzweiflungstat getrieben hatten.

Mit klopfendem Herzen blickte sie auf den Brief in ihrer Hand, den ihre Mutter ihr vorhin ins Zimmer gelegt hatte.

Langsam riss sie den Umschlag auf, begann zu lesen:

Liebe Leni, ich möchte mich noch einmal bei dir bedanken, für alles, was du für uns, insbesondere für Tommy, getan hast. Dem Kleinen geht es so gut wie nie zuvor und auch Iida geht es von Tag zu Tag besser. Momentan ist sie noch in psychiatrischer Behandlung in der Klinik, doch bald schon wird sie sich vor Gericht für ihre Taten verantworten müssen. Ich habe die Scheidung eingereicht und das alleinige Sorgerecht für Tommy beantragt und obwohl ich weiß, dass es das Richtige ist, schäme ich mich dafür, meiner Frau auf diese Art und Weise das Herz brechen zu müssen. Ich weiß nicht, ob es nur Wunschdenken ist, aber ich glaube ganz fest daran, dass es nicht Iida war, die ihre Kinder so sehr quälte, sondern diese Krankheit, die von ihr Besitz ergriffen hat.

Aber wie du damals bereits zu mir sagtest: Das Wichtigste ist, dass es Tommy gut geht.

Und Iida mag zwar seine Mutter sein, wird aber dennoch immer eine Gefahr für ihn darstellen.

Es waren damals übrigens deine Worte, die mir genau das klargemacht haben.

Nur deinetwegen, weil du zu uns gekommen bist, wurde letztendlich auch bei Tommy und mir alles gut.

Du bist ein wundervoller Mensch und ich freue mich für Anneliese und dich, dass ihr einander wiedergefunden habt, auch in Zukunft füreinander da sein dürft.

Liebe Grüße
Oliver mit Tommy

Danksagungen

Ein Buch zu beenden, ist harte Arbeit. Glücklicherweise hatte ich Menschen um mich herum, die für mich da waren, mich unterstützt haben.

Herzlichen Dank an:

Claudia Heinen von SKS Heinen für das tolle Lektorat!

Meinen Kolleginnen und Kollegen, die mich während meiner Arbeit unterstützt haben, indem sie mir mit Rat und Tat zur Seite standen.

Heike Fröhling (fürs Plotretten :-) Du bist die ALLERBESTE!!!, Simon Geraedts für die Hilfe am Klappentext. Des Weiteren danke ich meiner Coveragentur Zero aus München für die grandiose Arbeit, die sie am Cover für »Mittsommerblut« vollbracht hat.

Ein besonderer Dank gebührt dabei Kristin Pang für ihren Ideenreichtum und die Art und Weise, wie sie meine Vorstellungen so umsetzte, dass mir am Ende vor Staunen der Mund offen stand! Ich bin absolut BEGEISTERT! So stelle ich mir eine tolle Zusammenarbeit vor. Vielen, vielen Dank :-)

Meinen Leserinnen und Bloggerinnen: Susanne Barlang und Emi Emilia für ihre nette Unterstützung in Bezug auf die Titel und Cover-Motivwahl und für ALLES andere – Ihr glaubt ja gar nicht, WIE SEHR Ihr mir geholfen habt!

Der Pressestelle der Polizei Augsburg, insbesondere Herrn Siegfried Hartmann, der mich mit allen wichtigen Informationen rund um das Thema Polizeiarbeit versorgte.

Sämtliche Abweichungen von der Realität bezüglich der Ermittlungsarbeit der Polizei gehen einzig und allein auf mein Konto.

Meinem Bruder für alle Hintergrundinfos zum Thema Finnland. Ich hätte ja nie gedacht, dass dein Liebesleben mal hilfreich für mich sein könnte, du altes Schlitzohr du :-)

Auch möchte ich anmerken, dass ich mir einige künstlerische Freiheiten genommen habe. Welche das sind, wird selbstverständlich nicht verraten ;-)

Meinem Mann, der, wann immer möglich, mit anpackte, um mich während der intensiven Schreibphase zu unterstützen.

Danke auch für all die Leckereien (den Prosecco und die Schokolade) mit denen du mich quasi gefüttert hast, wenn ich den Weg in die Küche im Schreibrausch mal wieder nicht gefunden habe.

Meinem Sohn Tim, der mich aufbaute und anspornte weiterzuschreiben, als ich davor stand, alles hinzuschmeißen. Du bist das Wertvollste, das ich auf dieser Welt habe, ich kann es nicht oft genug sagen!

Zu guter Letzt danke ich Ihnen, liebe Leser, dass Sie dieses Buch gekauft haben. Ich hoffe von Herzen, dass Sie beim Lesen genauso viel Spaß hatten wie ich (fast immer) beim Schreiben.

Über Mails mit Anregungen und Kritik freue ich mich unter:
autorin@daniela-arnold.com.

Ihre Daniela Arnold

Printed in Poland
by Amazon Fulfillment
Poland Sp. z o.o., Wrocław

58416904R00164